प्रज्ञा

दिल्ली में जन्मी प्रज्ञा के *तक़सीम, मन्नत टेलर्स, रज्जो मिस्त्री* शीर्षक से तीन कथा-संग्रह हैं। चौथा संग्रह *मालूशाही... मेरा छलिया बुरांश* आपके हाथों में है। *गूदड़ बस्ती* और *धर्मपुर लॉज* जैसे उनके दो बहुप्रशंसित उपन्यास हैं। उनके उपन्यास और कहानी संग्रह 'मीरा स्मृति सम्मान', 'महेंद्रप्रताप स्वर्ण सम्मान', 'शिवना अन्तरराष्ट्रीय कथा सम्मान', 'प्रतिलिपि डॉट कॉम सम्मान', 'स्टोरी मिरर पुरस्कार' से सम्मानित हुए हैं।

नुक्कड़ नाटक : रचना और प्रस्तुति, नाटक से संवाद, नाटक : पाठ और मंचन, कथा एक अंक की जैसी किताबें नाट्यालोचना केन्द्रित हैं। उनके द्वारा सम्पादित बारह नुक्कड़ नाटक *जनता के बीच : जनता की बात* किताब में शामिल हैं। *तारा की अलवर यात्रा* बाल साहित्य की श्रेणी में प्रथम पुरस्कार, भारतेन्दु हरिश्चन्द्र पुरस्कार 2008 से पुरस्कृत है। वैचारिक लेखन से जुड़े लेख प्रज्ञा की किताब *आईने के सामने* में संकलित हैं। लगभग ढाई दशक से प्रज्ञा दिल्ली विश्वविद्यालय के किरोड़ीमल कॉलेज में अध्यापन कर रही हैं। इस समय वे हिन्दी विभाग, किरोड़ीमल कॉलेज में प्रोफेसर के पद पर कार्यरत हैं।

प्रज्ञा

मालूशाही...

मेरा छलिया बुरांश

लोकभारती पेपरबैक्स

पहला पेपरबैक संस्करण : 2022

लोकभारती पेपरबैक्स : उत्कृष्ट साहित्य के लोकप्रिय संस्करण

लोकभारती प्रकाशन
पहली मंजिल, दरबारी बिल्डिंग, महात्मा गांधी मार्ग,
प्रयागराज-211 001

वेबसाइट : www.lokbhartiprakashan.com
ई-मेल : info@lokbhartiprakashan.com

शाखाएँ : 1-बी, नेताजी सुभाष मार्ग, दरियागंज, नई दिल्ली-110 002
अशोक राजपथ, साइंस कॉलेज के सामने, पटना-800 006 (बिहार)
36 ए, शेक्सपियर सरणी, कोलकाता-700 017 (पं. बंगाल)
बी.के. ऑफसेट
नवीन शाहदरा, दिल्ली-110 032

मूल्य : ₹199

MALUSHAHI...MERA CHHALIA BURANSH
by Pragya

ISBN : 978-93-92186-78-3

मेरी उम्मीदों को

अपने भरोसे से सींचती

माँ

को सादर

क्रम

एक दुनिया जो हम चाहते हैं बने...

'मालूशाही...मेरा छलिया बुरांश' से मैं अपनी कथा यात्रा के एक नये दौर में प्रवेश कर रही हूँ। पिछले कुछ समय में हम सबकी दुनिया में बहुत बड़े बदलाव आये हैं। निजी जीवन में भी और सार्वजनिक जीवन में भी। आज के ठिठके और ठहरे समय में ऐसा लगता है कि जैसे हम एक साथ कई दुनियाओं में जी रहे हैं। एक दुनिया जो वर्चुअल है। एक दुनिया जो वास्तविक है जिसमें हम जी रहे हैं। एक दुनिया वह है जो हम पर थोपी जा रही है और एक दुनिया वह है जो हम चाहते हैं कि बने। इतनी सारी दुनियाओं में रहनेवाले मनुष्य की यातना, पीड़ा, सपने, उम्मीदें और संघर्ष कैसे हैं? यही जानना और बताना ही तो कहानी का काम है। मैंने इस संग्रह की कहानियों में अपने विविधवर्णी समय को अंकित करने का प्रयास किया है। समाज में जहाँ एक ओर मनुष्यता की विजय की अनेक कहानियाँ सामने आयी हैं वहीं अनेक बार ऐसा प्रतीत भी हुआ है कि मनुष्यता पूँजी और बाज़ार में कहीं सबसे सस्ती और अनुपयोगी हो गयी है।

ऐसा नहीं है कि व्यावसायिकता, पूँजी का वर्चस्व, धार्मिक मतांधता, संकीर्णता और कट्टरपन मनुष्य समाज के लिए कोई नयी समस्याएँ हों, परन्तु एक बात तो माननी ही पड़ेगी कि पिछले कुछ दशकों में राजनीति, समाज, शिक्षा, भाषा, मनोरंजन और व्यापार सभी में मनुष्य विरोधी प्रवृत्तियाँ बढ़ी हैं। आज आप क्या कह रहे हैं यह मायने नहीं रखता, इससे कहीं अधिक यह मायने रखने लगा है कि किसके खिलाफ कह रहे हैं। आपके मूल्य और आदर्श कितने मानवतावादी हैं इससे अधिक यह महत्त्वपूर्ण हो जाता है कि आपका नाम, धर्म और विचारधारा क्या है? जैसे ही सत्ता समर्थित विचार से आप टकराते हैं तो एक आक्रामक संकीर्णता आप पर हमला बोल देती है। यानी आपकी आवाज़ में कहीं हाशिए की आवाज़ मिल जाए तो खतरा पैदा हो जाता है। सत्ताएँ चारों ओर से आपके शब्दों को एक न दिखायी देने वाली बड़ी-सी छन्नी लेकर जाँच रही हैं। आप पर निरन्तर दबाव बनाया जाता है, आप अनुभव करते हैं कुछ स्याह घेरे आपका निरन्तर पीछा कर

रहे हैं। आपको लगता है कि आपकी आवाज़ कहीं रुक रही है। इस संग्रह की कई कहानियों में आपको इन स्याह घेरों की परछाइयाँ मिलेंगी।

आज का समय हाशिए के समाज के लिए बड़ा ही कठिन समय है। विशेषकर स्त्रियों को अपनी आज़ादी, अपने अस्तित्व के लिए निरन्तर संघर्ष करना पड़ता है। बढ़ते हुए यौन अपराध और हिंसा स्त्री के भीतर के भरोसे को तोड़ रहे हैं। अपराधों की क्रूरता को देखकर ऐसा लगता है कि अब जैसे मनुष्यता से भरोसा उठ चुका है। इसलिए मेरा प्रयास रहा है कि अपनी कहानियों में समय की कटुता के साथ-साथ मनुष्य और मनुष्यता के भरोसे को जीवित रखने वाले कुछ किस्से आपके साथ साझा कर सकूँ इसलिए प्रेम, स्नेह, जिजीविषा और विश्वास के भावों को कहानियों में प्रस्तुत करने का प्रयास किया है।

अपने इस चौथे कहानी-संग्रह में मैंने शिल्प और कथ्य को लेकर कई प्रयोग किये हैं ताकि समय के आइने में उभरने वाली तस्वीरों को उनकी विविधता में अंकित किया जाए। आशा है कि पाठकों को ये प्रयोग रोचक लगेंगे। कहानी का यह सिलसिला यों ही चलता रहे यही कामना है। शायर सरवर हुसैन की बात याद आती है—''जिसे तुम अंजाम समझती हो/इब्तिदा है किसी कहानी की''

मुझे इस बात की बेहद खुशी है कि इस संग्रह की सभी कहानियों को सुधी आलोचकों और पाठकों का भरपूर प्यार मिला है। इस संग्रह के प्रकाशन के लिए लोकभारती प्रकाशन के आदरणीय रमेश ग्रोवर जी, आमोद माहेश्वरी, राजकमल प्रकाशन समूह के अध्यक्ष अशोक माहेश्वरी जी के साथ संग्रह की पूरी यात्रा में सहयोगी रहे संगम भाई और लोकभारती की टीम को मेरा सादर आभार।

2022, गुरुग्राम

—प्रज्ञा

बुरा आदमी

आज मैंने ठान लिया था टूटेजा सर शाम के समय कोई चक्कर लगवायेंगे तो साफ़ इन्कार कर दूँगा। कई दिन से देख रहा हूँ वह अक्सर मेरे साथ यही कर रहे हैं। सुबह के समय फ़ील्ड का काम निबटाने जाते समय कितनी दफ़ा पूछता हूँ—'सर! कोई इमरजेन्सी?' कन्धे उचकाकर मना कर देते हैं पर जैसे ही शाम को घर निकलते समय बैग में दोपहर बाद धूल फाँक रहा खाने का डिब्बा डालने को होता हूँ ठीक उसी समय आवाज़ आती है–

"देवेन्दर! फ़लाँ साहब की मोटी किस्त का टाइम पूरा हो गया। जाकर फ़लाँ इलाक़े से कलेक्ट करता आ। क्लाइण्ट ने अभी बुलाया है। इमरजेन्सी है।"

काम करते हुए मुझे लम्बा अरसा बीत चला है पर दिमाग़ की सोच और चेहरे के भावों को अलगाने का हुनर अब तलक सही तरह नहीं सीख पाया हूँ। मेरा बॉस बीमा कम्पनी का बेहद सफल एजेण्ट है। क्लाइण्ट को नयी स्कीम बेचनी हो या मेरे चेहरे के भाव पढ़ने हों- वह दोनों में माहिर है। मुद्दत से चाहता हूँ वह मेरा मन भी पढ़े पर उसका उसूल है मन पढ़ेगा तो धन्धा खटाई में पड़ जायेगा। रोज़ किसी उल्टी दिशा में काम के लिये भेजे जाने से अक्सर मैं देर से घर पहुँचता हूँ। यूँ हर शाम, रात में ढलने की अभ्यस्त है पर मैं इस देर और गहरी रात का अभ्यस्त नहीं होना चाहता। ऑफ़िस शहर के एक कोने में है तो ठिकाना एक़दम दूसरे कोने में। मैं रोज़ इनके बीच चकरघिन्नी-सा घूमता हूँ। आज भी वही हुआ जिसका मुझे अन्देशा था। क्लाइण्ट का घर दिल्ली से सटे दूसरे स्टेट में और मेरा घर बिलकुल अलग स्टेट में। यानी शाम के समय मैं बॉस की कृपा से तीन राज्यों में भटकता फिरूँ। उनका क्या है जबान हिला दी। क्लाइण्ट के घर से मेरे ठिकाने की दूरी लम्बी थी। पौने छह तो ऑफ़िस में ही हो गये थे। काम पूरा होते न होते दिन पूरी तरह ढल गया।

"साली! यह भी कोई ज़िन्दगी है? रोज़ मरो-ख़पो और ज़िन्दा रहो बार-बार मरने-खपने को। आज कोई ठीक जगह काम मिल जाये तो अभी लात मार दूँ इस नौकरी पर।"

मेरी झुँझलाहट बेतरह बड़बड़ाने लगी। गुस्से और लाचारी के बीच एक यही बड़बड़ाहट है जो सच्ची साथी लगती है। मेरी बड़बड़ाहट नाजायज़ नहीं थी। अब रात को मेरे इलाके की तरफ़ जानेवाले साधन बेहद कम रह जायेंगे। या तो मैं इस तक़लीफ़ को नियति मान लूँ या फिर अपने समय की रक्षा के लिये मुस्तैद हो जाऊँ। मैंने अपना समय बचाने के लिए क्लाइण्ट के घर से निकलते ही कैब कर ली। लगभग अस्सी किलोमीटर की दूरी पर मेरा ठिकाना था। कैब शहर के व्यस्त ट्रैफिक से जूझती रुक-रुककर बढ़ी जा रही थी मानो दुनिया भर के वाहनों का सैलाब इसी सड़क पर बिछ गया था। मोबाइल की बैटरी लो मिलने और कैब में मेरी वाली चार्जर पिन न मिलने पर मन फिर टीसा। कुछ देर में आगे बढ़ती कैब सीमेण्टी जंगलों को पछाड़ने लगी। बाहर देखते-देखते मेरी आँखों में नींद उतरती गयी। रात कैब में उतरकर मुझे अपनी आगोश में लेने लगी। न जाने कितनी देर मैं बेसुध रहा। कैब की अजीब घरघराहट और उसके झटके-से रुकने पर मेरी नींद टूटी।

"सर जी! आप कोई दूसरी कैब कर लो। इसे तो सुधारना पड़ेगा। जाने कितनी देर लगेगी। मुझसे नहीं सँभली तो दस बजे यहाँ भला मुझे कौन मिलेगा? न आदम, न आदम की जात।"

कैब का ड्राइवर परेशानी में बोला।

घटती दूरी, घर पहुँचने का भरोसा और सीट पर अधलेटी मुद्रा के इत्मीनान को कैब ड्राइवर के चन्द शब्दों ने चौपट कर दिया। अगले ही पल मैंने खुद को एक सुनसान जगह पर पाया।

"क्या मतलब दूसरी कैब कर लूँ? ख़राब गाड़ी लेकर ही क्यों चला तू?"

कुछ देर शान्त रही मेरी झुँझलाहट ने फिर सिर उठाया। ड्राइवर सवारियों के नखरों-झगड़ों का आदी था, चुप रहा। मैंने दूसरी कैब करने के लिये मोबाइल निकाला, बैटरी कम थी। मामला बीच में अटक सकने का ख़तरा देख मैंने फ़ोनवाला हाथ झटका और झुँझलाया–

"मरवा दिया तूने आज"

"मेरे फ़ोन से करा लो बुक" ड्राइवर ने मेरी परेशानी समझकर अपना फ़ोन आगे बढ़ाया।

"बस...बस रहने दे। नहीं चाहिए तेरी मेहरबानी।"

मैंने जलती हुई आँखों से उसे घूरा और पैसे चुकाते हुए अपनी ठसक में आगे बढ़ गया।

मेरे ठिकाने की दूरी आठ-नौ किलोमीटर की तो थी। यहाँ से ऑटोरिक्शा, बस की उम्मीद करना बेकार था। शाम ढले इक्का-दुक्का बैटरी रिक्शा क़िस्मतवालों

को मिल जाया करते थे फिर भी उम्मीद का दामन थामकर कुछ दूरी पर किसी ऑटो के मिलने की आस में मैं पैदल चल पड़ा। मेरे लाख चाहने पर भी रात गहरा चुकी थी। भूख धीरे-धीरे आँतों से लड़ाई पर उतरने लगी और मैं रास्ते की दूरी से लड़ रहा था।

मेरे शहर का यह इलाक़ा बसी हुई पुरानी कॉलोनियों की तरह शोरोगुल में अभी नहीं डूबा था। पुरानी बसी हुई कॉलोनियाँ अक्सर दिन में ही नहीं देर रात तक गुलज़ार रहती हैं। एक-दूसरे से सटे घरों में साँस लेने से लेकर लड़े जानेवाले आगामी मोर्चों की ख़बरें भी पोशीदा नहीं रहने पातीं पर यह जगह अभी इस रंग में नहीं रंगी थी। शहर की सीमा पर बिल्डरों द्वारा तेज़ी से उठायी जा रही बहुमंज़िला इमारतों से धीरे-धीरे पटते जा रहे इस इलाक़े में फ़िलहाल अधिकांश बन्दोबस्त अस्थायी थे। वह मज़दूर जो इलाक़े में एक बस्ती का ख़्वाब उतार रहे थे वे कुछ समय बाद न जाने किन्हीं और ख़्वाबों को पूरा करने किन अनजान रास्तों पर निकल चले जानेवाले थे। वे तमाम बिल्डर जो अभी अपने समय के एक बड़े सपने को बेच देने की फ़िराक़ में थे इससे भी बड़े सपनों की तलाश में दौड़ने-दौड़ाने के मंसूबे पहले से बनाये बैठे थे। उनके रचे सपनों को बिकवानेवाले एजेण्टों की लम्बी-चौड़ी जमात जिन सुविधाजनक शिविरों में ग्राहकों के लिये बैठती थी वे सभी पहले से ही अस्थायी थे। कुछ सपने जो लगभग तैयार खड़े थे रोज़ किसी का हो जाने की राह तकते और शाम को थककर ऊँघने लगते। यूँ कुछ किलोमीटर पर आधा बसा, आधा उजड़ा एक मोहल्ला भी था जो अब तक एक पुराने गाँव का नाम अपने काधों पर ढो रहा था। मुख्य सड़क से अन्दर की तरफ़ कुछ किलोमीटर के फ़ासले पर सपनों के आलीशान बियाबान में ऐसे दो-एक मोहल्ले रौशन थे। शाम होते न होते पूरा इलाक़ा किसी कोहरे की चादर में सिमट जाता। इलाक़े की मुर्दनी देखकर मेरे शरीर में एक अजब-सी झुरझुरी दौड़ गयी पर मेरे क़दम कुछ और तेज़ हुए। अचानक मेरी बगल से पुलिस की एक गाड़ी फर्राटे से निकल गयी। मेरे क़दम ठिठके। मैं फिर बड़बड़ाने लगा।

"शहरों में अपराध का आँकड़ा आख़िर कहाँ जाकर थमेगा? आये दिन, दिन के चौबीस घण्टों में अपराधों की बढ़ती वारदातें...जैसे शहरों में होड़ लगी है कि कौन बड़ा अपराधी है? बेहिसाब हत्याएँ, वहशी बलात्कार, लूट-पाट के नये-से-नये हथकण्डे। पन्द्रह रुपये कोई क़ीमत होती है किसी की ज़िन्दगी से खेलने की? पर नहीं क़ीमत हर हाल में वसूली जानी है। टी.वी. परसों ही तो चीख़-चीख़कर बता रहा था कि एक ज़िन्दगी पन्द्रह रुपये भाव तुल गयी। कई बार लगता है इन्सान कम और वारदातें ज़्यादा हैं। हर चमकदार आईना पीठ पीछे मैला-कुचैला है। जीना जैसे

रोज़ अपने को किसी जोखिम से निकालना हो गया है। किसी जमाने में कविताएँ लिखा करता था, पर अब? शहर ने मेरे शब्दों को मारकर मुझे क्लाइण्ट्स के टार्गेट तले कबका कुचल दिया।"

इस बार की बड़बड़ाहट निर्जन रास्ते में ज़्यादा उन्मुक्त थी पर जैसे ही लूटपाट जैसा शब्द ज़बान पर आया मैंने हाथों से अपना पर्स टटोला। सड़क कहीं अधिक सुनसान दिखायी देने लगी। पुलिस वैन मुझसे बहुत दूर जा चुकी थी। मोबाइल पर उँगलियाँ गयीं और संकोच में सिमट गयीं। मैं उसकी चार परसेण्ट बैटरी को बेकार गंवाना नहीं चाहता था। चलते-चलते मैं उन दिनों के बारे में सोचने लगा जब जगह-जगह पी.सी.ओ. की सुविधा थी। मोबाइल न भी हो तो कोई ख़तरा नहीं। बात के तार टूटते नहीं थे। फिर पी.सी.ओ. का मतलब बसावट भी तो था। कुछ लोग, चाय की गुमटी, उसके साथ सटी कोई छोटी-सी दुकान। एक सुविधा दूसरी को कितनी जल्दी लील जाती है। मेरे आगे एक टैम्पू में उनींदा बैठा परिवार मुझ पर ग़ौर किये बिना निकल भागा। सड़क भी उसे देखकर हैरान थी। खुद को अकेला पाकर भी मैंने राहत की साँस ली।

"शुक्र है अकेला हूँ। परिवार साथ नहीं है। नहीं तो रोज़ मेरे इन्तजार में वह भी परेशान रहता।"

पैदल चलकर मैंने काफ़ी दूरी तय कर ली। आगे एक छोटा-सा बाज़ार था जिसकी तमाम दुकानें बन्द हो गयी थीं। बाज़ार सड़क के दूसरी तरफ़ था मैं दूसरी तरफ़ जहाँ कोई दुकान न थी। कुछ दूरी पर कुछ नौजवान लड़के खड़े दिखायी दिये। मन में एक पल भी कोई नेक ख़याल न आया। मुझ अकेले को देखकर कहीं यह बिना वजह हमलावर न हो जायें? मेरी साँसें तेज़ चलने लगीं। मेरी चाल अपने-आप बहुत सतर और व्यवस्थित हो गयी। अकेलेपन से निबटने की यह ख़ास कला थी जिसमें बच गये तो कला सार्थक वरना बेकार। लड़कों ने एक अजीब निगाह मुझ पर डाली जिसे मैंने महसूस किया पर खुद पर हावी नहीं होने दिया। पहले मैं उनके सामने से गुज़रा, दिल ज़ोरों से धड़का। मैं कुछ आगे बढ़ा तो पीठ पर कई जोड़ी आँखों की चुभन महसूस हुई पर धीरे-धीरे एक बेशऊर ठहाके ने मेरी लानत-मलामत करके मुक्ति पायी। मेरी साँसें आगे बढ़कर भी संयत नहीं हुई थीं। सड़क अँधियारे में तैर रही थी। मैंने यादों के दरवाज़े को धकेला और जानना चाहा कि पहली बार कब अँधेरे ने मुझे बेचैन किया होगा? देर तक धूल सनी यादों को झाड़ा और महसूस किया बचपन से ही अँधेरे के साथ आशंकाओं के अनगिनत बीज रोप दिये जाते हैं। मेरी बड़बड़ाहट ने फिर शक्ल अख़्तियार की–

"जीवन के साथ इन बीजों के फूटने और बीहड़ में ढलते जाने का चक्र चलता रहता है। आख़िर बचपन के किन हाथों में आशंकाओं के बीहड़ छाँटने की दराँती आती होगी?"

अँधेरे में क़दम बढ़ाता मेरा मन इस समय बेचैनी से भर उठा। दिल में एक तेज़ भाप उठी और उसने मेरे सीने पर जैसे फफोले उगा दिये। अँधेरा, रात और सड़क –मैं कहाँ से लाता इन फफोलों के लिये मरहम? मैंने मोबाइल निकाला। उसने ग्यारह का समय दिखाया। मैं बेरहम की तरह उसे ताक़ता रहा। मर रहे आदमी की आख़िरी चीख़-सा वह घनघनाया और शान्त हो गया। एक पल ठहरकर मैंने अँधेरे को टटोला वह इत्मीनान से माहौल में पसर चुका था। मद्धम रौशनी उसके आगे दम तोड़ रही थी और आस-पास की अनेक अबूझ आकृतियाँ मुझे अपने पंजों में जकड़ने को बढ़ी चली आ रही थीं। मैंने रफ्तार पकड़ ली। आगे एक मोहल्ला और उसके बाद एक लम्बा निर्जन तब मेरा ठिकाना-अँधेरे के पंजों से बचने के लिये मैंने अपनी गति दोगुनी कर दी। पर भागते पैर कुछ ही देर में हाँफने लगे।

रात में दूरियाँ किस क़दर बढ़ जाती हैं यह वक़्त मुझे बता रहा था। मैं रुका नहीं, बढ़ता रहा। अचानक मेरी बगल से एक आकृति बदहवास-सी भागी। मैं लगभग गिरते-गिरते बचा पर मेरी एक भरपूर चीख़ अँधेरे को चीरती हुई निकल गयी। सोचने-समझने की इन्द्रियाँ जैसे जड़ हो गयीं। आकृति के इन्सान होने पर मुझे सन्देह हुआ। कितनी बार अँधेरे से बड़े अँधेरे के ख़्याल होश उड़ा देते हैं। मैं भौंचक-सा किसी सुरक्षित जगह पर पहुँचने की जल्दी और रौशनी की तलाश में लड़खड़ाते क़दमों से आगे बढ़ा कि एक चीख़ मुझे सुनायी दी। इस बार मैं नहीं चीख़ा था। मैं ठिठक गया। आकृति और इन्सान एक-दूसरे में मिल जाने की कोई जुगत लगा रहे थे। मैं पलटा। फिर वापस आगे बढ़ा। फिर रुका और हिम्मत करके चीख़ की दिशा में बढ़ने लगा। आकृति की मरियल-सी कराहें मुझे रास्ते का पता दे रही थीं। अँधेरे में सूझता भले कुछ नहीं पर आवाज़ों के रास्ते बेहद उजले रहते हैं।

कुछ दूरी पर दूसरी सड़क से नीचे की ओर एक अण्डरपास दिखायी दिया जहाँ मामूली-सा बल्ब अपनी सारी शक्ति लगाकर भी टिमटिमा भर रहा था। आकृति मुझे वहीं दिखायी दी। मैं सड़क पार कर उसके नज़दीक पहुँचा तो उसकी पीठ मेरी तरफ़ थी। मेरे आने से अनजान वह अपनी चोट सहला रही थी। उसके शरीर पर चुस्त कुर्ता और कन्धों पर ढलके बालों ने उसकी किशोर उम्र का अन्दाज़ा मुझे दे दिया। मैंने हौले से उसके कन्धे पर ज्यों ही हाथ रखा उसके बदन में भयानक सिहरन हुई उसने पूरी ताक़त लगाकर कन्धे से हाथ को झटका और

वह बिना पलटे चीख़कर आगे की ओर भागी। आगे घुप्प अँधेरा था। वह अँधेरे में खो गयी। उसकी इस हरकत पर मैं अवाक रह गया। कुछ क्षण की ख़ामोशी के बाद मैं उसे पुकारने लगा। मुझे डर था कि वह कहीं बहुत आगे न निकल जाये।

"तुम भाग क्यों रही हो? यह जगह ठीक नहीं है तुम्हारे लिये...सुन रही हो।"...

कोई जवाब नहीं आया। मैं निराशा में भी लड़की की दिशा में कान लगाये रहा। वहाँ से लड़की के रोने की आवाज़ आयी। उसने मुझे भीतर तक हिला दिया। उसका तनाव अँधेरे की तरह घना महसूस हुआ जिसके पार पहुँचना मेरे लिये असम्भव था। फिर भी मैंने कोशिश नहीं छोड़ी।

"देखो! तुम डरो नहीं, भागो मत। यहाँ आओ।...अच्छा मैं ही आता हूँ तुम्हारे पास।"

"यहाँ मत आना मेरे पास।" उसने दो-टूक कहा।

"मेरा यक़ीन करो मैं बुरा आदमी नहीं हूँ। मैं यहीं खड़ा हूँ, नहीं आ रहा तुम्हारे पास। ठीक है। अब तो लौटकर आओ। ऐसे मत करो।"

वह कुछ नहीं बोली।

"इतनी रात यहाँ क्या कर रही हो इस सुनसान में?"

इस बार भी कोई जवाब नहीं आया पर रोने की आवाज़ आयी जिसे सुनकर मेरा दिल और तेज़ी से धड़का।

"देखो! यह जगह तुम्हारे लिये ठीक नहीं है। सुनो! लौट आओ।"

मैं देखता रहा पर वह नहीं आयी।

"मेरी बात मान लो यहाँ इतनी रात रहना ठीक नहीं है और मैं तुम्हें कोई नुकसान नहीं पहुँचाऊँगा। वैसे मुझे भी यहाँ नहीं होना चाहिए था इतनी रात...। सुन रही हो तुम...यह अच्छी बात नहीं है। तुम्हें भी यहाँ नहीं होना चाहिए था। देखो! रोओ मत।"

मैंने बोलते-बोलते रुमाल निकालकर माथे पर आ गये पसीने को पोंछा। मेरी आवाज़ थरथरा रही थी। बेचैनी, घबराहट और उत्तेजना से मेरी आवाज़ भर गयी। मैंने महसूस किया मुझे अपनी आवाज़ बहुत भीतर से आती हुई सुनायी दे रही थी। कितना मुश्किल होता है न यह साबित करना कि आप जो कह रहे हैं वह सच है। उस तरफ़ से आवाज़ का कोई सुराग़ नहीं मिल रहा था। मन में ख़्याल आया छोड़ देता हूँ इसे यहीं...'अरे! नहीं नहीं.'—मन ने डपटा।

"सुनो! तुम डरो नहीं, आओ न इधर। आओ! घबराओ नहीं, मुझे बताओ क्या बात है? मुझे पता है तुम डरी हुई हो। किसी से नाराज होकर आयी हो क्या?"

इस बार क़दमों की आहट मुझ तक पहुँची। वह अण्डरपास की ओर लौट

रही थी। अपनी बेचैनी में मैं एक़दम चुप रहा। कहीं मेरे शब्द उसका इरादा न बदल दें।

आकृति संकोच में पास आती गयी। जब वह मेरे हाथ बराबर दूरी पर थी तो मैंने कहा–

"मैं तुम्हें नुकसान नहीं पहुँचाऊँगा, यक़ीन करो।"

वह चुप थीं। रोने के कारण कुछ-कुछ पल बाद निकल रही उसकी सिसकी ही उसकी आवाज़ थी जिससे मुझे बहुत-कुछ समझना-जानना था। वह अब भी काँप रही थी। उसकी साँसें तेज़ चल रही थीं। मैंने उसके चेहरे पर नज़र गड़यी तो उसकी सूजी हुई आँखें दिखीं। सीधी आँख के ऊपर एक चोट का निशान भी था। मेरी घबराहट लगातार बढ़ रही थी। फिर भी मैंने पूरी शक्ति बटोरकर कहा–

"मैं ग़लत आदमी नहीं हूँ।"

"मैं आपको जानती हूँ।"

मैं चौंक गया।

"मुझे?...कैसे?..."

सावधानी से लैस होकर मैंने उसका चेहरा टटोला। मुझे हैरानी हुई। कहाँ देखा है इसे? कौन है यह? मैं कब-कैसे मिला था इससे?–मन में अनेक सवाल उछाल मारने लगे।

"आप इतनी रात में यहाँ क्या कर रहे हैं?"

उसने मुझसे ऐसे पूछा जैसे मुझे अच्छी तरह जानती हो पर मुझे वह क्यों याद नहीं आ रही थी? मैंने महसूस किया कि उसका स्वर और शरीर पहले के मुकाबले स्थिर-सा हुआ है।

"तुम कैसे जानती हो मुझे?" आख़िरकार मैंने पहचान में असमर्थ अपनी नज़र की हार मान ही ली।

"आपको मैं याद नहीं?...पहले आप रहते थे हमारे मोहल्ले में...यहीं पास में। दीक्षित अंकल के घर आते थे वहीं तो था मेरा घर। याद नहीं आपको मेरे पापा की दुकान थी उसी मोहल्ले में।"

मैंने ज़ोर मारा तो दीक्षित जी याद आये। भले व्यक्ति थे। वह दुकान और उसका एक पैर से बेकार दुकानदार याद आया, उसकी सुन्दर बीवी भी याद आयी...याद आयी उसके संग रहती एक लड़की।

"अरे! तुम...हाँ-हाँ याद आ गया मुझे। कमाल है तुमने मुझे पहचान लिया। इस घुप्प अँधेरे में भी?"

एक पल की राहत के बाद मैं फिर बेचैन हो उठा। पहचान के घेरे किस क़दर

फिक्रमन्द होते हैं—

"तुम घर से दूर, इतनी रात गये यहाँ अकेली क्या कर रही हो?"

सवाल के जवाब में वह ख़ामोश खड़ी रही। मुझे कुछ नहीं सूझ रहा था।

"घर क्यों नहीं जाती हो?...चलो मैं संग चलता हूँ। मुझ पर भरोसा करो। मैं तुम्हें घर छोड़ दूँगा।"

मैंने कहा पर मेरे शब्द उसकी चुप्पी नहीं पिघला सके। शायद मेरे सवालों ने उसे काठ की गुड़िया बना दिया था। मैं कुछ देर खड़ा रहा। वह भी खड़ी रही। मैं अचरज में था उसे कहीं जाने की जल्दी नहीं थी। मेरे आगे दो ही रास्ते थे या तो मैं उसे छोड़कर अपनी राह निकल जाऊँ या फिर इसे इसके घर पहुँचा दूँ।

"चलो।"

"नहीं। मैं उस घर में नहीं जाऊँगी।"

"पर क्यों?"

उसने गहरी साँस ली, एक घूँट-सा भरा।

"बस।"

"यह क्या बात हुई? देखो! कई बार घर में कुछ बातें हो जाती हैं पर इससे क्या कोई घर छोड़ देता है?"

"मैं नहीं जाऊँगी। आप जाओ। आपको जाना है तो।"

इस बार उसके शब्द सख़्त थे। मैंने महसूस किया उसके शब्दों ने मेरे पैरों में ज़ंजीर-सी डाल दी। ऐसा लगा जैसे नीचे ज़मीन ही नहीं है।

"देखो! मैं ऐसे नहीं जा सकता। ख़ासतौर पर अब तो नहीं। मुझे बताओ न क्या बात है?

मैंने कहा। मेरे स्वर की दृढ़ता भाँपकर वह बोली—

"आप मेरे साथ बैठोगे कुछ देर?"

झिझक में लिपटा उसका सवाल मुझे घूरने लगा।

"य...हाँ?...आँ...हाँ-हाँ"

लड़की के मिलने पर अँधेरा कुछ समय के लिये मुझसे दूर हो गया था पर उसके सवाल के साथ वह फिर नमूदार हुआ। रात कितनी घिर गयी है। मैं फिर आशंकाओं में घिरने लगा। अँधेरे जगह-जगह घात लगाये बैठे थे। मैंने उसका साथ नहीं छोड़ा। अण्डरपास छोड़कर हम आगे बढ़े। मेरा यक़ीन कहता था रात के सफ़र ने कैलेण्डर के हिस्से में नया दिन उगा दिया होगा। बैठने की जगह तलाशते हम कुछ दूर चुपचाप चले। काफ़ी आगे अँधेरे में नहाया एक पार्क दिखा। पार्क तो क्या उजाड़ ही था। टूटी मुँडेर से हम अन्दर हुए और जर्जर-सी बेंच पर जा बैठे। दूर-दूर

तक रौशनी का कोई जुगनू भी नहीं था। ऊपर चाँद की बारीक़ फाँक और नीचे हम दोनों। वहाँ बैठकर मुझे अपने पैरों की थकान का ज़बरदस्त एहसास हुआ। दोनों हथेलियों से मैं अपने पैर दबाने लगा।

"क्या नाम है तुम्हारा?"

"मेरा नाम यशू है...आप भूल गये ?"

"तुम्हें यहाँ अकेले डर नहीं लग रहा...यशू?"

"पहले लग रहा था...अब..."

यशू के शब्द ने आख़िर मेरे भरोसे की डोर को थाम लिया था।

"मैं घर से भाग आयी हूँ। अब मेरा मन वहाँ नहीं लगता।"

मैंने अँधेरा में ही उसके चेहरा की रेखाएँ टटोलीं वहाँ घर से लगाव का कोई रेशा मुझे न दिखा। वह बामुश्किल पन्द्रह-सोलह बरस की होगी। मैं हकबका गया। अब क्या करूँगा? मेरा दिमाग़ चौगुनी रफ्तार से काम कर रहा था। यहाँ आस-पास कोई फ़ोन भी नहीं और फ़ोन होता भी तो इसके घर का नम्बर कहाँ था मेरे पास? कैसे ख़बर करूँ इसके घर? मेरी चिन्ताओं को किसी करवट चैन न था।

"आज पापा ने मुझे बहुत मारा...मैं नहीं जाऊँगी घर।"

उसकी दृढ़ता भाँपकर मुझे कोई सही जवाब नहीं सूझा पर मेरी ख़ामोशी उसे चुभ न जाये और कारण पूछना अखरे नहीं इसलिए मैंने कहा–"हाँ, होता है ऐसा कई बार।"

कुछ देर एक लम्बी ख़ामोशी हमारे बीच रही फिर वह बोली–

"मैंने आपसे कभी नहीं कहा, पर आप मुझे बहुत अच्छे लगते हो।"

सुनकर मैं सकपकाया। लड़की उम्र में मुझसे काफ़ी छोटी थी। कुछ क्षण रुककर मैं बोला–

"हाँ इसमें क्या है, तुम भी बहुत अच्छी हो।"

"नहीं...आप सच में मुझे बहुत पसन्द हो। आप जब दिखते थे मोहल्ले में मैं चाहती थी आपसे कभी बात करूँ।"

इस बार लड़की की आवाज़ कम लरजी। सकुचायी तो क़तई नहीं। अब तक वह पूरी तौर पर संयत हो चुकी थी। मेरे यक़ीन की हद के भीतर उसकी कँपकँपी, रुलायी और डर की हर दीवार ढह रही थी।

"लेकिन हम तो कभी मिले ही नहीं। हम क्या बात करेंगे?"

अब तक मैंने जान लिया था कि इससे डाँट-डपट नहीं की जा सकती और समझाना भी अभी बेकार रहेगा फिर इस रात में, इस बियाबान में इसे अकेला कैसे छोड़ूँ? यही सब सोचकर मैं उसकी बातें पूरे धैर्य से सुनता रहा। ऐसे कि उसे लगे

कि मैं उसकी बातों में दिलचस्पी ले रहा हूँ। उसके पास अनन्त बातें थीं। धरती से लेकर चाँद की, हवाओं से लेकर दरियाओं की, आग से लेकर फूल की। वह जिस गति से बोले जा रही थी उस गति से मेरी चिन्ता बढ़ती जा रही थी। मैं अपनी चिन्ता को भरसक छिपा रहा था।

"मैंने कभी इतने तारे एक संग नहीं देखे। तारे तो क्या मैंने रात के इस वक़्त कभी आसमान ही नहीं देखा।...कितना सुन्दर है यह आसमान।"

वह पूरी बेफिक्री में आसमान को निहार रही थी। मैं सोचने लगा कितना फ़र्क़ है कुछ देर पहले की और इस समय मेरे साथ बेंच पर बैठी इस लड़की में। सिर उठाकर आसमान को देखा तो लगा जाने कितने अर्से बाद मैं भी एक पूरा आसमान देख रहा हूँ। आसमान में बिखरे चिन्दी-चिन्दी तारों को देख रहा हूँ। अँधेरा भी ख़ूबसूरत हो सकता है-आज के तमाम बुरे अनुभवों में यह पहला सुकून मेरे ज़ेहन में दर्ज हुआ। हम दोनों बिना कुछ बोले देर तक अपने हिस्से का आसमान और आसमान के हिस्से के चाँद-तारे निहारते रहे। शाम ढलने के बाद केवल यही क्षण था जब सारी चिन्ताएं आसमान ने परे धकेल दीं। समय अँधेरे के नुकीले सिरे घिसने लगा। लड़की फिर बोलने लगी। उसके पास क़िस्सों की कमी नहीं थी और किस्सों के सिरों को बिना किसी तरतीब से जोड़े वह एक पगडण्डी से दूसरी-दूसरी से तीसरी पर बेधड़क बढ़ती गयी। कुछ समय बाद बोलते-बोलते उसका स्वर मन्द पड़ने लगा। मैंने उसका उनींदापन भाँप लिया। बोलते-बोलते उसने अपने दोनों पैरों को बेंच पर सिकोड़कर रखा। वह मेरे नज़दीक आयी और मेरे कन्धे पर सिर रख दिया। धीरे-धीरे आसमान को निहारते हुए उसकी आँखें मुंदीं और वह सो गयी।

मैं ख़ामोश रहा। अपने हिलने-डुलने को मैंने बेहद नियन्त्रित कर लिया कि लड़की की नींद में कोई ख़लल न पड़े। मैंने इस क़दर अपने कन्धे को उचका लिया कि उसका सिर उसमें पूरे इत्मीनान से अटका रहे। मैं उसकी राहत की तमाम कोशिशें कर ही रहा था कि मेरा ख़ून सूख गया। अचानक मन में ख़्याल आया कि यदि यहाँ कोई आ जाये तो हम दोनों को देखकर क्या सोचेगा? उसकी नाबालिग उम्र और आदमी की उम्र का मैं? किसी भी सोचनेवाले के मन में ओछा इरादा ही सिर उठायेगा। सोचते हुए आदतन मेरे नाखून दाँतों के तले चले गये। मैं उन्हें काटने लगा। बचपन से मेरी परेशानी है चिन्ता सवार होती है तो मैं नाखून कुतरने लगता हूँ। मेरा मन मुझे धिक्कारने लगा। मैंने क्यों डाँट-डपट से इसे सीधा नहीं किया? क्यों आ बैठा इसके साथ? अपने सवालों के साथ मैं बेहरकत कुछ देर बैठा रहा। मन में फिर एक सवाल कौंधा–"इस लड़की ने मुझसे यह क्यों कहा कि आप मुझे बड़े अच्छे लगते हैं?" इस बार मैंने नज़र भरकर उसके चेहरे को देखा पर चेहरे ने

कोई जवाब नहीं दिया। मैंने उसके सिर के दबाव को अपने कन्धे पर और ज़्यादा महसूस किया। वह गहरी सो चुकी थी। वह मुझसे सटी हुई थी। उसके सारे शरीर का भार मुझ पर था। रात की उस हलकी ठण्डक में मैं उसकी गर्माहट महसूस कर रहा था। उसकी साँसें मेरे कन्धे को सहला रही थीं जैसे रात की ठण्डक में एक गर्म भाप मेरे कन्धे को छू रही हो। यही नहीं उसकी साँसों की आवाज़ को मैं बहुत अच्छी तरह सुन पा रहा था। मेरे पूरे बदन में एक झनझनाहट दौड़ गयी। दिल में अजीब-सी बेचैनी होने लगी। मैंने अपने सूखते गले में एक घूंट भरा, थूक निगला। मैं उसके बेहद नजदीक था। मेरा हाथ उसके कुर्ते के किनारे को छू रहा था। थोड़ी देर में वह किनारा मेरे नाखून के नीचे था। मैंने महसूस किया कि नाखून बढ़ रहा है। नुकीला, खूंखार और निर्मम। मैने गहरी साँस ली। अपने दिल की धड़कन को महसूस किया। मैंने देखा उस वीराने में बहुत सारे नाखून उग रहे हैं। ख़ून से सने। मैं बहुत-सारी गहरी आँखें आग-सी दहकती हुई महसूस कर रहा था। उस वीराने में कई जोड़ी हाथ उगने लगे हैं। सब तरफ़ अँधेरा था। मैंने झटके से आँखें खोलीं। अपनी साँस को महसूस किया। मैंने अपने हाथ को देखा और चुपचाप लड़की के कुर्ते के किनारे से उसे अलग किया। मेरी हथेली पसीज गयी थी। अपने हाथों को अपने घुटनों पर रखा और आँखें गड़ाकर देखा उस वीराने में कोई नहीं था। न हाथ, न आँखें और न नाखून। मैंने एक हाथ से अपनी आँखों को साफ़ किया और बुदबुदाया-बुरा आदमी। मैं हल्के-से मुस्कुराया। फिर से मेरे शब्द मुझे सुनायी दिये–बुरा आदमी।

कहीं दूर चिड़ियाओं के चहकने की हलकी-सी आवाज़ सुनायी दी। मैंने देखा आसमान की धरती चटखने लगी और उसकी कालिमा धुँधला रही है।

शोध-कथा

"सर जी! आपके नाम चिट्ठी आयी है जाती बार लेते जाना।"

"कहाँ से आयी है?" मैंने घबराकर पूछा।

"सरकारी है...सन्तोष मैडम की टेबल पर है...ले लेना।"

कॉलेज-कर्मचारी प्रताप ने जैसे ही चिट्ठी का ज़िक्र किया मेरे हाथ-पैर फूल गये। इन दिनों विश्वविद्यालय से मेरे कई साथियों के नाम आर्थिक वसूली की दर्दनाक सूचनाओं से भरे पत्र आ रहे थे। शिक्षक बिरादरी में चारों तरफ़ मातम पसरा था। अध्यापकों के कई धड़े त्राहि-त्राहि कर रहे थे। एक तरफ़ स्टडी लीव लेकर शोध जमा न कराने, छुट्टी और वेतन का पूरा उपभोग करनेवालों की जान साँसत में थी तो दूसरी तरफ़ अतीत में दिये किसी ग़लत इंक्रीमेंट की रिकवरी से सम्बन्धित लेटर थे तो तीसरी तरफ़ नियम बदलने के कारण समय पर न लौटीं महिला शिक्षिकाओं से चाइल्ड केयर लीव के दूसरे साल में भारी वसूली होनेवाली थी। चौथी तरफ़ नये रोस्टर के तहत एडहॉक-गेस्ट हटाये जा रहे थे। सबका सांख्यिकीय ग्राफ़ लाखों का आँकड़ा छू रहा था। मैं पहले और चौथे धड़े में नहीं था, तीसरे में हो नहीं सकता था इसीलिये दूसरे में डाल दिया गया हूँ शायद...यही सोचकर मेरी रूह काँप गयी। धड़कते दिल से लिफ़ाफ़ा खोला। पढ़ते-पढ़ते मेरी आत्मा जैसे परमात्मा से मिलकर स्वर्गिक आनन्द में डूब गयी। पीएच.डी. कराने के लिये एक अदद शोध छात्र मिलने की सूचना से मेरी बाँछे खिल गयीं। मन में झंकृत संगीत के निर्देश पर पैर थिरकने को बेताब हुए कि मैंने बड़ी ही कड़ाई बरतते उन्हें क़ाबू में किया पर मन की ख़ुशी के लिये आज आसमान छोटा पड़ रहा था। इतनी ख़ुशी तो मुझे अपनी पीएच.डी. करने पर भी नहीं मिली थी। इसी ख़ुशी में मैं घर में मिठाई लेकर आया। उस दिन से मैं मैं न रहा जैसे कोई और हो गया।

जीवन में पहली बार ऐसा एहसास हुआ कि जैसे मैं किसी बड़ी जमात में शामिल होने जा रहा हूँ। इसकी ठोस वजहें भी थीं। मैं अक्सर विश्वविद्यालय में

बड़े और नामी-गिरामी प्रोफ़ेसरान को देखता था तो मन एक अलौकिक आदर्श और उनके प्रति सम्मान से भर उठता था। मुझे हमेशा यही महसूस होता था कि वे शोध के मद्देनज़र एक बेहद गम्भीर और महत्त्वपूर्ण काम को अंजाम दे रहे हैं। मेरा अपना अनुभव भी ऐसा ही था। मैंने बड़ी ही लगन और मेहनत से अपना शोध पूरा किया था। मेरे सुपरवाइजर शोध को कड़ी मेहनत का काम मानते थे। शोधार्थी के प्रति उनका गहरा संशय और उसके काम से उपजा अन्सतोष उनके लिये अच्छे शोध की कसौटी था। एक अध्याय को कम-से-कम चार बार कटवाते थे। हालाँकि थे मानवतावादी। अपने विद्यार्थियों से उनका सच्चा लगाव कहें या उनके श्रम पर उनका अटूट भरोसा कि अन्ततः वह बाद के तीन अध्यायों को नकारकर पहले नकारे गये ड्राफ्ट को ही उपयुक्त मानकर फ़ाइनल करते। दूसरा अध्याय भी मैंने चार बार लिखा था पर उसका पहला ड्राफ्ट अपनी फाइल में सुरक्षित रख लिया और बाद में मैंने दूसरे, तीसरे और चौथे अध्याय का पहला ड्राफ्ट ही मनोयोग से लिखा बाक़ी तो सर को सन्तुष्ट करने के लिये कागद कारे किये। इसलिए विभाग से जारी शोध-निर्देशकों में अपना नाम देखकर मैंने सबसे पहले मन में बसी अपने सुपरवाइज़र की सूरत को सादर नमन किया।

अगली सुबह, अपनी सामान्य सूरत में ही दुनिया मेरे आगे खड़ी हुई पर मेरी दुनिया में अब कुछ भी सामान्य नहीं रह गया था। सुबह से ही मेरी मुद्रा गम्भीर थी। बीवी ने हाथ से नब्ज़ टटोली और माथा छूकर देखा–"बुखार तो नहीं लग रहा...कुछ हुआ है क्या?"

मैंने एक शब्द ज़ाया किये बगैर नकार में सिर हिलाया। कॉलेज जाने की इतनी उतावली मुझे पहले कभी नहीं हुई थी। रास्ते भर मैं अपनी बदली हुई दुनिया के साथ दुनिया बदल देने के आदर्शतम विचार से भरा था। स्टाफ़-रूम में उस दिन मेरी गम्भीर सूरत को कई लोगों ने नोटिस किया। मेरे मन ने मुझे इशारा कर दिया था कि भई! अब तुम प्रोफ़ेसर बनने लायक हो गये हो। शोध-छात्र मिलना इसकी पहली सीढ़ी है इसलिए अब तुम्हें सामान्य तो नहीं रहना है। अपने गुरुजी के बताये दो सिद्धान्त-संशय और मशक्कत जो मुझे अपने होनेवाले शोधार्थी के जीवन में उतारने थे वे आज मेरे लिये फिर से अनिवार्य हो उठे।

कुछ प्रोफ़ेसरों को मैंने क़रीब से देखा था। उनके गुर जो उनकी क़ाबिलियत का परचम लहरा रहे थे मुझे उन्हें अपने जीवन में उतारना था। मैंने अपनी अक्ल को बेलगाम दौड़ाया और मैं दूर की कौड़ी जल्दी ही खोज लाया। पहला गुर जो मैंने अपनी ज़िन्दगी में आये प्रोफ़ेसरान में कूट-कूटकर भरा पाया वह था कि किसी से सीधे मुँह बात न करो। कोई नमस्कार करे या पैर छुए उसे अदृश्य मानकर

अपनी वैचारिक-एकाकी दुनिया में मन्थन करते बढ़े जाओ। दूसरी महत्त्वपूर्ण बात भी मुझे जल्द समझ आ गयी जो मैंने गाँठ बाँध ली- यदि किसी साधारण से विषय पर बात की जाये तो उसका उत्तर साधारण तरीक़े से क़तई नहीं देना है। मुझे याद आया एक बार जब किसी काम से विभाग की चर्चा के बीच चाय का प्रकरण आया था तो चाय का इतिहास और भूगोल बताते हुए कितने ही प्रोफ़ेसरों ने उसकी तात्त्विक मीमांसा से लेकर अनेक दार्शनिक व्याख्याएँ पेश कर डाली थीं कि मैं हतप्रभ था। याद आते ही मैंने सोचा जब वर्तमान ही असाधारण पायदान पर क़दम रख चुका है तो अब अतीतजीवी बने रहने से क्या लाभ? मुझे भी सामान्य का पुराना चोला फेंकना था। यह दोनों ही गुर मुझे अदना से श्रेष्ठ बनानेवाले थे।

इन दो बातों को लेकर मेरा पहला दिन अब तक के शिक्षण अनुभव पर भारी रहा। जीवन के उस ऐतिहासिक बदलाव के दिन मैं उन दोनों गुरों की ठोक-बजाकर परीक्षा करना चाहता था। तक़दीर अच्छी हो तो मौक़े भी राह में पलकें बिछाये मिलते हैं। मैंने मान लिया मेरे सितारों का शनि अब मंगल में पदार्पण कर चुका है। यह मंगल अचानक एक विद्यार्थी के रूप में मेरे सामने खुद ही आ खड़ा हुआ–

"सर! क्लास होगी आज?"

मैं आदतन 'हाँ' में सर हिलाकर उठते हुए कहने ही वाला था कि- 'चलो, आता हूँ' पर तभी मैं सचेत हुआ। मुझे हैरत हुई एक गहरी निःश्वास के बाद संसार से परे कहीं केन्द्रित होते हुए मेरे शब्द खुद-ब- खुद निकले–"क्लास... वह तो वर्ग चेतना से ही निर्धारित होती है। पहले वर्ग चेतना पैदा करो, क्लास की बाद में सोचेंगे।"

विद्यार्थी का मुँह खुला-का-खुला रह गया और वजनी वाणी में गंभीर सूत्रवाक्य ने मेरे सहकर्मियों के कान खड़े कर दिये। मैंने अनुमान लगाया कि वे सोचने पर मजबूर हुए हैं कि आज मेरे भीतर एक नया मनुष्य करवट ले चुका है। मैं अब जाकर पूरी तरह डॉ. राघवेन्द्र जी हो रहा था पहले की तरह 'अबे! राघव' या 'ओ! रग्घू' नहीं। मैंने दार्शनिक मुद्रा बनाये रखते हुए अपने प्रोफ़ेसर होने की महानता के नीचे ज़रा-ज़रा झाँक रहे सामान्य मनुष्य को डराकर भगा दिया और उसकी जगह नये अवतार की उदात्त पीठ थपथपाने लगा। अगले ही पल एक नया विचार दिमाग़ में कौंधा। मैं नहीं चाहता था कि लोग मुझे अलाने-फलाने की तरह लल्लो-चप्पो करके मिले शोध छात्रोंवाला निर्देशक समझें। मुझे सिद्ध करना ही था कि मैं पूरी तौर पर प्रोफ़ेसरशिप डिज़र्व करता हूँ इसीलिये ज़रूरी था कि अब मुझे हमेशा अपने प्रोफ़ेसर होने की प्रबल संभावना का प्रमाणपत्र सभी को देते हुए चलना था।

मैंने अपनी गर्दन को थोड़ा-सा कष्ट पहुँचाकर उसे पीछे की ओर धकेला जिससे मेरी ठोडी आठ अंगुल ऊपर की ओर उठ गयी। उसके उठते ही मेरी नाक और माथा आसमान से बातें करने लगे, उन्हें नीचे की दुनिया कम दिखायी देने लगी। आला दर्जे का प्रोफ़ेसर बनने का मेरा सफ़र आरम्भ हो गया था।

दिनोंदिन मेरे व्यवहार में प्रोफ़ेसरियत का इज़ाफ़ा होने लगा। एक दिन कॉलेज के एक कर्मचारी से मैंने एक फाइल माँग ली। आदत से मजबूर वह बोला -'कल आना'। पहले की बात होती तो धीरज धरकर, मुस्कुराकर मैं कर्मचारी से भाईचारा जताते हुए आँखों-ही-आँखों में अनुनय-विनय करता लेकिन अब यह मेरी नयी शख़्सियत की प्रतिष्ठा का सवाल था। उस शख़्सियत को आहत और अपमान की ज्वाला में भस्मीभूत देखकर मैंने प्रिन्सिपल को कर्मचारी के विरुद्ध सख़्त चिट्ठी लिख डाली। मुझे पूरी उम्मीद थी कर्मचारी की सारी काहिली निकल जायेगी और बच्चू आगे से होशमन्द रहेंगे पर मैं हैरान रह गया जब प्रिन्सिपल ने उसकी जगह मुझे ऑफ़िस में बुलाया।

"डॉ. साहब! यह आपने लिखी है?"

चिट्ठी में मेरे दस्तखत देखकर भी मेरी पुरानी सन्तोषी छवि के कारण वे संशय में पड़ गये थे।

"कोई शक?"

मेरे इन दो दृढ़ शब्दों ने उन्हें हिला दिया पर वे प्रिन्सिपल थे, बोले–

"यह आरोप है। आज नहीं तो कल मिल ही जाती फाइल। इस तरह किसी के ख़िलाफ़ चिट्ठी-पत्री करने से फायदा?"

मेरी आत्मा आर्तनाद कर उठी। मेरे जैसे योग्य और भविष्य के काबिल प्रोफेसर से बात करने का भला यह क्या तरीका हुआ?

"बात फ़ायदे की नहीं क़ायदे की है और इस तरह की देरी के लिये मैं चेयरमैन तक जा सकता हूँ।"

नौकरी में जो साहस मैं इतने वर्षों में अर्जित नहीं कर पाया था वह साहस मेरे भीतर अचानक वैसे ही उठ खड़ा हुआ जैसे बछड़ा जन्मते ही अपने पैरों पर खड़ा हो जाता है। मेरे नये रूप को प्रिन्सिपल भी आँखें फाड़े देखने लगे। उन्हें इसी मुद्रा में छोड़कर मैं ऑफ़िस से बाहर आया तो मेरे चिन्तनशील दिमाग़ ने संकेत किया कि अभी चेयरमैन तक जाना ठीक नहीं। पहले पूरा प्रोफ़ेसर हो लूँ और उसके लिये मुझे अभी बहुत तैयारी करनी थी। संशय और मशक्कत- मेरे मन-मस्तिष्क में यही शब्द झनझना रहे थे। तुरन्त मेरा ध्यान गया कि इस लक्ष्य की प्राप्ति सरल न थी। मुझे अभी कई रिसर्च पेपर लिखने थे, बहुत-सी जगह वक्ता के तौर पर

बुलाया जाना भी ज़रूरी था। प्रोफ़ेसर होने के लिये जितने प्वाइण्ट दरकार थे जब मैंने उनकी बाबत सोचा तो मेरा आँकड़ा मुझे चौराहों पर रिरियाते भिखारियों से भी दरिद्र जान पड़ा।

मैं तैयारी की दिशा में ताबड़तोड़ हाथ-पैर मारने की फ़िराक़ में था कि मुझे ध्यान आया कि मेरा समय इतनी बड़ी घटना का साक्षी बन रहा है और मैं उससे कटा हुआ हूँ। हर साल लगनेवाला विश्व पुस्तक मेला मुझे बाँहें फैलाकर बुलाता जान पड़ा जिसे मैं बरसों से बिसराये बैठा था। मैं ज्ञान की खोज में तेज़ी से उस तरफ़ बढ़ चला कि शोध छात्र के आने से पूर्व मैं अपनी तैयारी पूरी कर लूँ। मैं जानता था मेले में घूमने से न सिर्फ़ रुतबा बढ़ता है बल्कि आप ज्ञानवान् की श्रेणी में दर्ज किये जाते हैं भले ही प्वाइण्ट न बनें। दो-चार शिष्य झोला उठाये साथ हों तो ज्ञान का वज़न और बढ़ जाता है। मैं कल्पना करने लगा कि अपने लाव-लश्कर संग चला जा रहा हूँ। मेले की गलियों-चौराहों जहाँ से भी गुज़र रहा हूँ मेरा क़ाफ़िला बढ़ता जा रहा है। बड़े-बड़े प्रकाशक और लेखक अपनी किताबों का विमोचन मुझसे करवाने के लिये मरे जा रहे हैं। कुछ मेरे शोध लेखों के अंश पर लहालोट होकर मुझे मेरी ही लिखी पंक्तियाँ सुना रहे हैं और यह क्या कुछ प्रकाशकों ने तो रूठते हुए मनुहार की–"इस बार हमें भी अपनी किताब छापने का मौक़ा ज़रूर दीजियेगा।" अचानक मेरे काफिले और मेरी खुशी को रौंदती एक चीख़ मुझे सुनायी दी--

"दालें ख़त्म हो रही हैं और चीनी का एक दाना नहीं है। खाना-वाना चाहिए कि नहीं?" पत्नी ने मेरे ख़्यालों के महल को ध्वस्त कर दिया। मैं धूल झाड़ता खड़ा हुआ।

"अभी ला देता हूँ। नाराज़ क्यों होती हो...तुम्हारे लिये जान हाज़िर है।"

पत्नी के सवाल का इतना मामूली जवाब? मैं खुद पर चकित था पर यहाँ मेरी पहली डिग्रियाँ भी बेअसर रही थीं फिर मुझे पुस्तक मेले के लिये एक बड़ी राशि भी निकलवानी थी। मैंने हथेली पर सरसों जमाते हुए दाल-चीनी के थैले हाज़िर किये। पत्नी मुस्कुरायी तो तुरन्त अर्ज़ी दाख़िल की--

"पुस्तक मेले जाना है पाँच-छह हज़ार मिल जाते तो कि...ता...बें..."

अधिक नहीं तो इतने मिलने की उम्मीद में मैंने शब्द और देह की भाषा का संकोच भाव बनाये रखा। फिर भी पत्नी की त्यौरियाँ चढ़ गयीं। पत्नी बाज़ार की भक्त थी पर पुस्तक संस्कृति से उसे ख़ासी चिढ़ थी। ख़र्चा, जगह का घिराव, साफ़-सफ़ाई में लगनेवाली मेहनत और किताबों में खोटी होते मेरे समय और अक्ल के बारे में सोचते ही चिढ़न उसके चेहरे पर साकार हो गयी।

"पहले भी लाइब्रेरी की किताबें भरी हुई हैं अब और क्यों?"

"भई! समझा करो पीएच.डी. का स्टूडेण्ट मिला है। घर आयेगा तो उस पर क्या प्रभाव पड़ेगा कि सर के पास अपनी पुस्तकें भी नहीं हैं।"

"इस स्टूडेण्ट के मिलने से तुम्हारी तनख़्वाह कितनी बढ़ेगी?" पत्नी ने तुरन्त पूछा।

"तनख़्वाह तो नहीं बढ़ेगी।"

"मुफ़्त में शहीदवाले एक हमारे ही घर में रह गये हैं।" पत्नी आग बबूला हो उठी।

मैंने इस शहादत से लम्बे समय बाद मिलनेवाले परिणाम, प्रोफ़ेसरशिप और उससे आगे अध्यक्ष बनने, अनेक प्रमुख समितियों का सदस्य बनने और होनेवाली आय का समीकरण समझाया तब पत्नी का गुस्सा कुछ क़ाबू में आया। उसके क़ाबू में आते ही मैंने रक़म ऐंठ ली। कुछ भारी-भरकम प्रभावशाली किताबें ख़रीद डालीं। न सिर्फ़ साहित्य, दर्शन, विचार की किताबें, मोटे-मोटे शब्दकोश, कुछ सैद्धान्तिक किताबें जो मेरी तैयारी को चमका सकें। पूँजी अच्छी-ख़ासी खर्च हो गयी थी पर जाने क्यों सन्तोष-सा नहीं हो रहा था। कारण साफ़ था- अंग्रेज़ी की किताबों का सिरे से अभाव। दिक़्क़त यह थी कि मेले में इतनी अंग्रेज़ी किताबों के होते हुए भी मैं यह नहीं जान पा रहा था कि इस भाषा में आज का पॉपुलर साहित्य क्या है। ज्ञानाभाव की दशा में मैंने दो सौ रुपये की मामूली पूँजी लुटाकर चार भारी-भरकम किताबें ख़रीद लीं।

किताबें, कपड़े, कमरा दुरुस्त करके समय आया शोध छात्र से मिलने का। उसने फ़ोन करके मिलने का समय माँगा। जीवन में इतनी उलझन शायद ही कभी पेश आयी हो। दुविधा यह थी कि उसे घर बुलाऊँ या कॉलेज? दुचित्ते की राह में मेरा यह समझ पाना टेढ़ी खीर था कि कहाँ अधिक प्रभाव पड़ेगा? पहले सूझा कॉलेज ही बुला लूँ...फिर ख़रीदकर सजायी किताबों का क्या होता? पहला प्रभाव दूर तक काम करता है-जैसे ही मैंने सोचा मुझे लगा कार्यस्थल पर रुआब की बात ही कुछ और है। मैं निष्कर्ष पर पहुँचने ही वाला था कि मुझे कार्यस्थल की मौजूदा स्थिति ने चौकन्ना किया। मेरे कॉलेज का स्टाफ़-रूम जहाँ शिक्षक अधिक हैं और जगह कम। स्टाफ़-रूम की लचर हालत की सोचते ही मुझ पर बिजली गिरी। पुराना-धुराना फ़र्नीचर, पलस्तर की पपड़ियों से सजी दीवारें, टूटे दरवाज़े से कुत्तों का मनचाहा प्रवेश, कूड़े-मलबे का साम्राज्य और बदबू के भभके। जगह की कमी की वजह से शिक्षकों का सिकुड़-सिमटकर बैठना और अक्सर त्याग करते हुए कॉलेज से ग़ायब भी रहना सदा चिन्ता का विषय रहा था। हमारे पास

विभाग के प्रोफ़ेसरों की तरह कोई निजी कमरा कहाँ था कि शोध छात्र पर प्रभाव जमा सकें? विज्ञान के मेरे शिक्षक दोस्तों के अधिकांश शोधार्थियों को तो मैंने बिना लैब के शोध करते देखा था। वे बिचारे अपने-अपने विभागों के प्रोफ़ेसरों से उनकी लैब में अपने शोधार्थियों को काम करने देने की जुगत लगाये मारे-मारे फिरते थे। बहरहाल मेरी बुद्धि ने शोधार्थी से कॉलेज और घर-दो किश्तों में मिलने का सुझाव पारित किया।

"सर ! रचना बोल रही हूँ। आपसे मिलना था।"

"कल आ जाओ...कॉलेज। ठीक साढ़े ग्यारह बजे।" मेरी चतुर बुद्धि ने हिसाब लगाया कि इस वक़्त कॉलेज में सबसे अधिक शिक्षक मौज़ूद रहते हैं। रुआब सिर्फ़ रचना पर ही नहीं साथियों पर भी पड़ना चाहिए। वे भी मेरा जलवा देख सकें। सब बताकर मैं निश्चिन्त हुआ ही चाहता था कि रचना बोली–

"सर! माफ़ कीजिये, उस समय तो आना नहीं हो पायेगा।" वह जाने क्या-क्या कारण बता रही थी पर मेरी सुई 'नहीं' पर अटक गयी। अपनी योजना को पहली ही सीढ़ी पर दम तोड़ते देख मैं चीख़ पड़ा–"नहीं आ सकती तो छोड़ दो पीएच.डी.।"

फ़ोन पर कुछ क्षण चुप्पी रही। मैं डर गया कहीं सचमुच यह छोड़ ही बैठी तो? रचना ने जल्द 'हाँ' कहकर मुझे राहत दिलायी। हाँ करने के बावज़ूद अगले दिन नियत समय पर रचना नहीं आयी। साढ़े ग्यारह का सुनहरा समय बीतने लगा। शिक्षक तितर-बितर होने लगे। रचना को डाँट लगाकर मैंने एक घण्टे बाद आने को कहा। जब स्टाफ़-रूम फिर से कुछ भरा-भरा लगे और मेरा रुआब पड़ सके। वह एक घण्टा मेरे लिये बवाल-ए-जान था।

"हिन्दी नाटकों में राजनीतिक चेतना'--यही शोध का विषय था। रचना सन्तुष्ट थी और मैं हैरान। मैं कविता का विद्यार्थी, नाटक-वाटक मैं क्या जानूं? फिर वह तकनीकी विषय है। मैंने सिलेबस में ही नाटक पढ़े-पढ़ाये थे। देखने के सौभाग्य को मैं सदा लात मारता आया था। मैं इसे क्या बता पाऊँगा? अपनी विशेषज्ञता मैंने विभाग को पहले ही लिख भेजी थी। विचलित मन को सांत्वना देकर सहलाया शायद विभाग ने मुझमें अपार सम्भावनाएँ देखकर ही यह नयी ज़िम्मेदारी दी है। अपने क्षितिज का विस्तार करो- मैंने खुद को चेताया। सोचा-विचारा तो कुहासा कुछ और छंटा। मेरे कितने परिचित अध्यापक अनेक विश्वविद्यालयों में दृश्य माध्यम को श्रव्य की तरह पढ़ा ही रहे हैं, शोध करा रहे हैं। जैसे वे शोध बिना नाटक देखे और तकनीक के अभाव में हो रहे हैं एक और हो जायेगा तो क्या घिस जायेगा? कुछ राहत मिली ही थी कि मेरा ध्यान फिर से विषय की ओर

गया। किस घामड़ ने यह विषय पास किया होगा? सोचा तो विभाग के दो-तीन घामड़ों की सूरत मेरी आँखों के आगे तैरने लगी। हिन्दी नाटक की इतनी लम्बी यात्रा समयसीमा से मुक्त सुरसामयी आकार में मुँह फाड़े खड़ी थी। मेरा मन तुरन्त संशय में घिरा-'शायद मेरा नाम दिये जाने के पीछे यही मन्शा हो कि मैं यह पहाड़ काट ही न सकूँ।' सन्तोष की एक संकोची-सी पंक्ति मुझे सिनाप्सिस में दिखायी दी--शोध निर्देशक की सलाह पर उचित परिवर्तन किये जा सकते हैं।" समाधान मिलते ही मैंने सबसे पहले शोध का एक ख़ास दशक निर्धारित किया। अब बारी थी राजनीतिक चेतना की।

"सबसे पहले तुम 'दास कैप्टिल' पढ़ो।" रचना पर प्रभाव जमाने की दृष्टि से मैंने कहा। मेले से मैं उसके खण्ड ख़रीद लाया था।

"हो सके तो मूल पढ़ना।" मैंने और अधिक दृढ़ता के साथ कहा।

"सर! वह तो..."

"देखो! शोध में मूल को पकड़कर चलना होता है।"

"सर! जर्मन में? वह तो मुझे..."

'नहीं-नहीं अंग्रेजी में।"

अपनी भूल को मैंने अपने आत्मविश्वास से धो डाला। औपचारिक पत्र पर साइन के बाद मैंने सिनाप्सिस पर बात करने के बहाने उसे घर बुलाया। जो मुलाकात मेरे घर पर तय हुई वहाँ रचना ने मेरी बौद्धिक स्थिति का अनुमान मेरी सजाई किताबों से लगा लिया। मैंने कनखियों से देखा उसकी आँखें मेरे लिये गर्व से भर चुकी थीं। मैंने इस गर्व को और जमाने के लिये वर्तमान राजनीति पर चर्चा शुरू की। सपाट चेहरा लिये रचना मुझे उजबक की तरह देखती रही। वह सुनती तो रही पर सिर न हिलाया। मुझे जल्द समझ आ गया कि इसका नाम रचना क्यों पड़ा? राजनीतिक चेतना ना- होने के कारण ही उसका नाम शायद र च ना था जैसे मैं न राघव था न इन्द्र। उसके चले जाने के बाद मैं गहरी दुविधा में पड़ गया। विषय का उत्तर पक्ष जिस राजनीतिक चेतना से सम्बद्ध था वह रचना में न थी। शोध का स्तर क्या होगा? विषय के साथ न्याय कैसे होगा? जैसे-तैसे हो भी गया तो जिनके पास भेजा जायेगा वहाँ से अस्वीकृत हो गया तो? मेरी छवि का क्या होगा? बिगड़ी छवि के साथ मेरे भविष्य की सारी धवल सम्भावनाओं के द्वार बन्द हो जायेंगे। रात भर मैं सो नहीं सका। करवटें बदलता रहा। तीन बार उठकर पानी भी पिया फिर भी नींद कोसों दूर। सुबह उम्मीद की किरण से सजी उगी। मैंने फिर से रचना के विषय पर गौर किया। नाटक और राजनीतिक चेतना--और जल्दी ही संशय के बादल छंट गये। जिस प्रकार रचना की राजनीतिक चेतना शून्य थी वैसे

ही नाटक की जानकारी में मैं भी शून्य ही था। जनतान्त्रिक तरीके से सोचते हुए मैंने तसल्ली पायी और निष्कर्ष निकाला कि हम दोनों को ही विषय के पूर्व और उत्तर पक्ष की कमान सँभालते हुए एक-एक चप्पू थामे इस शोध की नैया पार लगानी होगी। दिन आज मुझे काफ़ी उजला नज़र आया।

कोर्स वर्क के छह महीने में रचना कभी-कभी प्रत्यक्ष मुलाक़ात के लिये आती। शोध से सम्बम्धित किताबों पर, सवाल लिये वह आती और चर्चा के बाद फौरन फैलोशिप का रजिस्टर और कुछ बिल मेरे सामने रख देती। मैं साइन करते हुए असीम गर्व से भरा जाता। धीरे-धीरे रचना से मुलक़ात का माध्यम यथार्थ से अधिक आभासी हो गया। फेसबुक पर मेरी हर पोस्ट, हर फोटो पर पहला लाइक अब उसी का रहने लगा। व्हाट्स एप पर भी नियमित रूप से जोड़े हुए हाथों का नमस्कार मिलता जिस पर मैं मुग्ध रहता। छह माह बाद अपने दो गुरु मन्त्रों-संशय और मशक्कत को लेकर यह यात्रा शुरू हुई। रचना के पहले दो अध्याय राजनीतिक चेतना और सैद्धान्तिक आयाम से जुड़े थे। मुझे रचना पर संशय और अपनी मशक्कत पर पूरा भरोसा था। मैंने किताबों के पन्ने अण्डरलाइन किये। ज़रूरी लेख जुटाकर रचना को दिये। रचना भी उत्साहित हुई और उसने विद्वानों के उद्धरणों का अम्बार अपनी लिखी दो-तीन पंक्तियों के साथ खड़ा कर दिया। पूर्व के शोधों से पूरा फ़ायदा उठाकर उसने काफ़ी मेहनत से उत्खनन करके अपने शब्दों में पिरोया। प्लेजरिज़्म के जंजाल से बचना बेहद ज़रूरी था। सन्दर्भ और ढेर-सारे उद्धरणों से कुल पैंतीस पेज का मसाला बन गया।

"रचना ! तुम्हें नहीं लगता पेज दो अध्यायों की दृष्टि से कम रहेंगे?" मुझे बड़ी हैरत भी हो रही थी कि शोध के आरम्भ में मैं जिस गुणात्मक पहलू को सोचा करता था आज उसे सिरे से नकारकर मैं पृष्ठ संख्या की बात कर रहा हूँ।

"सर! चिन्ता न कीजिये। टाइपिंगवाले भैया एलाइनमेण्ट सही करके डबल स्पेस भी दे देंगे तो यह मैटर पचास से ऊपर ही बैठेगा।"

रचना की हाज़िरजवाबी को मेरी प्रशंसा की नज़र मिली। उसने मेरा संशय दूर किया लेकिन अगले ही पल मुझे शोध के स्तर और उसमें खड़ी की जानेवाली हाइपोथीसिस का सवाल परेशान कर बैठा। मासूसी मेरे चेहरे पर चिपक ही जाती पर मैंने मन को तुरन्त समझाया अभी तो दो ही अध्याय हुए हैं। गुणात्मक और मौलिक काम तो बाद के अध्यायों में ही होता है।

कुछ महीने मैं निश्चिन्त रहा। दो-ढाई साल बीत चुके थे। विभाग से पत्र आया रचना के सीनियर रिसर्च फैलोशिप का वाइवा होना था। वह ख़ुश थी कि उसे पहले से अधिक धन मिलेगा और इस वाइवा के लिये दो अध्याय भी उसने

पूरे कर लिये हैं। मैं भी एक बड़ी जमात में बैठने के सुख में डूब रहा था। सब काम ठीक से हुआ तो रचना ने मुझे मिठाई का डिब्बा भेंट किया। मैं चौकन्ना हुआ। आस-पास किसी ने देख लिया तो न जाने क्या-क्या कयास लगायेगा। कहीं यह न समझा जाये कि यह मिठाई जे.आर.एफ. कराने की एवजी है। मैं डर गया।

"नहीं-नहीं यह मेरे सिद्धान्तों के विरुद्ध है।" कहते हुए मैंने डिब्बे को परे धकेला।

"अच्छा सर! एक पीस तो खा लीजिये। बड़ी मशहूर मिठाई है।"

डिब्बा खोलते ही मैंने उसके ऊपर लो कैलरी के बड़े-बड़े हर्फ़ देख लिये। मिठाई थी भी बहुत बढ़िया। मैं तुरन्त संशयग्रस्त हुआ। आख़िर मैंने भी मेहनत की है। पूरी मिठाई पर मेरा ही हक़ बनता है। रचना डिब्बे को अपने बैग के सुपुर्द कर ही रही थी कि मैंने तपाक से कहा–

"अच्छा चलो, तुम दुखी मत हो पर आगे से ऐसी औपचारिकता में न पड़ना।''-ऐसा कहकर मैंने सिद्धान्त और व्यवहार दोनों की रक्षा की।

कुछ माह बाद मुझे पता चला कि इस मिठाई की क़ितनी भारी कीमत मुझे चुकानी पड़ी। उसकी मिठास की स्मृति पहले बेस्वाद हुई फिर कुनैन से अधिक कड़वी और अन्ततः जानलेवा। रचना एक़दम ग़ायब हो गयी। मेरा माथा उस दिन ठनका जब मैंने ग़ौर किया कि उसने व्हाट्सएप पर मुझे ब्लॉक कर दिया है। मैंने देखा उसका फ़ेसबुक एकाउण्ट भी बन्द है। हड़बडाकर फ़ोन मिलाया तो वह भी स्विच ऑफ। बार-बार मिलाया पर ऑफ़। पहले शोध छात्र का यों अपमानित करके लापता हो जाना किसी हादसे से कम न था। मन बार-बार उसकी कृतघ्नता पर दुखी होता। दिन-रात सोचा करता मुझसे कौन-सी भूल हुई? मैंने तो किसी तरह का मर्दाना ओछापन भी कभी प्रदर्शित नहीं किया था। उसने मेरी निश्छल सेवाओं पर ज़रा भी ग़ौर नहीं किया। उसके दोस्त भी असलियत नहीं जानते थे। किसी ने बताया कि वह घर लौट गयी है। मेरे शहर से दूर किसी शहर में उसका घर ढूँढ़ना क्या आसान था? मैं इन्तज़ार में तुलसीदास का चातक हो चला। साल भर इन्तज़ार करते बीता और अन्त में मैंने चातक के बदले घातक बनने की ठान ली। रचना की वार्षिक रिपोर्ट भेजने का समय भी आ गया था। मैंने तुरन्त कार्यवाही करते हुए विभाग से एक सख़्त पत्र उसके घर की ओर रवाना करवाया। दिन-पर-दिन और महीने-पर-महीनों बीते पर कोई जवाब न आया तो प्रतीक्षा फिर से अधीर हुई। स्वप्नभंग और त्रासदी मेरे जीवन के पन्नों पर अपनी कहानी लिख चुके थे। कॉलेज के सहकर्मियों को भी न जाने कहाँ से भनक लग गयी। मेरे साथ बैठते ही

वह पूछते–"आजकल शोध-छात्र, दिखायी नहीं देती?" उनसे जान छुड़ाकर घर भागता तो कमरे की किताबें ठहाका लगातीं। सबसे त्रस्त होकर पत्नी का आत्मीय स्पर्श पाना चाहता तो वह मेले में लगी पूँजी का हिसाब माँगकर सताता। मैं कई स्तर पर संघर्षों से जूझ रहा था।

जिस सुबह मैंने बुद्ध की तरह निर्वाण का रास्ता चुनने का संकल्प लिया दरवाजे पर दस्तक हुई। रचना मेरे ठीक सामने खड़ी थी और संकल्प चिन्दियों की मानिन्द हवा में बिखर गया। ज़हर का प्याला पीते हुए उसे मैंने कमरे में बिठाया। कमरे की किताबें यह नज़ारा देख हैरान थीं। इससे पहले मैं कुछ कह पाता रचना रोने लगी। मैं घबरा गया। उसे पानी देते मेरा सारा क्रोध भी उसके आँसुओं संग बह गया। पत्नी चकित-सी कमरे में चली आयी यूँ उसे मेरी नीयत पर पूरा भरोसा था पर आये दिन शोधार्थियों के यौन-उत्पीड़न की ख़बरें उससे छिपी न थीं। वह रचना को टटोलकर पूरा भरोसा करना चाह रही थी। कमरा रचना की बाँध तोड़ती चीख़ के बाद हिचकियों पर उतरा तो वह बोली–

"सर! आज बताती हूँ आपको मेरी राजनीतिक चेतना क्यों शून्य है। बिन माँ की लड़की हूँ। घर की सबसे बड़ी। पिता पर तीन बच्चों का बोझ है। पिता की अकेली नौकरी में न मकान बना न ही अब तक किसी भाई-बहन का जीवन ठिकाने लग सका। मेरे स्कॉलरशिप के पैसे में अपनी पूँजी मिलाकर घर बनवा रहे हैं। पिता की नौकरी है और भाई-बहनों की पढ़ाई। रह गयी मैं तो मेरी पूँजी और मेहनत सब मकान में लग रही है...और ऐसे में आपने चिट्ठी भिजवा दी।"

मैं माफ़ी की मुद्रा में कुछ कहने को हुआ ही था कि वह फिर बोली।

"सर! मैं जानती हूँ आपको लगता है मुझमें राजनीतिक चेतना नहीं...।"

"नहीं-नहीं ऐसा।"

"सर! हमेशा से ऐसी नहीं थी। आजकल विरोध करनेवाले शोधार्थियों की हालत किससे छिपी है? अराजनीतिक बने रहने में ही भलाई है। जब तक नौकरी न लगे तब तक तो बिलकुल। विरोधी राजनीतिक चेतना रखनेवाले लोगों के सारे कामों में अड़ंगे लगाये जाते हैं। खासकर लड़कियों के क्योंकि उन्हें तो पैदायशी मूर्ख माना ही जाता है। फिर सक्रिय राजनीतिक चेतना के और भी ख़तरे देखें हैं सर! कितने उनके चलते दमन सहते, निराश होते हैं। कितने हारकर आत्महत्या कर लेते हैं। रोहित वेमूला प्रसंग याद है न आपको...मेरे लिये राजनीतिक चेतना से बड़े आर्थिक सवाल हैं। सर! कहाँ बैठ रहा है देश में शिक्षा और रोज़गार का समीकरण?"

"घर की मदद करना अच्छा है पर निरपेक्ष होना? वह भी तो एक तरह की

राजनीति ही है।"

"सर ! मुझे बस यही पता है कि मदद के नाम पर पिताजी सारा पैसा लूटे जा रहे हैं। भाई-बहन भी विरोध नहीं करते पर कल को मेरी भी शादी होनी है। मुझे भी पैसा चाहिए ऐसे में आप सख़्ती करेंगे तो मेरा क्या होगा? फैलोशिप वैसे भी अनियमित ही रहती है उस पर आपकी चिट्ठी? नौकरी का कोई भरोसा है नहीं। क्या आप मेरे प्राध्यापक होने की गारण्टी दे सकते हैं? अपने यहाँ ही एडहॉक या गेस्ट रखवा सकते हैं? मुझे इसी बीच अपनी शादी और नौकरी के अन्य विकल्पों पर भी सोचना है। आज आपको साफ़ बताये देती हूँ मुझे अभी कई डिप्लोमा कोर्स और प्रवेश परीक्षाएँ देनी हैं। हो सकता है औरों की तरह प्रशासनिक सेवा की तैयारी भी करूँ। जल्दी काम की मुझसे कोई उम्मीद न रखिये हाँ, काम मैं ज़रूर पूरा करूँगी।"

सदा शान्त रहनेवाली रचना इतनी स्पष्टवादी है और अपनी अस्मिता के प्रति जागरूक, मुझे ख़बर न थी। साल भर की यातना को उसने कितने कम शब्दों में सामने रख दिया। मैं अपने निर्मम व्यवहार पर दुखी हुआ साथ में खुशी के आसमान पर छायी धुंध भी हट गयी। वह काम पूरा करेगी-यही मेरे लिये बड़ा उपहार था। पत्नी जो जीवन की कठिन परिस्थितियों में भी नहीं पिघलती थी आज वह भी रचना के कन्धे पर हाथ रखकर उसका हौसला बढ़ा रही थी। सब शान्त होते ही रचना ने फैलोशिप से जुड़ा रजिस्टर और कुछ बिल निकाले। पश्चात्ताप की मुद्रा में मैंने बिना देखे धड़ाधड़ साइन किये। रचना विनीत भाव से आने का आश्वासन देकर चली गयी।

इसके बाद काफ़ी समय मेरी और रचना की मुलाक़ातें रजिस्टर और मेरे हस्ताक्षर की मजबूरी के कारण सम्भव होती रहीं। पहले ही शोध छात्र ने मुझे जीवन की सबसे बड़ी सीख दे दी थी। जिस छात्र के मिलने पर मैं इठलाने लगा था दुनिया को तुच्छ समझते हुए एक गुमान से भर उठा था वह गुमान आसमान से उतरकर धरती पर जा गिरा। मुझे शिक्षा और रोज़गार का समीकरण न बिठा पानेवाले और आत्महत्याओं की ओर धकेले जानेवाले शोधार्थियों के चेहरे दिखायी देने लगे। देश के वह हालात भी दीखने लगे जहाँ उच्च शिक्षा की तबाही की दास्तानें रची जा रही थीं। पहले सरकारी स्कूलों की जगह प्राइवेट स्कूल और अब उनकी तर्ज पर प्राइवेट यूनिवर्सिटीज़ का जंजाल। पिछले कुछ वर्षों में जहाँ रोज़गार और शोधार्थी के समीकरण बैठ भी पाये थे वहाँ भी स्थिति टैम्पप्रेरी से एडहॉक और एडहॉक से काण्ट्रैक्चुअल की ओर खिसकायी जाकर स्थायित्व की सीमा से परे धकेलने की साज़िश अंजाम पा रही थी।

रचना से मुलाक़ातें मुझे निजी तौर पर समझा गयीं कि शोध निर्देशक और शोधार्थी रेल की दो पटरियाँ ज़रूर हैं जो साथ-साथ चलती हैं पर मिलती कभी नहीं। उनके बीच से कभी संवाद, कभी कोई औपचारिक काम की क्रासिंग गुज़रती तो है पर वह उनके मिलाप का पैमाना हो-यह ज़रूरी नहीं। मेरा ध्यान शोध के गिरते स्तर के शोर की ओर भी गया और मुझे बात समझ आ गयी कि क्यों न गिरेगा यह स्तर। नये विषय और मौलिक काम के उत्साह को तो गोली मारो शोध करवानेवाले को दाम तो छोड़ो कोई नाम तक नहीं मिलता। सुपरवाइज़र का उद्देश्य महज प्रमोशन बनकर रह जाता है। इधर दुनिया के थपेड़े सहता शोधार्थी भी 'मुझे कुछ और करना था' की भूल करता हुआ विषय पर काम निबटा देता है। एक लम्बी उम्र उच्च शिक्षा को देकर भी उसके जीवन की माली हालत हीन-से-हीनतर होती चली जाती है। रोटी और रिसर्च के बीच दूरी बढ़ती हुई कभी न पटनेवाली खाई में तब्दील हो जाती है। इस आत्ममन्थन ने रचना को क्लीनचिट दिलवा दी। मेरे भीतर का शोध निर्देशक पहली बार निश्चिन्त हुआ। संशय की दीवार भरभराकर गिर पड़ी और मैं उसे उठाने की मशक्कत के विचार से भी मुक्त हो गया।

रचना का काम निर्धारित समय में पूरा नहीं हो पाया था। उसने बातों-ही-बातों में मुझे संकेत दिया था कि उसे एक्सटेन्शन लेना पड़ेगा। मैंने हिसाब लगा लिया था कि प्रति अध्याय दो महीने के टार्गेट में काम बख़ूबी पूरा हो सकता है। एक दिन जब मैं घर पर छुट्टी का आनन्द ले रहा था डोरबेल ने मेरा सुकून भंग किया। दरवाज़ा पत्नी ने खोला और बड़े प्यार से कहा–"कैसी हो रचना?"

पत्नी और रचना की दरवाज़े पर चल रही बात सुनकर मेरी ख़ुशी कुछ और बढ़ गयी। देर-सबेर रचना काम पर लौट ही आयी।

"नमस्कार सर।" कहते हुए वह पहली बार मेरे चरण स्पर्श करने लगी। मुझे अजीब लगा और मैं न न करता पीछे हट गया।

पत्नी द्वारा लाये पानी को बिना पिये और बिना बैठे उसने अपने बैग से जिल्द करवायी शोध प्रबन्ध की पाँच कॉपियाँ निकालीं। मेरे हाथ में मिठाई के संग एक कॉपी रखते हुए बोली–

"आपके आशीर्वाद से काम पूरा हो गया। साइन कर दें तो जमा करा दूँ।"

अब मेरा माथा ठनका। क़ायदे से मुझे ख़ुश होना चाहिए था पर मैं बिफर गया।

"यह क्या है? बिना मुझे तीन अध्याय दिखाये तुम सीधा साइन कराने चली आयीं।" मेरी उदारता का उसने नाजायज़ फ़ायदा उठा लिया था। मैंने काम उल्टा-

पल्टा तो मेरा क्रोध और बेक़ाबू हो गया। उप-अध्यायों की कमी, असंगत योजना, ग़लत सन्दर्भ, बेमेल निष्कर्ष-यानी सब चौपट। मैंने मिठाई और शोध-प्रबन्ध उसे लौटाते हुए कहा–"इस हालत में तो यह जमा नहीं हो सकेगा। कम-से-कम मेरे साइन से तो नहीं। तुम चाहो तो विभाग में बात कर सकती हो।"

"सर! कल आख़िरी दिन है जमा कराने का...मेरा भविष्य चौपट हो जायेगा। दस दिन बाद मेरी शादी भी है।" कहकर वह रोने लगी। इस बार मैं क़तई नहीं पिघला।

"रोना-धोना छोड़ो रचना। यह कोरी भावुकता है। तुमने घास तक नहीं खोदी और चाहती हो मैं इस काम को स्वीकृति दे दूँ?"

तनाव बढ़ता ही जा रहा था। रचना हर सूरत में साइन करवाना चाहती थी और मैं उस शोध-प्रबन्ध को सिरे से नकार रहा था। मैं देख पा रहा था कि इस शोध के जमा होने पर इसका अस्वीकृत होना तय है। काफ़ी झिकझिक के बाद मैंने संकट से उबरने का रास्ता तलाशा। रास्ता आसान नहीं था। न उसके लिये न मेरे लिये पर हम दोनों को ही एक-दूसरे पर भरोसा बनाये रखना था।

"अब एक ही सूरत है छह माह का एक्सेटेंशन लो और शोध सही ढंग से पूरा करो।"

रचना के पास और कोई चारा न था। वह मान गयी। एक्सटेन्शन की कागजी कार्यवाही पूरी करने के बाद उसने विवाह किया। मुझे कार्ड भी दिया। शादी उसके शहर में थी सो मैंने आशीष के संग शगुन का लिफ़ाफ़ा यह कहते हुए थमाया–"शादी जीवन भर का मामला है पर शोध मात्र छह महीने का। आगे तुम समझदार हो।"

पन्द्रह दिन बाद रचना साड़ी पहने, हाथों में चूड़ियाँ, माँग में सिन्दूर और साथ में पति को लेकर घर आयी। लड़का सभ्य था उसने बड़े अदब से हम दोनों के पैर छुए। रचना घर आती ही रही थी पर पहली बार इस विवाहित जोड़े को देखकर आँखें जुड़ा गयीं। दोनों बहुत सुन्दर लग रहे थे। हमारा इकलौता बेटा शहर से बाहर पढ़ता था। रचना के पति कुशल में हमें वही दिखा और रचना से भी पहली बार नया-सा अपनत्व महसूस हुआ। पत्नी ने खातिर भी जोरदार की।

"सर! आप निश्चिन्त रहियेगा। आप इससे पूरा काम लीजिये। शोध जमा होने तक यह घर की ज़िम्मेदारी से लगभग मुक्त रहेगी। आपकी उम्मीद पर खरी उतरेगी, मैं भरोसा दिलाता हूँ।"

उसके शब्द सुनकर मेरा सारा मलाल जाता रहा। लड़का नाम से ही कुशल नहीं वास्तव में कुशल था। इसी शहर में किसी बड़े मॉल में काम करता था और ठीक-ठाक कमाता था।

इसके बाद रचना ने भी अपनी ओर से कोई शिकायत न आने दी। किताबें, नाटक, नाटककार, रंगकर्मी उसने कुछ भी न छोड़ा। जितना मैं जानता था उतना और जितनी चुनौती वह सीमित समय में खुद को दे सकती थी-दोनों ने मिलकर रंग दिखाया।

"सर! आप पढ़ लें। जो भी सुधार हों बता दें। मैं मेहनत करके दुरुस्त कर दूँगी।"

कुछ महीनों में रचना का अनथक श्रम देख मैं गर्व से भर गया। अन्ततः मैं रचना को ख़ुद पर संशय रखने और मशक्कत करने के सूत्र थमाने में सफल रहा। कुशल लगातार मुझे उसके लिखे अध्याय दिखाने आता रहा। यों एक काम गिरते-पड़ते आख़िर सँभल गया। शोध जमा कराने पर रचना बेफ़्रिक होकर अपनी पारिवारिक जिम्मेवारियों में व्यस्त हो गयी। फेसबुक एकाउण्ट उसके सुखमय दाम्पत्य की शानदार तस्वीरों का गवाह रहने लगा। वहाट्सएप फिर से गुलज़ार हुआ। इधर मैंने उसका शोध आगे भिजवाने में मुस्तैदी दिखायी पर मेरी पसन्द के प्रोफ़ेसरों की सूची में विभाग ने अपनी पसन्द के तीन नाम घुसा दिये। हालाँकि मैं रचना के काम से सन्तुष्ट था पर फिर भी न जाने क्यों मुझे शोले फ़िल्म का डॉयलॉग याद आ गया-'इस पिस्तॉल में तीन ज़िन्दगी और तीन मौत बन्द हैं।' काफ़ी विचारकर मैंने ज़िन्दगी और मौत का फ़ैसला भविष्य के हाथों सौंप दिया। साल भर बाद रचना का वाइवा सुनिश्चित हुआ। विभाग ने मुझे कल तैयार रहने की औचक सूचना दी। जिसका डर था वही हुआ। मेरे चयनित नाम के अतिरिक्त दूर-दराज़ के एक प्रोफ़ेसर का नाम तय हुआ। मैं उनका नाम भी नहीं जानता था पर इतना जानता था कि अब मेरा उद्देश्य पूरा होनेवाला है। मेरे सी.वी. में पीएच. डी. का खाना अब खाली न रहेगा। जिस गुमान को मैं ठण्डे बस्ते में डाल चुका था वह फिर खड़ा हो गया। उसे संग लिये मैं प्रिन्सिपल ऑफ़िस जा पहुँचा। मेरी खुशी का पारावार न रहा जब प्रिन्सिपल बहुत लोगों से घिरे मिले।

"कहिये?"

"सर! कल कोई ज़रूरी मीटिंग-वीटिंग मत रखियेगा। मैं आ नहीं पाऊँगा।"

'क्यों भला?" प्रिन्सिपल ने चश्मे से झाँकते हुए कहा।

"मेरी पीएच.डी..."

"उसे तो बरसों हो गये। अब कौन-सी पीएच.डी. करने लगे।" उन्होंने कान से निकलती हुई जुल्फों में उँगलियाँ फिराते हुए कहा।

"बस कल कोई मीटिंग न रखें, एक ज़रूरी काम है।"

"वैसे भी आप किसी कमेटी के कन्वीनर नहीं हैं।" प्रिन्सिपल ने मेरी पुरानी अभद्रता का हिसाब चुकता किया।

"कमेटीज़ का मेम्बर तो हूँ सर!...आपको बताना है कल मेरी स्टूडेण्ट का वाइवा है।"

"तो हो ही गयी आख़िर पीएच.डी...।" प्रिन्सिपल ने मेरी खुशी को आधा करने की पूरी कोशिश की पर आज मेरा तीर निशाने पर लगा। मेरे सुख से आहत उनकी आत्मा ने मुझे सुकून पहुँचाया।

घर जाकर मैं अगले दिन की सुनहरी कल्पनाओं में डूबा ही था कि मोबाइल घनघनाया। दूसरी तरफ़ कुशल था।

"सर! रचना का वाइवा लेने आये प्रोफसर ने उसे बुलाया है।" कुशल का स्वर परेशानी से भरा था।

"रचना को...आख़िर क्यों? कहाँ?"

"सर! स्टेशन पर।"

"उन्हें रचना का नम्बर कहाँ से मिला...स्टेशन पर बुलाने का क्या मतलब?" लड़की को यों अकेले बुलाये जानेवाले प्रोफ़ेसर की नीयत पर मुझे शक हो चला। शैक्षणिक गलियारों में हैरेसमेण्ट की ख़बरें आम थीं।

"सर! नम्बर उन्होंने आपके विभाग से लिया। वे चाहते हैं स्टेशन से उन्हें आदर सहित लाया जाये। आप भी चलेंगे न?"

"मेरा क्या काम?...हाँ तुम साथ में ज़रूर जाना।" मैं चकित हुआ कहीं ऐसा भी होता है? यह एक परीक्षा है और परीक्षक-परीक्षार्थी का परीक्षा से पहले इस तरह मिलना मेरी नज़र में सरासर अनुचित था।

"सर! मैंने पता किया है कई जगह वाइवा लेने वालों का स्वागत स्टेशन से करना पड़ता है।"

मुझे पहली बार लगा रचना में भले ही राजनीतिक चेतना कम हो पर कुशल में वह कूट-कूटकर भरी थी। मैं जानता था कई जगहों पर इस तरह का जोश दिखाया जाता है पर मैंने अपने विश्वविद्यालय में अब तक तो ऐसा नहीं देखा-सुना था। दो घण्टे बाद मेरा फ़ोन मोबाइल फिर घनघनाया। फ़ोन कुशल का ही था।

"सर! मैं और रचना उन्हें पूरे आदर से यूनिवर्सिटी गेस्ट हाउस में ठहरा आये हैं पर वे वहाँ रहने में आनाकानी कर रहे हैं। क्या करूँ सर?"

मेरी हैरानी सातवें आसमान को छू रही थी। उस दिन पहली बार मुझे इस मामले में अपने अज्ञान का ज्ञान हुआ।

"'रुको, पता करके बताता हूँ।" मैंने कुशल का फ़ोन रखा और एक क्षण सोच-विचारकर विभागाध्यक्ष को फ़ोन लगाया।

"देख लीजिये राघवेन्द्र जी...हम क्या कह सकते हैं।"

"सर आप तो अध्यक्ष हैं...आप ही बता दें क्या करें?"

"कई जगह चलता है यह सब।" उनका इस तरह का ढीला-ढाला रवैया देखकर मुझे लगा कहीं यह इनका अपना अनुभव तो नहीं बोल रहा। मेरे मौन रहने पर उन्होंने ही बात छेड़ी।

"परीक्षा का मामला है।"

मुझे समझदार मानकर उन्होंने इशारा कर दिया पर यह माजरा मुझे चैन नहीं लेने दे रहा था। मैं यह भी सोच रहा था कि कुशल पर इस सबका क्या असर पड़ेगा? वह बाहरी आदमी था। सब सोचकर मेरी आत्मा ने गवाही नहीं दी कि मैं उनके अन्यत्र ठहरने की व्यवस्था में अपनी सहमति दूँ। मैंने फ़ोन नहीं किया और कुशल ने भी मुझे परेशान नहीं किया। मौन अशान्ति को पूरी मुखरता से रौंदता रात आठ बजे रचना का फ़ोन आया। वह बहुत घबरायी हुई थी।

"सर! कल के लिये कुछ ख़ास प्रश्न बता दीजिये सर से मिलकर तो मुझे बहुत डर लगा जाने कल क्या पूछ बैठें? जाने रिपोर्ट में क्या लिखेंगे?"

रचना ने विस्तार से मुझे अपने डर की वजहें बतायी। वाइवा लेने आये सज्जन यूनिवर्सिटी गेस्ट हाउस की तमाम असुविधाओं पर बेतरह झल्लाये। अपनी नाराज़गी उन्होंने रचना और रचना के ज़रिये कुशल पर उतारी। वहाँ की असुविधाएँ या कम सुविधाएँ उनकी गरिमा के अनुरूप नहीं थीं, उन जैसे प्रोफ़ेसर के लिये कोई बढ़िया होटल अवश्य होना चाहिए था। उनकी बात पर जब दोनों ने कान न दिये तो उन्होंने साफ़-साफ़ कहा कि आपको मुझसे फ़ोन करके पूछना नहीं चाहिए था कि आप कब और कहाँ आ रहे हैं? उन्होंने रचना की समझ की तीखी आलोचना भी की। सब बताते हुए रचना का स्वर रुआँसा हो गया। कई तरह के मानसिक तनावों में वह घिर गयी थी। मैंने बात सँभालते हुए कहा तुम सिर्फ़ अपने शोध को देख लो और निष्कर्षों पर ध्यान केन्द्रित करो। फ़ोन रखने से पहले मैंने कुशल से भी बात की। उसे समझाया कि रचना का फ़ोन रात में बन्द ही रहे पर बातों के बीच जो अनकहा था उससे मुझे कुशल की आवाज़ में एक अपमान-भरी चिड़चिड़ाहट का आभास हुआ।

वाइवा का दिन आ गया। दोपहर तीन बजे वाइवा तय हुआ था। सुबह आज कॉलेज से छुट्टी ले ही ली थी। आधे दिन की निश्चिन्तता सुकून दे रही थी। दिन की पहली चाय का प्याला तसल्ली से उठाया ही था कि कुशल को घर आया

देखकर मुझे बहुत हैरत हुई। उसने पैर छुए पर उसके चेहरे पर अमूमन मिलनेवाले हँसी आज नदारद थी। मैं चौंका। कुर्सी खिसकाकर वह मेरी बगल में बैठ गया।

"सर! अब आप साफ़-साफ़ बता दीजिये हमें क्या करना है? कल भी आपने..."

"क्या फिर कुछ हुआ है?"

"सुबह ही प्रोफ़ेसर सर का फ़ोन आया उन्होंने रचना से नहीं मुझसे ही सीधी बात की है।"

"क्या चाहते हैं अब?"

"सर! वाइवा से पहले उनके पास गाड़ी लेकर पहुँचना है। पहले कुछ ख़रीदारी करेंगे और फिर भोजन।"

"तो करें ख़रीददारी और भोजन।" प्रोफ़ेसर साहब की उघड़ी बेशर्मी से मेरी खीज गुस्से में घुल गयी।

"वे चाहते हैं उन्हें किसी बढ़िया से रेरतराँ में भोजन कराया जाये।"

तो यह क़ीमत है रचना के वाइवा की- समझते हुए भी मैं चुप रहा। 'हाँ' कहता तो कुशल मुझे भी इस अत्याचार में शामिल समझ सकता था। न कहता तो रचना का और मेरा ख़तरे में पड़ना तय था। मुझ पर अपनी, विभाग की और शोध की गरिमा का भार एक साथ आन पड़ा था। एक भारी चुप्पी के बाद कुशल ने बताया–

"सर ! वह आपको भी फ़ोन करेंगे।"

"क्यों?...मैं तो मिल ही रहा हूँ उनसे आज।"

"पता नहीं क्यों...पर लंच पर उनके पाँच-छह मित्र भी साथ होंगे...वे चाहते हैं मैं पूरे समय उनके साथ रहूँ।"

"कुशल! मैं नहीं समझता यह इन्तजाम तुम्हारी ज़िम्मेदारी है।" आख़िकार गुस्से की भाप ने दिशा तय की। प्रोफ़ेसर साहब से बिना मिले ही एक थुलथुल, लिजलिजे, खींसे निपोरते परजीवी की छवि साकार होने लगी और उनकी बेशर्मी से मैं गहरी शर्म में डूबने लगा।

मेरे इन साफ़ शब्दों की प्रतिक्रिया में कुशल कुछ न बोला। मजबूरी से भरी ज़िम्मेदारी उसके चेहरे से टपक रही थी। निस्पृह आँखों और फड़कते होंठों के बीच कोई तालमेल न था। रचना की परीक्षा से पूर्व आज उसकी परीक्षा थी जिसमें उसे खरा उतरना था।

आज का दिन बेहद घटनापूर्ण था। दरवाज़े की घण्टी बजते ही मुझे लगता रचना या कुशल तो नहीं और फ़ोन के बजने पर भी मैं चौंक-चौंक पड़ रहा था।

घड़ी-घड़ी की आहट मुझे बेचैन करने के लिये काफ़ी थी। भीतर से भय का एक घेरा मुझे अपनी गिरफ़्त में लिये जा रहा था। एक ख़तरा भी मँडरा रहा था कहीं इस सबमें मेरी छवि न घूमिल हो जाये। एक बजे के आस-पास रचना का फ़ोन आया तो धड़कते मन से मैंने दुविधा में गिरते-पड़ते अन्ततः फ़ोन उठा लिया।

"सर! आपको घर से लेने आ जाऊँ क्या?...गाड़ी लेकर?"

"क्यों भला?...गाड़ी तो है न मेरे पास।" मुझे शक हुआ जैसे रचना कुछ और ही कहना चाह रही थी और उसकी अगली बात से मेरा शक यक़ीन में बदल गया।

"सर! वाइवा लेने आये सर बार-बार गाड़ी मँगवाते हैं...तो मैं सोच रही थी...।" यह शिकायत का एक बेहद सभ्य अन्दाज़ था जिसमें अनेक अर्थ ध्वनित थे। मेरे लिये इधर कुआँ उधर खाई थी। हाँ मैं कर नहीं सकता था और रचना को सीधा मना करना भी मेरे साहस के बूते के बाहर था। रचना के पास होने की क़ीमत हम सब अदा कर रहे थे। जैसे-जैसे वाइवा का समय करीब आ रहा था मेरा मन काँप रहा था। मेरी विचार शृंखला को भंग करते हुए रचना बोली-

"सर! आपके और मैडम के लिये भी हमने सूट पीस ख़रीदे हैं...सर ने तो कुशल के शो रूम से ख़रीदारी के नाम पर पहले ही ले लिया आपके लिये वाइवा के समय लेती आऊँगी।"

मैं आकाश से पाताल में गिरा और मेरी सारी हड्डियाँ टूटकर कराह उठीं। मेरा स्वर दैन्य की परिधि लाँघकर क्रोध में झल्लाया–

"रचना! मुझे तो इस पाप में भागीदार न बनाओ...मैंने क्या कभी तुमसे...और क्या जरूरत थी कुशल को यह सब करने की?"

"आप ग़लत समझ रहे हैं सर! कुशल तो अपने यहाँ से डिस्काउण्ट ही दिलवाना चाह रहे थे पर...।"

"तुम सही समझो तो हम दोनों अभी विभाग चलकर इनकी अक़्ल ठिकाने लगायें।" मैं भीतर के आवेग को रोक न सका।

"नहीं सर! यह सब करने से मामला खटाई में पड़ जायेगा। अभी नहीं सर... कुशल ने कहा है जब इतना सब कर ही दिया है तो यह भी सही।"

रचना के अनकहे ने कुशल की मजबूरी का फसाना प्रोफ़ेसर साहब के शातिर दिमाग़ की क़लई खोलते हुए सुना डाला। यह नीचता कहाँ जाकर थमेगी? मैं सोच में पड़ गया। रचना मुझसे कोई हस्तक्षेप नहीं चाहती थी। रचना की मजबूरी, कुशल की मजबूरी और मेरी मजबूरी जैसे एकमेक हो चली। रचना ने फ़ोन रखा ही था कि फिर फ़ोन घनघनाया। अपरिचित नम्बर जानकर मैं उसी पर अपना क्रोध

उतारते हुए झल्लाया–"कौन है?"

"नमस्कार सुपरवाइज़र महोदय...आइये साथ लंच करते हैं।" शोध से जुड़ा सुपरवाइज़र और बदनीयत से जुड़ा लंच एक लिजलिजे स्वर को मेरे आगे साकार कर गया। कल से जिस शख़्स का परिचय टुकड़ों-टुकड़ों में मुझे मिल रहा था उसका पूरा स्वर सुनकर मुझे लकवा मार गया। शक्ति बटोरकर मैं इतना ही कह पाया–"सर! मेरी भूमिका जितनी संक्षिप्त रहे उतना ही अच्छा।"

"भला यह क्या बात हुई? उच्च शिक्षा की सर्वोत्तम डिग्री है। शानदार जश्न माँगती है। इसका उत्सव तो ज़रूरी रस्म है।" मेरी बात की काट करते हुए स्वर और दमदार हुआ।

"शोधार्थी की मेहनत सफल हो, मेरे लिये तो यही उत्सव है।" बहुत देर से इन साहब को सबक सिखाने का कुलबुलाता कीड़ा अपनी फ़ॉर्म में लगभग आ गया।

"आप किस आदर्शवाद में पड़े हैं डॉक्टर साहब? पीएच.डी का वाइवा कोई खेल है? सेंत-मेंत में नहीं मिला करती डिग्री। शोधार्थी को भी इसका वज़न मालूम हो। हमारी और आपकी मेहनत से ही तो रचना, डॉ. रचना होंगी न ?"

उन्होंने फ़ॉर्म में आये कीड़े को मसलकर रख दिया। डॉक्टर और प्रोफ़ेसर के पद में डॉक्टर का हारना तय था। यह शैक्षणिक हैरारकी कोई एक दिन में तो बनी नहीं थी। मैंने नया दाँव खेला–"प्रोफ़ेसर साहब! मैं कोशिश करता हूँ आने की। मेरे घर की दूरी और फिर ट्रैफ़िक जाम की आफ़त। नहीं पहुँच पाया तो विभाग में आपके दर्शन का लाभ लेता हूँ।" जिसे डाँटना-फटकारना चाहिए उससे ऐसा अनुनय-विनय? मेरा मुन्सिफ, मेरे अपराधी के आगे दयनीय था।

प्रोफ़ेसर साहब की खूँखार आवाज़ सुनकर ही मेरी घिग्घी बंध गयी तो रचना और कुशल की कहाँ खैर होगी। उन्हें तो आवाज़-सूरत-सीरत का साथ सामना करना पड़ा होगा। मैं समय से पूर्व विभाग पहुँचा और नैतिक ज़िम्मेदारी समझकर अध्यक्ष के पास अपनी शिकायत दर्ज की। मेरी भव्य कल्पनाओं और गुमान का महल भस्म हो चुका था। उसकी राख पूरी तिलमिलाहट के साथ मैं विभागाध्यक्ष की मेज़ पर छोड़ आया।

घुटती साँसों को सँभालने मैं बाहर निकला तो हरियाले लॉन में मुझे रचना मुरझायी-सी हालत में दिखी। रचना भयभीत थी और कुशल के चेहरे पर अनेक रंग चस्पा थे। खिन्नता और झुँझलाहट की मिलीजुली लकीरें उसके माथे पर साफ़-साफ़ दिखायी दे रही थीं। उसकी नज़र में पहली बार जो आदर मैंने देखा था

वह आज मलिन पड़ गया था। मैं जान रहा था यह मलिनता मुझ तक सीमित नहीं है इसका दायरा समूचे शिक्षा-जगत तक व्याप्त है और यह सब प्रोफ़ेसर साहब की मेहरबानियों का फल था। एक मगरमच्छ ने सारा तालाब का गन्दला कर दिया था। उसने हमेशा की तरह बढ़कर पैर छुए तो समूचे शिक्षा-जगत की ओर से माफ़ी माँगते हुए मैंने मौन रहकर उसके बढ़े हुए हाथों को पाँवों तक न पहुँचकर बीच रास्ते में सँभालते हुए भरोसे की हथेली से सहलाया। कुशल चौंक पड़ा और मैं समझ गया उसका चूर-चूर भरोसा पूर्णता की शक्ल अब शायद ही ले पाये।

वाइवा शुरू हुआ। अन्दर विभाग के सभी लोग थे। प्रोफ़ेसर साहब की देह-भंगिमा के मेरे अनुमान यों सच होंगे सोचा न था। थुलथुल-लिजलिजी देह में तेल से तर बालों और सुखर्ग़ी से दमकते गालों में वे भव्य बाने में बैठे विभाग की बदइन्तज़ामियों को कोस रहे थे। अध्यक्ष महोदय मुझे कनखियों से देखे जा रहे थे। प्रोफ़ेसर साहब ने मुझसे बड़ी बेरुखी से भेंट के बाद रचना को बुलवाया। सामने-दायें-बायें हर सोफे से सवाल आये। रचना सन्तोषजनक उत्तर देती चली। प्रोफ़ेसर साहब के सवाल तल्ख थे। इतनी खातिर करवाने के बाद भी ऐसा व्यवहार? शुक्र है रिपोर्ट लिखते समय कुशल की सेवाएँ याद आ गयीं। रचना को बधाई मिली और हम सबको मिठाई। पाँच साल के इस उठते-गिरते ग्राफ़ के बाद मैं मुक्त होकर इतना थका हुआ महसूस करने लगा कि मन किया घुटने मोड़कर लेट जाऊँ और बाक़ी का जीवन इसी सोफे पर गुज़ार दूँ। सारी कार्यवाही के बाद प्रोफ़ेसर साहब हें-हें करते बाहर निकले। मैं देख रहा था कुशल की कृपा से ठसाठस भरा उनका ट्रॉली बैग और उसके ऊपर धरे कपड़ों-मिठाई के कुछ थैलों को। कुशल अनेक सवाल लिये तेज़ क़दमों से विभाग के ऑफ़िस की ओर गया। अपनी सहज बुद्धि से मैंने अनुमान लगाया कि वह रिपोर्ट के विषय में दरियाफ़्त कर रहा होगा। लौटा तो उसकी चाल सम थी।

"कुशल ! अब जल्दी से टैक्सी कराओ और यह सामान लेकर स्टेशन चलो।" प्रोफ़ेसर साहब ने अधिकार से कहा।

"सर! गाड़ी तो करवा दूँगा पर मुझे बाक़ी दिन की नौकरी भी बजानी है।" कुशल ने उनके अधिकार को अपनी सख़्त आवाज़ तले बुरी तरह कुचल दिया। हालाँकि उसके आक्रोश के नुकीले सिरे चाहकर भी प्रोफ़ेसर की थुलथुल काया में कहाँ धँस पाये? लेकिन आवाज़ में उभरी सख़्ती से प्रोफ़ेसर साहब की आँखें फैल गयीं और उनकी फैली आँखों से मुझे सुकून मिला।

बाहर आये अध्यक्ष ने प्रोफ़ेसर साहब को गाड़ी तक छोड़ने की शिष्टता का भार मुझ पर लाद दिया। मैं और रचना बेमन से प्रोफ़ेसर साहब के पीछे चल दिये।

कुशल उनके साथ कुछ खिंचा हुआ चल रहा था। प्रोफ़ेसर साहब, रचना पर अपने एहसानों का भार लादकर सारा सामान समेटे पूरी बेहयाई से गाड़ी की पिछली सीट पर ठुँस गये। आख़िरी बार उन्होंने कुशल पर नज़रें गड़ाईं। उसने पर्स निकाल भाड़ा चुकाया। गाड़ी विश्वविद्यालय के मुख्य गेट पर खड़ी थी। ड्राइवर को पेमेण्ट करने के बाद जैसे ही मैंने और रचना ने प्रोफ़ेसर साहब को नमस्कार किया कुशल ने बड़ी ही हिकारत से उन्हें देखते हुए दो दिन से जज़्ब अपना आक्रोश ज़मीन पर थूक दिया। रचना हक्की-बक्की रह गयी। मैंने प्रोफ़ेसर साहब की आँखों से बचने के लिये नज़र जैसे ही इधर-उधर घुमायी तो यूनिवर्सिटी गेट की दीवार पर दिखायी दिया-'यहाँ थूकना मना है।'

फ़िडेलिटी डॉट कॉम

आख़िर ऐसी क्या परेशानी थी मामाजी को तकनीक से, मैं कभी समझ नहीं पायी? तकनीक के समूचे अस्तित्व से ही परेशानी हो ऐसा भी नहीं था। घर-भर में तकनीक का साम्राज्य था बस जो तकनीक हमारी सहूलियत बने वही उनकी आँख की किरकिरी थी। अपनी थानेदारी को घर की दहलीज़ के बाहर छोड़कर क्यों वे कभी सिर्फ़ मामा बनकर घर में नहीं घुस सके? घर को अपना थाना ही समझते रहे और हम उनके लिये सदा के अपराधी रहे। उनका बस चलता तो हमें उम्र भर घरक़ैदी बना देते। कितना हंगामा हुआ था जब दीदी ने उनसे मोबाइल की माँग की थी।

"घर में लगा है न एक फ़ोन? और बाहर भी बूथ हैं जब ज़रूरत हो कर लो कहीं से। पर्सनल मोबाइल तो नहीं मिलेगा।"

कितने चुभनेवाले और उपेक्षा से भरे शब्द थे उनके जिन्हें दीदी की परेशानी दिखायी ही नहीं दी। गुस्से और ज़िद को दीदी ने भी माँ का चेहरा देखकर सँभाल लिया उस वक़्त। माँ की आँखें दीदी से चुप रहने की चिरौरी कर रही थीं।

"भैया! इसकी मैडम ने बहुत डाँटा है। आज कॉलेज में प्रोग्राम था और यह लेट हो गयी। मैडम ने घर पर फ़ोन किया तब तक यह निकल चुकी थी। अब मैं उन्हें क्या बताती यह कहाँ रह गयी? वह बड़ी नाराज़..."

दीदी ने माँ का इशारा पाकर आज हुए अपमान की लहरों को अपने मन में भींचकर होंठों को सिल लिया कि कहीं ग़लती से भी कोई शिकायती स्वर उनकी पीड़ा बयान न कर दे पर माँ ने आज की घटना को तफसील से मामाजी को बता दिया।

"अच्छी आफ़त है। देर-सबेर हो ही जाती है तो क्या अब घड़ी-घड़ी की रपट लेंगी मैडमें?"

मामाजी ने दो-टूक शब्दों में मैडम की धज्जियाँ उड़ा दीं। मामाजी क्या जाने दीदी को आज कितनी ज़िल्लत सहनी पड़ी। दीदी, जिसे अच्छी-ख़ासी

स्कॉलरशिप मिलती है, उसे देखकर कोई नहीं कह सकता कि इसके पास न मोबाइल है, न लैपटॉप। माना हम किसी बड़े शहर में नहीं रह रहे थे पर अब भला यह ऐश की चीज़ें हैं क्या? किसे बताते कि हमारे लिये तो टी.वी. की भी राशनिंग थी। जो देखना है सबके साथ देखो, कम समय के लिये देखो और न देखो तो सबसे अच्छा।

बचपन से ही मैं ऐसी कितनी घटनाओं से मन पर पत्थर रखना सीख गयी थी। दीदी, मामाजी के हिसाब से ज़रा बाग़ी थीं इसलिए मन पर मन भर का पत्थर न रख पाती पर होता अक्सर वही जो मामाजी चाहते थे। माँ भी दीदी को अपनी बड़ी-बड़ी आँखें दिखाकर समझाने और चुप कराने की कोशिश किया करती। मैं दीदी से उलट। पत्थर रखकर भी मैंने अपनी सारी इच्छाओं को सहेजकर सुरक्षित रख छोड़ा था। मामाजी को दिखाने के लिये जो पत्थर था दरअसल मेरे लिये मेरी अनन्त इच्छाओं का पहरेदार। फिर दीदी जितनी निडर भी कहाँ थी मैं? न हौसलों में, न आगे बढ़ने की राह में। मुझे तो सारी ख़ुशियाँ घर में ही दिखायी देती थीं। जहाँ दीदी को बाहर निकलने के लिये तमाम नसीहतों और घर वापिस आने पर कड़ी डाँट का सामना करना पड़ता वहाँ मुझसे घर से निकलकर ताज़ी हवा खाने की मिन्नत की जाती। मेरा बी.ए. भी घर बैठे-बैठे ही पूरा हुआ। मुझे न कभी लैपटॉप ज़रूरी लगा, न ही फ़ोन। मैं मामाजी की अच्छीवाली भानजी रही। टी.वी. का शौक पूरा हो ही जाता था जैसे-तैसे पर मन भर देखना कभी नसीब न हुआ।

"विनीता! बहुत अच्छी परवरिश की है मामाजी ने तुम लोगों की। शालू दीदी, अच्छी पोस्ट पर होकर भी कितनी साधारण हैं और तुम तो बिलकुल सीधी-सादी। मेरे मनमाफ़िक़। मैं शुरू से ही नौकरीपेशा पत्नी नहीं चाहता था। सच, आज के समय में तुम जैसी लड़कियाँ कहाँ मिलती हैं?"

शादी के बाद से लगातार सुहास को मामाजी की तारीफ़ों के पुल बाँधते ही सुना मैंने और मैंने भी अपनी तरफ़ से कोई क़सर कहाँ छोड़ी थी मामाजी को देवता बनाने में। माँ ने विदाई से पहले ही साफ़ कह दिया था "एक बात गाँठ बाँध ले बिन्नो, पति चाहे कितना ही प्यार करे अपने घर की बातें कभी भूले से न कहना। भले ही मामा ने सख़्ती से पाला तुम्हें पर तुम्हारे पापा की तरह पल्ला तो नहीं झाड़ लिया हमारी ज़िम्मेदारी से। बिन बाप की बेटियों को आसरा दिया, परायी अमानतों को अपने बूते पाला-सँभाला। अच्छे घर खोजे। मेरे बस का कहाँ था यह सब? एहसान मानना जीवन-भर उनका। उनकी इज्ज़त हमारी इज्ज़त है, तेरी इज्ज़त है।"

माँ की बातें मैंने गाँठ बाँध लीं पर शादी के बाद नयी-नयी मिली तकनीकी

आज़ादी ने मुझे नये सिरे से सोचने पर मजबूर किया। तकनीक क्या हौआ थी जो हमें भकोस लेती और डकारती भी नहीं या कोई भूत बाधा थी जो हम कुँवारी लड़कियों का जीना हराम कर देती। हो न हो मामाजी यही समझ रहे थे कि मोबाइल हाथ में आते ही कोई जिन्न हमारे पीछे पड़ जायेगा। हमें बहकाकर सम्मोहित कर लेगा। इधर उसने हमें सम्मोहित किया उधर मामा की सख़्तियों के सब तावीज भस्म हो जायेंगे और फिर न उनका रौब रहेगा न उनकी डाँट असर दिखायेगी। जहाँ मोबाइल में किसी जिन्न का पता दर्ज था वहाँ लैपटॉप तो उनके लिये पूरा जिन्निस्तान ठहरा। वह हमें वहीं पहुँचाकर दम लेगा जहाँ हम आवारा, बदमिज़ाज और बददिमाग़ होकर अपनी क़ब्र खोद लेतीं। जिन्निस्तान या क़ब्रिस्तान, मामाजी के लिये दोनों में फ़र्क़ कहाँ था। उनके लिये राहत का सामान हमें उपलब्ध हमारी पसन्दीदा तकनीक टी.वी. था जो केबल मुक्त था। दूरदर्शन मनोरंजन के नये ज़माने से कासों दूर था। पुराने चलन से मामा को कोई ख़तरा नहीं था। बेचारे मामाजी अपने डण्डे-सी सख़्ती की आड़ में कितने भयभीत पुरुष थे। कितने सशंकित, कितने निरीह। इसलिए उन्होंने इन तकनीकों को सदा हमसे दूर रखा। पर आग को जितना बुझाने की कोशिश करो वह उतनी ही तेज़ी से धधकती है। रेत को जितना मुठ्ठियों में भींचने की कोशिश करो वह उतना सरकती है। यही हमारे संग भी हुआ। दीदी की आग मामाजी के सामने धधक उठी और रेत भी सरक गयी। मामाजी रातों को पहरेदारी किया करते कि दीदी के क़दम कब्रिस्तान न पहुँच जायें। उन्हें धता बताकर दीदी के क़दम एक बड़े ऑफ़िस में जा पहुँचे और मामाजी के लिये बधाइयों का ताँता लग गया।

शादी के बाद मेरा जीवन काफ़ी हद तक बदल गया। नया शहर, नया तरीक़ा, नयी भाषा और नयी जीवन-शैली। कहाँ मीरपुर जैसी जगह और कहाँ यह कोच्चि का भरा-पूरा इलाक़ा। पर मैं यहाँ अपनी बोली-भाषा को तरसकर रह गयी। कभी भाषा मिलती भी तो लहजा और मिज़ाज़ न मिलता। सुहास के लिये तो सब आसान था। वह पहले से ही यहाँ रह रहे थे। मार्केटिंग की फ़ील्ड में होने की वजह से उन्होंने भाषा-बोली भी काम के मुताबिक सीख ली थी। मकान मालिक यों तो अच्छे थे पर जिन्हें थोड़ी-बहुत हिन्दी आती वे घर पर कम मिलते और जो घर पर रहते उनसे बार-बार एक ही तरह का संवाद होता। बस मुस्कुराहट का लेन-देन। अब हर बार इसी संवाद को कोई कहाँ तक घसीटे? वैसे यहाँ कोई बन्दिश नहीं थी पर मन में अजीब-सी घुटन रहती। मेरे स्वभाव की सीमा मुझे आसानी से नये माहौल से जुड़ने की इजाजत नहीं दे रही थी। जब तक सुहास की छुट्टियाँ थीं तब तक कुछ महसूस नहीं हुआ पर जबसे सुहास

ने ज्वाइन किया दिक़्क़त तबसे ही शुरू हुई। यों उन्होंने मुझे एक मोबाइल दिला दिया था कि जब चाहूं घर पर या उनसे बात कर लूँ। पर कितनी देर? सुहास के ऑफ़िस जाने का समय तो बँधा हुआ था पर लौटने का कोई समय नहीं था।

''सेल्स के काम में वक़्त तय नहीं होता, देर-सबेर होगी ही। छुट्टी भी हर बार हो,ज़रूरी नहीं।"

सुहास ने मुझे शुरू में ही समझा दिया था पर सारे दिन दो कमरों के घर में अकेली बैठी मैं तंग हो जाती। सोचा करती उधर मीरपुर में कितनी रौनक हो रही होगी। अभी गली से कोई-न-कोई गुजरेगा, माँ को आवाज़ देता घर में चला आयेगा और फिर घण्टों गप्प होगी। नहीं तो दिल बहलाने को रास्ते की चकल्लस क्या कम थी। पर यहाँ सारा दिन उदासी और अजनबीयत। मैं रोज़ इन्तज़ार के पहाड़ चढ़ती-उतरती।

"यार! टी.वी. देखा करो न या फिर बाज़ार जाओ ख़रीदारी करो। पढ़ी-लिखी हो, घर-घुसरी बनकर क्यों रहती हो? मस्त रहो।"

सुहास मेरे अकेलेपन को दूर करने या अपनी जान छुड़ाने के विकल्प बताते। बरसों की ख़्वाहिश कैसे चकनाचूर हुई इसे मैंने अब जाना। टी.वी. देखने की जिस आज़ादी के लिये मैं मरी जाती थी उसके होते हुए भी मेरी इच्छा तरंगित नहीं होती थी। आख़िर कोई कितनी देर देखे इसे? तकनीक के बीच भी मैं निपट अकेली थी और बाज़ार जाना वह भी अकेले? सोचकर अजीब-सा लगता। यूँ ज़रूरत का सामान पास ही मिल जाता और फ़िज़ूल घूमना मुझे पसन्द नहीं था। मेरा अकेलापन उदासी की रंगत की ओर बढ़ चला। सुहास छुट्टी में अक्सर बाहर घुमाने ले जाते पर हर छुट्टी आनेवाली उदासी और अकेलेपन की आशंका में गिरफ़्त रहती। धीरे-धीरे यह अकेलापन और बढ़ा जब सुहास को सेल्स के लिये कोच्चि के आस-पास और कभी-कभी चेन्नई और बंगलौर जैसी जगह ट्रैवल करना पड़ता। किसी बड़ी मीटिंग के लिये मुम्बई भी। यह अकेलापन तमाम तरह से मुझे घेरने लगा। सुहास की गैरमौजूदगी में मैं घण्टों बिस्तर पर पड़ी रहती। न खाना बनाने की इच्छा, न नहाने-धोने की। मेरा जीवन जैसे गति भूल रहा था। सुहास लौटते तो दरवाज़े पर ही उनसे काफ़ी देर लिपटी खड़ी रहती।

"विनीता मन तो लगाना होगा न, ऐसे कैसे चलेगा? घर तुम जाती नहीं यहाँ भी कहीं बाहर नहीं निकलतीं, दोस्त-वोस्त बनाओ यार। ख़ुश रहो।" सुहास समझाते पर बेअसर। मेरी उदासी अशान्ति की ओर बढ़ चली थी। घर की दीवारें झगड़ों से थर्राने लगीं।

"अब क्या नौकरी छोड़ दूँ?" सुहास ने एक दिन बहुत चीख़कर कहा और

उस दिन के बाद घर की दीवारें मुर्दे-सी शान्त हो गयीं। पर घर में छायी यही मुर्दनी जल्दी ही मेरी रौनक़ लौटा लायेगी इसका मुझे एहसास नहीं था। कुछ दिन बाद सुहास मुझे बाहर ले गये। घुमाया-फिराया, मनपसन्द खाना खिलाया और वहीं तोहफे में एक टैबलेट गिफ़्ट की।

"देखो न! इसमें कितनी वैरायटी है कार्यक्रमों की। तुम मेरे लिये बढ़िया पकवान बनाओ। कितने कुकरी शोज़ हैं। पूरी दुनिया तुम्हारे सामने खुली है जहाँ जाने का मन करे जाओ। फेसबुक पर नये दोस्त बनाओ।'' कुछ अचकचाते हुए मैंने टैबलेट ले ली। अगले दिन सुहास ने मुझे कुछ बेसिक बातें भी समझा दीं। नया खिलौना कुछ जँच-सा गया। अब मेरे आगे कितना कुछ था। टी.वी. जहाँ मुझे अपने मुताबिक चलाता था यहाँ मैं अपनी उँगलियों पर दुनिया नचाने लगी। कुछ दिन मैंने ख़ूब खाना-ख़ज़ाना खंगाला। तरह-तरह की चीज़ें बनायी। पर जल्दी ही इनसे मन उचट गया। यहीं से मेरी दुनिया आगे बढ़ी। घरेलू शोज़ के साथ, मनोरंजन, सौन्दर्य, यात्रा, राजनीति अपने अतीत और वर्तमान के एक साथ इस छोटी-सी टैबलेट में मेरी आँखों के सामने हाज़िर होने लगे। समय को घेरे रहनेवाली बोरियत काफ़ूर हुई। मिनिट कब घण्टे और घण्टे कब घण्टों में बदल जाते मुझे पता ही नहीं चलता। फ़ोन से नहीं पर टैब से फेसबुक का सिलसिला भी शुरू हो गया। कितने लोग और ज़बरदस्त अड्डेबाज़ी। दिन में पल-पल की ख़बरें। कभी-कभी सोचती मामाजी देख लें तो आत्महत्या ही न कर बैठें। फिर हंसती, मामाजी की बला टली अब कैसी आत्महत्या।

टैबलेट मुझे बेहद मज़ा देने लगी थी। एक दिन कुछ नया घटा मेरे साथ। मैंने दुनिया को खंगालना और कुछ लोगों के निजी क़िस्सों को सुनना शुरू किया ही था कि अचानक कोने में एक पॉपअप चमका।

"क्या आपको अपने साथी पर पूरा भरोसा है? क्या करते हैं आपके पति जब काम से बाहर जाते हैं? आप जानना चाहती हैं?"

उंह क्या बकवास है-मेरे मन ने कहा और मैं कुछ और सर्च करने लगी। उस साइट पर भी वही पॉपअप चमका। इस बार मेरी उँगलियों में लालच समा गया। देखने में क्या हर्ज़ है और मैंने क्लिक किया शायद तकनीक मुझे मुक्त करती जा रही थी।

फ़िडेलिटी डॉट कॉम- बड़े आकर्षक तरीके से एक वेबसाइट खुलने लगी। अब मेरे सामने एक नया संसार था। अनगिनत क़िस्से, असंख्य सर्वे। भोले-भाले दिखने वाले जीवनसाथी के फ़रेब की अनन्त कहानियाँ। तबाही की ओर ले जाती धोखाधड़ी। मैं जितना स्क्रॉल करती उतने किस्से अपनी अलग घटनाओं में बार-

बार एक ही बात कह रहे थे-फ़रेब, फ़रेब, फ़रेब। मेरी साँस तेज़ चलने लगी और उँगलियों की हरकत दुगुन ताल की तरफ़ जाने लगी। शरीर झनझनाने लगा। मैं अपनी पूरी ऊर्जा से सर्च में लगी थी। सबसे पहले मैंने फ़िडेलिटी डॉट कॉम के सर्वे पढ़ने शुरू किये। बाप रे! इंग्लैण्ड के पन्द्रह पतियों में से नौ धोखेबाज़। साउथ अफ्रीका की यूनिवर्सिटी में पढ़ानेवाले भी फ़रेबी। ओह! मेरी आँखें सर्वे पढ़ने के साथ फटती जातीं। सच कहूँ तो खुलती चली जा रही थीं। इसी बीच अचानक सुहास का फ़ोन बजा। मैंने टैब बन्द की। सुहास ने अपने टूर के लिये अपना सामान पैक करने के लिये कहा।

"कहाँ जाना है?"

"मुम्बई"

"सुबह तक तो कोई प्लान नही था जाने का? अब अचानक?"

"नौकरी ही ऐसी है, अचानक ही सब-कुछ होता है। जाना तो पड़ेगा ही।"

"कितने दिन के लिये जा रहे हो?"

"जाना तो तीन दिन के लिये है पर हो सकता है एकाध दिन फालतू हो जाये।"

"कहाँ रहोगे?"

"क्या बात है विनीता आज बड़े सवाल कर रही हो। आ रहा हूँ घर सब बताता हूँ।"

तल्खी में मैंने फ़ोन काट दिया। आज जाने क्या हुआ था, मेरे भीतर बहती शान्त नदी उखड़ी हुई मुद्रा में थी। पानी था कि बहने की बजाय पत्थरों पर सर फोड़ने लगा। एक ख़लल-सा पैदा हो गया था दिमाग़ में। क्या मैं सुहास के चरित्र पर शक कर रही थी? इतनी जल्दी एक वेबसाइट इतना असर कर सकती है क्या? कुछ देर मैंने सोचा फिर खुद को कोसने लगी। लेकिन दिमाग़ ने चेताया क्या हर्ज़ है सावधान रहने में? मुझे दिमाग़ की बात जँच गयी। मन जो सुहास की अच्छाइयों की भावुक पैरवी कर रहा था उसे मैंने फटकारा-दुर्घटना से सावधानी भली।

"सुहास! मैं क्या करूँगी यहाँ? मुझे भी ले चलो न।"

"वही जो हर बार करती हो...और अब तुम्हें फ़ुर्सत कहाँ? है न बढ़िया साथी तुम्हारा।"

"मेरे साथी तो तुम हो सुहास!" एहसास की शिद्दत शब्दों की नरमी में घुलकर निकली। सुहास एक पल को चौंके फिर कहा–

"चलो अब देर नहीं करो सामान रख दो प्लीज़। सुबह जल्दी निकलना है।"

सावधानी की आड़ लेकर जिस शक को मैं राह दे रही थी वह मुर्झाने लगा। पूरी तैयारी से मैंने सुहास का सामान पैक किया और सोचा अब टैबलेट को कुछ दिन आराम देना सही है।

सुहास के जाने के अगले ही दिन मैंने कोच्चि पोर्ट पर समय गुजारा। मन तो था चेराई बीच चली जाऊँ पर सुहास के बिना वहाँ का सौन्दर्य मुझे कचोटता। यादों की वह सारी सुनहरी शामें मुझे अकेला पाकर घेर लेतीं जहाँ सुहास और मेरा नाम दर्ज था। पोर्ट की बात अलग थी। वहाँ अलग तरह की भीड़ और शोर था। मैं कुछ देर तक सामान लदे बड़े जहाज़ों और छोटी-छोटी किश्तियों को देखती रही। पास से गुज़रते जहाज़ों की तेज़ आवाज़ कैसे दूरी और धीमे स्वर की क़दमताल में खोती चली जा रही थी। यह सब महसूस करने का आज पूरा वक़्त था मेरे पास। जाल डाले बहुत-से मछुआरों की मछलियाँ पकड़ने की कोशिशें मेरी आँखों के सामने थीं। पास ही बहुत-से बच्चे अलमस्त, पानी में नहा रहे थे। एक चट्टान से उनका कूदना ख़ूब आनन्द दे रहा था। कुछ सैलानी सीपी, शंख इकट्ठे करते घूम रहे थे। सब तरफ़ शोर था जो कुछ देर के लिये मुझे साथ बहा ले गया पर मन फिर सुहास की याद में घिर गया। रह-रहकर उन जगहों पर मेरी निगाह जाने लगी जहाँ मेरी और सुहास की हँसी अब तक गूँज रही थी जिसे आज अकेली निहारती हुई मैं फिर से अपने अकेलेपन में डूबने लगी। बहुत दिनों बाद ताज़ी हवा में बैठ सुकून में भरकर जिस अकेलेपन को मैंने झटका था वह फिर मेरे कन्धों पर आ टिका। घर आकर मैंने खाना खाया और उन घण्टों का हिसाब लगाया जब मैं टैब से दूर रही। हिसाब लगाते ही मन के चोर कोने से आवाज़ आयी–"अब इतनी दूरी भी ठीक नहीं।" और मेरे हाथ टैब की ओर बढ़ गये। हाथ क्या बढ़े मन फ़िडेलिटी डॉट कॉम की ओर सरपट भागा। मैं फिर लोगों की निजी ज़िन्दगियों में डूबने लगी और क़िस्सों में चटखारे लेकर रम गयी। थोड़ी ही देर में कोने में एक नया लिंक चमका।

"जानना चाहते हैं आपका साथी कितना वफ़ादार है? देर न करें लिंक को फ़ौरन क्लिक करें।"

हलकी-सी हिचक के साथ मैंने ज्यों ही लिंक क्लिक किया, यह क्या गैजेट्स से भरा संसार मेरे आगे पसरा पड़ा था। एक बहुत बड़ी दुकान का बेहिसाब माल। तरह-तरह के कफलिंग्स, वॉलेट, टाई पिन, बटन्स, बैल्ट, घड़ियाँ, जूते और न जाने क्या-क्या। यहाँ तक कि कपड़े भी। मैंने महसूस किया दिनभर की थकान के बाद भी मेरी आँखें एक नयी चमक से दमकने लगीं। यह सब देखकर मुझे मज़ा आ रहा था। सुहास का छिपाया हुआ हर सच किस तरह उजागर हो सकता है अब पता लगाना मेरे लिये बहुत आसान था। काफ़ी देर इसका आनन्द लेने के

बाद मैं निश्चिन्त होकर सो गयी।

अगली सुबह एक अजीब बेचैनी से भरी थी। ओफ़! कल इतना समय भी लगाया पर चीज़ों के दाम और बाक़ी डिटेल्स तो देखे ही नहीं। मन गुस्से और खीज से भर उठा और मैं तुरन्त उस खीज को मिटाने के लिये एक बार फिर फ़िडेलिटी डॉट कॉम पर जा पहुँची। मेरा दिमाग़ उस लिंक की कठपुतली बना उसके निर्देशों पर नाच रहा था। मैंने कई चीज़ों के रेट नोट किये। मन के कंजूस कोने ने सस्ती चीज़ों का पूरा मुआयना किया। यों महँगी चीज़ों पर भी निगाह गयी। सस्ता रोये बार-बार वाली कहावत भूली नही थी मुझे। इसी बीच माँ का फ़ोन आ गया। अपनी ज़िन्दगी के अकेलेपन को भुलाकर वह मेरे अकेले होने को लेकर इस बार भी बहुत चिन्तित थीं। पर उनका फ़ोन देखकर मेरे भीतर एक अजीब-सी झुँझलाहट दौड़ गयी। मन मारकर फ़ोन तो मैंने उठा लिया लेकिन माँ से एक मिनिट की बात करना मुहाल हो गया। हाँ-हूँ के संक्षिप्त जवाब से शायद माँ भी समझ गयी मेरा उनसे बात करने का मूड नहीं है। उनके फ़ोन रखने पर ही मेरी झुँझलाहट मिटी और मैं अपनी दुनिया में निर्बाध बहने लगी। अगला दिन इन गैजेट्स का उपयोग करनेवाले लोगों के अनुभव पढ़ने में बीता। साथ ही मैंने यह भी जान लिया कि इनकी मैन्यूफैक्चिरिंग कैसे की गयी है। ऊपर से साधारण दिखनेवाली यह चीज़ें किस तरह अकेले में जासूसी कार्यवाही को सफल अंजाम देकर लोगों की ज़िन्दगी का सच सामने लाती हैं जिसे न जाने कितने सफ़ेद झूठ गढ़कर छिपाया जाता है।

"इस बार दो ही दिन में लौट आये तुम?" सुहास के जल्दी आने पर मेरा सवाल कुछ ज़्यादा सहजता में निकल गया। ऐसी सहजता जिसमें मेरी ख़ुशी नहीं मेरा शक सर उठा रहा था।

"क्या चाहती हो वापिस चला जाऊँ? कितनी बदल गयी हो यार! पहले की तरह मुझे मिस नहीं करती न?"

सवाल के बदले सवाल पाकर मैंने खुद को संयत किया। शक को दूर धकेला और सुहास के नज़दीक चली आयी। एक बार फिर जैसे समय ठहर गया। इस बार छुट्टी के दोनों दिन सुहास ने मुझे पूरा समय दिया। मैं ख़ुश थी उनके साथ पर रह-रहकर मेरे हाथ टैब की ओर बढ़ जाते। लत ऐसी लग गयी थी कि अब उससे दूरी बर्दाश्त नहीं होती थी। सुबह मुँदी आँखों में भी सबसे पहले टैब पर हाथ जाते। सुहास जब घर होते तो कई बार यह नज़ारा आम हो चला था कि सामने टी.वी. भी चलता रहता और हम दोनों अपने आभासी संसार

में विचर रहे होते। कभी मेरी टैब खाली देखकर सुहास जैसे ही उसे छूना चाहते मुझे बैरी लगते। कैसे दो विपरीत भावों में मेरी ज़िन्दगी बँट गयी थी। सुहास से ज़्यादा प्रिय हो गयी थी मुझे टैब?

"विनीता! मैं साथ बैठा हूँ और तुम्हारा सारा ध्यान इसी में अटका है?"

मैं ख़ुद पर हैरान थी सुहास का यह कहना मुझे किसी शर्मिन्दगी से क़तई नहीं भर रहा था बल्कि सुहास के प्रति गुस्से से भर रहा था। ''हरदम टोका-टाकी मुझे मंज़ूर नहीं। मेरा अपना समय है तुम्हें इससे क्या?" ज़बान ने भले ही कुछ न कहा हो पर मेरी निगाहों ने सुहास से सब कह दिया।

फ़िडेलिटी डॉट कॉम के सुझाव ने मुझे नये सिरे से सक्रिय कर दिया। अपने साथी पर नज़र रखें। खासतौर पर उसके मोबाइल की जाँच करते रहें। ताक-झाँक करना मेरी आदत में कभी नहीं था पर अब जो मैं कर रही थी उसे ताक-झाँक ही कहते हैं।

"यह चारु कौन है सुहास?"

"ऑफ़िस में"

"इसको एक दिन में इतने फ़ोन कर डाले तुमने?"

"विनीता! मुझे इसे ही रिपोर्ट करना होता है कि कितने टार्गेट मैंने पूरे किये। बॉस का यही आर्डर है। फील्ड के बाक़ी लोग भी इसे ही रिपोर्ट करते हैं।"

"यह तुम्हारे साथ टूर पर भी जाती है क्या? तुम्हारे साथ...।"

"क्या बेकार की बातें करती हो विनीता। दिमाग़ साफ़ रखो। चारु कलीग है...सिर्फ़ कलीग।"

कमाल की बात थी जिन बातों से सुहास अपमानित महसूस कर रहे थे मुझे उन्हें पूछने में कोई हिचक नहीं हो रही थी। अपने वाजिब हक़ की तरह मेरी ज़बान थमने का नाम नहीं ले रही थी। इस तरह के सवाल हम दोनों के बीच अक्सर खड़े होने लगे थे। एक तरफ़ प्यार की राह और दूसरी तरफ़ उस पर शक की आमदरफ़्त दोनों चीज़ें एक साथ, एक समय पर घटित हो रही थीं।

"नहीं विनीता, मेरा फ़ोन नहीं।" इस बार पूरी सख़्ती के साथ सुहास ने फ़ोन पर अपनी मिल्कियत का दावा ठोक दिया। सुहास ने मेरे हाथों से जिस तरह अपना फ़ोन छीना मुझे बेतरह खल गया।

हो न हो इसमें कोई राज़ ज़रूर है वरना इतनी बेरुखी और यह सख़्ती-मन सीधा ही निष्कर्ष पर पहुँच गया। मेरे शक की सुई जो नब्बे पर अटकी थी फैलकर एक सौ अस्सी पर जा लगी। मेरा शक यक़ीन में बदलने लगा। सवाल थे

कि सिर उठाने लगे। क्यों सुहास उस चारु को इतने फ़ोन करता है? एक बार में सब बताया जा सकता है फिर बार-बार? और बात तो सीधे बॉस से होनी चाहिए इसी से क्यों? मन को किसी करवट चैन नहीं था। मेरा शक अभी सचेत हुआ ही था कि सुहास ने दो दिन बाद चेन्नई जाने की घोषणा कर दी। इस बार मैंने बिना किसी झगड़े के उनका सामान पैक कर दिया। कपड़े रखते हुए अचानक मेरी छठी इन्द्री जाग गयी। मैंने चुन-चुनकर बेहद हल्के रंग की कमीज़ें उसमें रखीं ताकि किसी खतरे को मैं सूँघ सकूँ। किसी सुराग़ तक पहुँच सकूँ।

इस बार सुहास चेन्नई गये पर मुझे फ़ोन भी नही किया। नही तो हर बार टी नगर मार्केट पहुँचकर मुझसे मेरी फ़रमाईश ज़रूर पूछते थे। कुछ न भी बताऊँ तो बाज़ार में आयी किसी नयी चीज़ की जानकारी देकर उसे मेरे लिये इतना ज़रूरी बना देते कि मैं हाँ कर ही देती। इस बार मैं हैरान हुई। दिन बीता न कोई फ़ोन, न कोई मैसेज। मैंने फ़ोन किया तो भी उनका मूड कुछ उखड़ा-सा लगा। बावजूद इस चिन्ता के मैं पहले फ़ेसबुक और फिर अपनी पसन्दीदा फ़िडेलिटी डॉट कॉम की वेबसाइट पर सर्च में लगी रही। इस बार और भी सनसनीखेज़ जानकारियाँ मैंने बटोरीं। ''फ़ाइव थिंग्स यू शुड नो अबाउट योर पार्टनर" या फिर ''फ़ाइव साइन्स दैट शोज़ योर पार्टनर इज़ हैविंग एन अफ़ेयर।" इस बार मेरी हैरत की आँखें कुछ और खुलीं। मेरी साँसों का ग्राफ़ और ऊपर चढ़ चला। अपने पार्टनर की हँसी, उसकी आदतों में बदलाव, उसका अचानक घर में कम रहना, आपके साथ समय न बिताना, दोनों के बीच प्रेम का ख़ात्मा जैसे ख़तरों को मैं दम साधे पढ़ती चली गयी। यहाँ केवल ख़तरे नहीं थे। इन ख़तरों से आगाह करते दुनिया भर में किये गये सर्वे भी थे। न्यू हैम्पशायर में दस में से नौ मर्द ऑफ़िस में फ़्लर्ट करनेवाले निकले। अपनी चिन्ता के बारे में मैंने दीदी से भी बात की। जीजाजी भी तो अक्सर बाहर जाते थे पर दीदी ने मुझे डपट दिया। आपस में प्रेम बनाये रखने और फ़ालतू के टण्टों में न पड़ने की सख़्त सलाह दी। उनका मानना था यह सर्वे-वर्वे सब झूठ हैं। दीदी भी न। इतने लोग भला झूठ बोलेंगे?

अगले दिन सुहास का फ़ोन आया और मैंने चहकते हुए उठाया पर आज मामला कुछ और ही था। मुझे ताज़्जुब हुआ सुहास आज मेरी बोली बोल रहे थे। मेरे जैसे सवाल पर आवाज़ में न प्यार की खनक न कोई जज़्बात। एक तीख़ा तंज़–

"आजकल फेसबुक पर दुनिया-भर के दोस्त हैं तुम्हारे। दीदी के जेठजी की पिक पर बड़े कमेण्ट बरसा रही हो और वह मीरपुर से कौन-कौन लोग हैं जिनकी हर पोस्ट, पिक्चर पर तुम अपनी राय ज़ाहिर करती हो।" मेरा दिल धड़क गया।

इन्हें कैसे?...फिर याद आया मेरा फेसबुक अकाउण्ट सुहास ने ही तो बनाया था। पासवर्ड सुहास का दिया हुआ था, उसी से यह जासूसी हो रही है। मैं सन्न रह गयी, कुछ बोली नहीं तो सुहास के गुस्से का पारा ज़रा-सा नीचे आया–"अकेली रहनेवाली औरतों को और भी ध्यान रखने की ज़रूरत है। समझो इसे।"

सुहास ने न मेरा हालचाल पूछा न हर बार की तरह कोई फ़रमाइश जाननी चाही और फ़ोन रख दिया।

"क्या औरतों को ही सावधान रहने की ज़रूरत है? आदमियों को नहीं?"

बदले की आग मुझे सुहास की फेसबुक वॉल पर पहुँचाकर ही मानी। यह क्या? अभी-अभी मुझे उपदेश देनेवाला सुहास न जाने किस लड़की के साथ पार्टी मना रहा है। फ़ेसबुक पर उसे किसी चारु ने टैग किया था। ओह! तो यह है चारु। कितना बेपरवाह खड़ा है इसके नज़दीक और कैसा बेफ़्रिक होकर डाण्स कर रहा है। कितना ख़ुश दिख रहा है सुहास। जब कभी मैं कहती थी कि मुझे संग ले जाओ तो काम की फ़ेहरिस्त गिनाने लगता और अब यह काम हो रहा है वहाँ? वह तो अभी नज़र पड़ी नहीं होगी नहीं तो अब तक पोस्ट हाइड कर देता या अनटैग कर लेता। इसी तरह पहले भी झूमता रहा होगा। अपनी रौ में मैंने ग़ौर भी नहीं किया कि कब मैं सुहास के लिये तुम से तू पर उतर आयी। तस्वीरों में चारु और सुहास के साथ नाच रहे और लोगों को मैंने सिरे से नज़र अन्दाज़ कर दिया। मैं गुस्से में खौलने लगी। पहले ख़ुद ही मुझे टैब दिलायी और सारी दुनिया से दोस्ती गाँठने की सलाह दी और अब जब मैं अपनी ख़ुशी से नयी-पुरानी दोस्तियाँ बनाने लगी तो इतनी सख़्त हिदायतें ? सुहास में बदलाव के पाँच नहीं अनगिनत लक्षण मुझे दिखायी देने लगे। मेरी दुनिया अचानक बहुत अँधेरी हो गयी। अब मेरा एकमात्र सहारा फ़िडेलिटी डॉट कॉम ही बचा। मैंने अपने मन से लड़ते-झगड़ते आख़िरकार तय कर ही लिया कि अब मुझे किसी गैजेट की सख़्त ज़रूरत है। देर करना अब मुनासिब नहीं था। चीज़ ऐसी ढूँढ़नी थी जो हरदम सुहास के पास ही रहे और सुहास को उस पर किसी तरह का शक भी न हो। काफ़ी देर बाद मैंने एक बैल्ट ख़रीदने का मन बनाया। जैसे ही मैंने शॉप का बटन क्लिक किया कुछ और जानकारियाँ भी मिलने लगीं। बैल्ट के साथ कुछ कॉम्प्लीमेण्टरी गिफ़्ट्स भी मिल रहे थे जिससे आप अपने साथी के बारे में ज़्यादा जान सकते हैं। आप चाहें तो फ्री लाइव चैट भी कर सकते हैं फ़िडेलिटी डॉट कॉम के रिप्रजेण्टेटिव से। ऑफ़र तो यह अच्छा था पर मैं डर गयी फिर सोचा सुहास की ग़ैरहाज़िरी में ही सही। जानने में क्या हर्ज़ है और इतनी अंग्रेज़ी तो मुझे आती ही है कि मैं सवाल पूछ भी सकूँ और उनके जवाब दे भी सकूँ।

पूछे गये सवालों के ऑपशन्स मैं धड़ाधड क्लिक करती गयी। फ़ाइनल क्लिक के बाद जो सुकून मुझे मिला उसे कह पाना मुमकिन नहीं। कितने दिनों की यह जद्दोजहद अपने मक़ाम पर आख़िर पहुँच ही गयी। अब सुहास का कच्चा चिट्ठा खुलकर रहेगा।

सबसे अच्छा यह हुआ कि बैल्ट कैश ऑन डिलीवरी थी। दिक़्क़त यह थी कि उसकी डिलीवरी दो दिन बाद थी यानी जिस दिन सुहास को आना था। एक बारगी मेरा दिल बैठ गया पर फिर मैंने हिम्मत बाँधी। उस दिन सुहास को ऑफ़िस जाना ही होगा यह सोचकर मैंने राहत की साँस ली। अगले दिन मैं हवा के परों पर उड़ रही थी कि फ़ोन घनघनाया। अपनी ख़ुशी में पड़े किसी ख़लल की तरह मैंने फ़ोन उठाया।

"नाराज़ हो क्या?"

मैं ख़ामोश।

"मेरी प्यारी विनीता! ग़लती हो गयी यार! आइन्दा कभी नहीं होगी। "

मैं फिर भी चुप।

"अच्छा इस बार माफ़ कर दो। मानता हूँ मैंने चोरी-छिपे तुम्हारा अकाउण्ट चैक किया। बिलावजह तुम पर शक किया। यक़ीन जानो तबसे सो नहीं सका हूँ...कुछ बोलती क्यों नहीं? एक बार कह दो माफ़ किया तुमने मुझे।"

"कब आ रहे हो?"

कहते हुए मेरे क्रोध की मज़बूत चट्टानें दरकने लगीं। फिर बहुत दिन बाद हम पुराने सुहास-विनीता की तरह देर तक बतियाते रहे। सुहास ने बहुत पूछा कि क्या लाऊँ तुम्हारे लिये? मना करने के बावज़ूद मन ने कहा-'मेरे सुहास को ले आना।' फ़ोन रखा तो शान्त मन फिर से उफन गया। ख़ुद को धिक्कारने लगा। क्या ज़रूरत है एक ख़ूबसूरत रिश्ते को शक की आग में झोंक दिये जाने की? मैं जानती थी कि पति-पत्नी होते हुए भी अपनी निजताएँ होती हैं और ज़रूरी नहीं कि निजता का यह संसार अनैतिक ही हो। मैं अपनी ग़लती पर पछताने लगी। सुहास की धोखाधड़ी बेनक़ाब करने की ख़ातिर मैं भी तो उसे एक धोखा ही दे रही थी। मन का धिक्कारना बढ़ता ही जा रहा था कि अचानक दिमाग़ ने चोट की। सावधान रहने में कैसी बुराई? एहतियातन किया कोई काम धोखा नहीं। यह सुहास की अग्निपरीक्षा होगी कुछ गड़बड़ नहीं मिली तो अच्छा और मिल गयी तो बहुत अच्छा। इस एक चोट ने मेरा मलाल बहुत-कुछ धो डाला। फिर भी सुहास की अच्छाई और अपने शक को लेकर एक ख़लिश बराबर बनी हुई थी।

आज सुहास को वापिस आना था। मैं घर सजाने, उनकी पसन्द का खाना

बनाने और ख़ुद को सँवारने में लगी थी। आज कई दिन बाद घर चहक रहा था। चिन्ताएँ किसी जादू-सी अदृश्य हो गयी थीं। यह जादू सुहास के प्यार का था। सीढ़ियों से आ रही आवाज़ सुहास के तेज़ क़दमों का पता दे रही थी और मेरा मन बल्लियों उछलने लगा। चेहरे पर पहले एक मुस्कान उभरी जो धीरे-धीरे कानों तक फैल गयी। दरवाज़े पर सुहास की थाप और मेरे दिल का धड़कना एक ही साथ घटा। शादी हुए कुछ महीने बीत चुके थे पर इस बार हम दोनों शुरूआत के उन प्यार पगे लमहों को लौटा लाये। हमारी खनकती हँसी घर भर में समा गयी। दीवारें झूम रही थीं। हमने इत्मीनान से समय गुज़ारा हालाँकि मेरा मन बैल्ट डिलीवरी की चिन्ता से मुक्त नहीं था।

मेरा अनुमान सही निकला सुहास को कुछ देर के लिये ऑफ़िस जाना था। डिलीवरी बॉय सुहास के पीछे से ही आया। मैंने जल्दी-जल्दी सामान देखा। फेडिलिटी डॉट कॉम की सभी पहचानें छिपाने के बाद बड़ी ख़ूबसूरत पैकिंग में मैंने बैल्ट को सहेजा। मन पर अब कोई बोझ महसूस नहीं हो रहा था। इसी बीच सुहास ने फ़ोन पर आज रात की आउटिंग के प्रोग्राम की बात कही। शाम बेहद शानदार रही। हमने साथ-साथ अच्छा समय बिताया। गिले-शिकवों की कोई जगह हमारे बीच नहीं थी। हम दोनों के बीच ख़ुशियों की अनगिनत तरंगें थीं। दुनिया से बेख़बर हम इन तरंगों की दुनिया का हिस्सा हुए जा रहे थे। चेराई बीच की फिज़ा में प्यार घुला था। सारी सुनहरी शामों में आज की शाम भी घुल रही थी। हमारी उँगलियाँ आपस में उलझी थीं अचानक सुहास ने बड़ी नरमी से मेरा हाथ थामा और दूसरे हाथ से मेरी तर्जनी में बतौर तोहफा एक बहुत प्यारी अँगूठी पहना दी।

"पसन्द आयी? है न बिलकुल वैसी ही जैसी तुमने चाही थी।"

"ओह! सुहास" मैं आगे कुछ भी न कह पायी सब-कुछ आँखों ने कह दिया। कितना ध्यान रखते हैं सुहास मेरी पसन्द का। कुछ दिन पहले लगभग ऐसी ही अँगूठी की फ़रमाइश मैंने उनसे की थी।

"अच्छा तो इस बार गिव एण्ड टेक...तुम भी।"

घर लौटने पर अपना तोहफा पाकर खुशी में उमगते हुए सुहास ने कहा। बैल्ट उन्हें इस क़दर पसन्द आयी कि उन्होंने उसे डिब्बे से निकालकर इस्तेमाल करने की चाहत से वार्डरोब के हुक पर टाँग लिया। मेरे मन को तसल्ली भी मिली और ज़रा-ज़रा मैं अपने किये से खिन्न भी थी। आज का पूरा दिन हमारे बीच की तमाम गाँठों को खोलकर ताज़े फूल खिला गया। कल एक नयी सुबह आनी थी।

सुहास आज शाम फिर बाहर घूमने का प्रोग्राम बनाकर ऑफ़िस चले

गये। मेरे जिम्मे वही रोज़ के काम थे। टैब मुझसे आज कहीं रूठी पड़ी थी। हर बार की तरह सुहास का सामान अनपैक कर रही थी कि उनकी हलकी रंग की कमीज़ों को अपने शक के रंग में घुला देख मुझे हँसी आ गयी। एक क्षण को कमीजों पर किसी अनजाने निशान को ढूँढ़ती या किसी ख़ुशबू का सुराग़ लेने उठी जासूस तरंग को मैंने ठण्डे बस्ते के हवाले किया। कमीज़ें और बाक़ी सामान हटाकर ट्रॉलीबैग खाली कर रही थी कि मुझे हमेशा की तरह उसमें कुछ कागज पड़े दिखायी दिये। उन्हें सँभालकर रखने से पहले आदतन मैंने खोलकर देखा। उनमें अँगूठी का बिल भी था जिस पर बड़े और साफ़ अक्षरों में लिखा था- फ़िडेलिटी डॉट कॉम।

माटी का राग

अस्पताल जाना रामअवतार को कभी पसन्द न था। कितनी ही तबीयत ख़राब हो वे अस्पताल न जाते पर आज उन्हें जाना ही पड़ा। उनका दोस्त हसन अस्पताल में जो पड़ा था। अस्पताल के जनरल वार्ड में बहुत भीड़ थी। दर्द से कराहते, डॉक्टरों से बहस करते, सहमे हुए चुप, दूर वीराने में ताक़ते लोगों की भीड़ में सब उन्हें हसन ही लग रहे थे। उन्होंने नज़र दौड़ायी तो कोने के एक बिस्तर पर हसन दिखायी दिया। सर पर पट्टियाँ बँधी थीं।

"यह लोग समझते क्यों नहीं आग एक घर चुनकर डेरा नहीं जमाती। वह भागती है और एक पल में घर, गली, मोहल्ले सब तबाह कर देती है। जब तक लोग समझ पाते हैं तब तक सब राख हो जाता है और फिर राख से घर खड़ा करने में ज़िन्दगियाँ बीत जाती हैं। घर खड़े भी हो जायें पर सब-कुछ छिन जाने का दर्द नासूर बनकर रिसता रहता है। रिसता हुआ नासूर कभी हादसे भुलाने देता है भला?"

रामअवतार को देखते ही हसन के दिल के फफोले फूट पड़े और दर्द से सहमे उसके शब्द बाहर आये।

''सही कह रहा है हसन! हमारे गाँव में जो कभी न हुआ वह भी इस बार हो गया। यह कल के लड़के खुशियाँ, साझेपन में नहीं दूसरे पर अपनी ताक़त का लोहा साबित करने में समझने लगे हैं। भला बताओ, पर्व पर गुण्डई ही इनकी खुशी का पैमाना बन गयी? न पर्व जैसी कोई पवित्र भावना, न मेल-मिलाप, न शुद्ध आचरण वरना इससे पहले भी रामनवमी का पर्व क्या पर्व की तरह नहीं मनाया जाता था? हमारे बाप-दादा ने नहीं मनाया? हमने नहीं मनाया? कभी ऐसा न हुआ। क्या जरूरत थी मुस्लिम टोले से जुलूस निकालने और भड़काऊ तरीके से नारे लगाने की?"

"रामअवतार! मुस्लिम टोले में पिछली रात एक जवान की मौत हुई थी। लोगों ने बस यह कहा कि भाई लोगों दूसरी गली से अपना जुलूस निकाल लो और गाने-बजाने की आवाज़ ज़रा धीमी कर लो तो क्या गुनाह कर दिया?"

भरे मन से रामअवतार ने हसन की हथेली पर भरोसे का हाथ रख दिया।

"इनकी आँख का पानी मर गया और क्या? गाँव के दुख-सुख साझे होते हैं। दुख की घड़ी में गाँव भर में सन्नाटा छा जाता है। गाँव के बच्चों को माँ उनका कन्धा झकझोरकर तेज़ हंसने से भी मना कर देती हैं। और यह जवान लड़के? मुस्लिम टोले के बड़े लोगों ने इन्हें समझाकर रोका तो इनकी इज़्ज़त पर बन आयी। आव देखा न ताव लगे गाली-गलौज करने। उससे मन न भरा कि पत्थरबाज़ी शुरू कर दी पर कलेजे की आग का क्या करते? आग तो आग ही उगलेगी। फिर कौन रुकता है। दोनों तरफ़ से पत्थरबाज़ी शुरु हो गयी। भाई! मुझे तो लगता है कि सब तैयारी पहले से थी। किसी ने भड़का दिया और जा मिले दल से। दल से बल हो गये।" हसन दर्द और गुस्से से बोला।

"भाई! यह तो मुँह में राम बगल में छुरी है। ऐसे मनता है कहीं रामनवमी का पर्व? भक्ति की आड़ में नफ़रत का उबाल...थू है इन पर।"

मन का गुबार रामअवतार का गला खुश्क कर रहा था। उसने देखा हसन की आँखों में आँसू थे। रामअवतार ने हसन के आँसू पोंछे।

"गाँव का मिज़ाज बदल रहा है रामअवतार।"

"और कितना बदलेगा, हसन? अब यह आँखें क्या-क्या देखने को ज़िन्दा रहेंगी? गांव में जात की गोलबन्दी क्या कम थी कि अब यह धर्म का बखेड़ा भी शुरू हो गया। यों तो बामन टोला, राजपूत टोला, यादव टोला हिन्दू होकर भी अगाड़ी-पिछाड़ी की राजनीति में लगे रहेंगे पर बात जब मुस्लिम टोले की आयेगी तो कैसे गोलबन्द हो जाते हैं। अपराध, भूख, बेरोज़गारी के चलते पहले ही घर-परिवारों से कितने जवान लड़के बाहर जा बसे हैं। जिन्हें बुढ़ापे का सहारा समझा उन्हें यह नफ़रती आँधियाँ कहीं का नहीं छोड़ेंगी। पिछले जनम के जाने कौन-से बुरे करम सामने आ रहे हैं।"

कहते हुए रामअवतार का गला भी रुंध-सा गया। हसन बचपन से जानता था दुखी होने पर रामअवतार के आँसू नहीं बहते पर गला बुरी तरह रुंध जाता है और देर तक उसकी सोचने-समझने की हिम्मत जवाब दे जाती है। वैसे भी उसके हिस्से के दुखों का आसमान कम बड़ा नहीं था उस पर कल की घटना ने बुरी तरह तोड़ दिया। टूटा तो हसन भी कम न था पर उसका दुख घना होकर भीतर सिमट जाता था और रामअवतार का दुख टुकड़ा-टुकड़ा होकर बिखरने लगता था। इससे पहले कि रामअवतार और बिखरे-टूटे, हसन ने उसके हाथ को नरमी से छुआ-सहलाया। रामअवतार ने जेब से खैनी निकाली। डिबिया से चुनौटी निकालकर हाथ पर रखी खैनी के साथ रगड़कर उसे अच्छी तरह मला और हसन की ओर बढ़ा दिया। हसन

याद करने लगा न जाने कितने सालों से उसकी और हसन की दोस्ती, खैनी-चुनौटी सी है। अब तो दोस्ती के बरस जोड़ने के लिये उँगलियाँ भी कम पड़ती हैं। मन के ख़्याल ने इस माहौल में हसन को बहुत राहत दी।

कुछ घण्टे अस्पताल में बिताने और हसन से फिर लौटने की बात कहकर रामअवतार ने भारी मन से विदा ली। रामअवतार गाँव लौट आया। गाँव भर में आग के बाद का मरघटी सन्नाटा मातम बनकर उसके मन में बह रहा था। सड़क ईंटों के अद्धों और पत्थरों से पटी पड़ी थी। काँच की टूटी बोतलें, जले हुए घरों की कालिमा और हवा में घुला था ज़हर। ताक़त और आतंक के तांडव के निशान जगह-जगह बिखरे थे। पूरा टोला बीते दिन श्मशान बनकर धुँआ उठाता रहा। एक रामनवमी, आग की भेंट चढ़ गयी थी। आज उसकी ठण्डी राख ने कितने ही दिलों में अंगारे भर दिये थे। देश में जो आग सत्तर सालों में कभी न बुझने दी गयी वह आग उनके गाँव नरेन्द्रपुर में भी पहुँच गयी। मुस्लिम टोले से लौटते हुए रामअवतार सिंह ने देखा गलियों में चुप्पी छायी है। जले हुए घरों-दुकानों से लोग जैसे-तैसे जो बचा पाये उसे लिये बाहर बैठे सूनी आँखों से खाली वर्तमान को ताक रहे हैं। पुलिस की तफ़्तीश जारी थी। रामअवतार का दिमाग़ सुन्न हो गया। घर लौटकर उन्होंने दुख से लदे शरीर को बिस्तर पर धकेल दिया। आँखें बन्द कीं और बिना हिले-डुले, करवट लिये एक ही मुद्रा में देर तक लेटे रहे।

"कब तक सोते रहोगे? घर की पहली शादी है। कोहबर-पूजन के लिये बाहर इतना शोर मच रहा है। तुम उठो, इसी कमरे में होना है पूजन। पतोहू सबसे पहले इसी कमरे में आयेगी और तुम ऐसे फैलकर यहाँ लेटे हो। कितना ख़राब लगेगा। अब उठो भी, सैकड़ों काम पड़े हैं और तुम्हें नींद सता रही है।"

बेसुध रामअवतार के कानों में सरस्वती की आवाज़ पड़ी। रामअवतार और सरस्वती के बड़े बेटे मणिकान्त का विवाह छोटी उम्र में ही तय हो गया था। तीन बेटों-मणिकान्त, शशिकान्त और उमाकान्त की माँ सरस्वती सीधी-सादी, भली औरत थी। मन से सुन्दर-सीरत से नेक। उसकी दुनिया रामअवतार और तीन लोक उसके बेटे थे। जबसे रामअवतार के इस पुश्तैनी घर में आयी थी उसका दिन रोज़ काम से शुरू होता और रात अगले दिन के कामों की योजना बनाते हुए कट जाती। आज घर में भारी हलचल थी। बड़ा बेटा मणिकान्त, अपनी दुलहिन के साथ घर की दहलीज पर खड़ा है। कोहबर की रस्म पूरी होनी है। घर मेहमानों-रिश्तेदारों से भरा है। गाँव के आदमी-औरतें-बच्चे घर के बाहर खड़े हैं। ऐसे में सरस्वती को पति का सोना सुहा नहीं रहा था। थाल सजाये रिश्ते की औरतों ने गीत गाना भी शुरू कर दिया–

"कहवाँ के कोहबर लाल गुलाल, कहवाँ के कोहबर रतन जड़ाई

बाहर के कोहबर लाल गुलाल, भीतर के कोहबर रतन जड़ाई ”

गाने के बोल सुर के साथ ऊँचे उठते जान उसने तेज़ी से पति को झकझोरा। रामअवतार गहरी नींद में थे। अचानक उठे तो लगा जैसे पृथ्वी डोल रही है। एक क्षण सरस्वती को ढूँढ़ा, वह कहीं नहीं थी। अभी जो मेहमान पूरे घर में थे वे भी नहीं थे। गीत गानेवाली औरतें न जाने कहाँ चली गयीं थीं। बेटा-दुलहिन ग़ायब, घर से बाहर नयी पतोहू की झलक पाने को बेचैन लोगों का जमावड़ा-वह भी ग़ायब। घर अँधेरे में डूबा था। बेहोश नींद का मीठा सपना टूट चुका था। सामने की दीवार पर सरस्वती का उकेरा कोहबर का चित्र धुँधलेपन में बचा अभी तक मुस्कुरा रहा था। रामअवतार खड़े हुए और चलकर दीवार तक आये। चावल के आटे से दीवार पर बनाये बेल-बूटों, जगह-जगह सिन्दूर से उकेरी बिन्दियों और मोर-चिड़िया के सुन्दर चित्र पर हाथ फेरा तो मुस्कुराती हुई बेल-बूटे काढ़ती सरस्वती फिर से दिखायी दी। रामअवतार को देखकर उसकी मुस्कुराहट, हँसी में बदली और फिर सरस्वती न जाने कहाँ ग़ायब हो गयी।

भरी-पूरी गृहस्थी छोड़कर चली जानेवाली सरस्वती को गुज़रे भी अब कई बरस हो गये थे पर रामअवतार के मन के घर को उसने कभी छोड़ा ही नहीं था। रामअवतार के पैर अचानक काँपे। दीवार का सहारा लेकर कुछ देर यों ही खड़े रहे। शाम के धुँधलके को मिटाने के लिये बत्ती जलायी तो घर का खालीपन पूरी तरह उजागर हो गया। दीवार से सटे हुए वे कमरे को एकटक देखते रहे। यह वह कमरा था ही कहाँ जो सरस्वती के जीते-जी था। कहाँ तख़्त पर क़रीने से बिछी चादर। मेज़ पर रखा गिना-चुना सामान। कोने में तहाकर रखे साफ़-सुथरे कपड़े। खुली हुई खिड़की। खिड़की पर लटकती बेल, खिड़की के ठीक सामनेवाली दीवार पर आईना। बैठने के दो स्टूल और खाली फ़र्श जो रोज़ सरस्वती की मेहनत से निखर-सँवरकर चमकता था...और कहाँ आज का यह कमरा? तिल रखने को जगह नहीं थी इसमें। सरस्वती के न रहने और एक-एक करके बच्चों के चले जाने के बाद रामअवतार ने इस कमरे को ज़रूरत की सारी चीजों से भर लिया था। यहीं रसोई गैस, बर्तन, पानी से भरी बाल्टी, सिलेण्डर। उसके ऊपर सब्ज़ियों से भरी टोकरी। दालों-मसालों के डिब्बे। ज़रूरत के लायक़ बर्तन। रस्सी पर लटके बेतरतीब कपड़े। दो जोड़ी जूते भी यहीं तख़्त के नीचे दो-तीन पुराने ट्रंक-बक्सों के संग धँसे थे। अख़बार, काग़ज़ों, मटके और अटरम-शटरम सामान से लदी-फदी मेज़। धूल खाया एक छोटा फ्रिज दीवार के सहारे टिका था और तख़्त के सामने की दीवार पर कुछ बरस पहले आया एल.सी.डी. भी टँगा था। सारा कमरा बेतरतीबी में क़ैद था। कमरे और स्टोर का फ़र्क ही मिट चला था। पूरे कमरे को निहारते रामअवतार

की निगाह आईने पर टिक गयी। खुद को समेट-सँभालकर वह आईने तक आये। जाने कबसे उन्होंने आईना रगड़ा नहीं था फिर भी आईने ने उनका झुर्रीदार चेहरा पूरी ईमानदारी से दिखा दिया। उस रात रामअवतार बिना कुछ पकाये-खाये अनमने से फिर बिस्तर पर पड़ गये। बिस्तर को सहलाया। क्षण भर को बिस्तर सरस्वती की देह हो गया पर आख़िरकार देह से बिस्तर को अलग होने में भी क्षण भर ही लगा। अभी-अभी लौटी जीवन की लय एक झटके में टूट गयी। घर और जीवन का खालीपन लिये उदास रामअवतार कमरे में ही पड़े रहे।

"बाबूजी! सब मालूम पड़ गया है, एक पल भी आपको वहाँ नहीं रुकना है। गाँव की हालत ख़राब है। बड़के भैया को फ़ोन कर दिया है। हमारा तो कोई ठिकाना है नहीं। गाने-बजाने की किसी मण्डली के साथ कभी भी कहीं चल देते हैं...आप आज ही टिकिट बनवाइये और जल्द-से-जल्द भैया के पास चले जाइये। पैसा ज़्यादा लगेगा पर तत्कालवाला बनवा लें।"

सुबह होने के साथ ही सबसे छोटे बेटे उमाकान्त का फ़ोन आ गया। अभी तो रामअवतार की आँखें भी ठीक तरह नहीं खुली थीं। बेटे की बात सुनकर उन्हें महसूस हो गया कि उमाकान्त रात भर घड़ी तकता रहा होगा कि कब सुबह हो और कब बात करे। दो घड़ी मौन के बाद रामअवतार ने समझाया–

"यहाँ सब तो हैं काहे इतनी चिन्ता करते हो। जो सबके संग, वह हमारे संग और दंगा शान्त हो चुका अब फिर हम तो मुसलमान भी नहीं हैं। जानते तो हो गाँव में अस्सी फ़ीसद हिन्दू और बीस फ़ीसद मुसलमान हैं।"

गाँव से कहीं न निकलने का एक तर्क रामअवतार ने आँकड़े के रूप में पेश किया जो सच्चाई को आँकड़े में छिपा देने का एक प्रयास भर था। आज भी उमाकान्त से बात करते समय उनका स्वर हमेशा की तरह सपाट था। निरा बंजर।

"यह सब-कुछ नहीं पता हमको। आप तुरन्त टिकिट बनवाइये। यहाँ रहना ख़तरे से खाली नहीं। भीड़ जब रौंदती है तो हिन्दू-मुसलमान सब गिरते-मरते हैं। आप बस निकलिये यहाँ से। हमें तो आपने निकाल बाहर किया नहीं तो हम ही... आप कहें तो हम अभी घर आ जायें..."

"नहीं, तुम जहाँ हो वहीं रहो।"

कहते हुए रामअवतार का स्वर और कड़ा हो गया। दोनों के बीच एक चुप्पी ठिठककर रह गयी। एक क्षण के तूफान को थामकर उमाकान्त ने कहा–

"ठीक है जैसा आप चाहते हैं वही होगा। नहीं आ रहे हम...पर आप आज ही दिल्ली का टिकिट बनवा लें। भैया से बात हो गयी है हमारी, उनका फ़ोन आता होगा।...चलिये रखते हैं, प्रणाम...।"

उमाकान्त ने बात अधूरी छोड़कर फिर से पिता को समझाते हुए कहा। उसकी छूट गयी अधूरी बात में न जाने ऐसी कौन-सी फाँस थी कि रामअवतार के कलेजे में धँस गयी। सरस्वती की याद फिर आ गयी।

"तीन बेटों में से एक यदि कुछ काम-धाम नहीं भी करेगा तो क्या? घर में किस बात की कमी है। फिर ऐसी क्या जल्दी है, जब समझ में आयेगी तो कर लेगा कोई काम-धाम। नहीं भी करेगा तो खिला लेंगे उसे सारी उम्र। मौज में गाता-बजाता रहेगा पर कम-से-कम हमारी आँखों के सामने तो रहेगा।"

सरस्वती के इस अनुरोध पर रामअवतार को अपना गुस्सा भी याद आ गया– "कोई ज़रूरत नहीं प्यार-मनुहार की। तुमने उसे बिगाड़ दिया। दोनों बड़े भाईयों को देखे और सँभाले अपनी ज़िम्मेदारी। किसान का लड़का होकर ऐसा आवारापन? राजा साहब हैं, बैठ गये तो घण्टों गीत सुनने में बेकार गंवा दिये। गा-बजा रहे हैं तो खाने-पीने का होश नहीं। न अपनी सुध, न घर भर की।"

मन मारकर रह गयी थी सरस्वती। रामअवतार और भी पक्के हो चले थे। उमाकान्त का हँसी-ठट्ठा, गाँव भर में फालतू घूमना, बाँसुरी लिये गीत गाना फूटी आँख नहीं सुहाता था रामअवतार को। बाप के अंगारों पर उमाकान्त हमेशा अपनी हँसी के छींटे मारता रहता। पढ़ने-लिखने से दूर, किसानी से दूर इस लड़के को आख़िर कैसे सुधारें? यही सवाल दिन-रात रामअवतार को मथता रहता। आते-जाते दरवाजे पर बैठे उमाकान्त पर तानाकशी ही नहीं हाथ-लात के हण्टर भी बेमोल पड़ा करते। जिन्हें वह हमेशा हँसकर खाता। फिर एक दिन माँ की क़सम देकर रामअवतार ने उसे घर से निकाल डाला तो लड़का माँ की माटी उठाने ही घर लौटा। पर वह लौटना , लौट आना नहीं कहा जा सकता था। उसे तो रामअवतार के कहे मुताबिक कुछ बनकर ही लौटना था। जैसा बाप जिद्दी, वैसा बेटा। दोनों में जो ठनी तो एक अकेली सरस्वती ही पिसती रही और काल का शिकार हो गयी। वही काल अब बाप-बेटे के बीच अकाल बनकर ठहर गया था। अब कब बीज पड़ेंगे? कब धरती हरी चादर ओढ़ेगी? गुनगुनायेगी? कब घर में फ़सल कटकर आयेगी-कोई ठीक-ठिकाना नहीं था। फिर भी रामअवतार हैरान थे कि कैसे इस लड़के को जहान भर की ख़बर हो जाती है और कैसे दुत्कारे जाने पर भी बाप की चिन्ता इसका पीछा नहीं छोड़ती। सरस्वती याद आती–"लाखों में एक है उमाकान्त। गुणों की यह ख़ान जाने क्यों सबको अवगुण ही नज़र आती है।"

कमरे से ज्यों ही रामअवतार बाहर आये छोटे बेटे उमाकान्त के कमरे पर पड़े ताले ने उन्हें चिढ़ाया। दिमाग़ घूम गया। समय पीछे ले चला। वह रामअवतार के जवान दिनों की कहानी थी जब किसानी से घर-परिवार की ठसक ही निराली थी।

बाप-दादा के नाम की इज़्ज़त भी ख़ूब थी। सरस्वती ने बड़े चाव से तीनों लड़कों के विवाह की सोचकर ज़िद करके तीन कमरे बनवाये थे। घर के भीतर घुसते ही एक कोठरी थी जिसमें एक पुराना हल, कुदाल-फावड़ा, दो-तीन टोकरियाँ पड़ी रहतीं। कोठरी को पार करके एक बड़े-से दालान में हैण्डपम्प लगा था। गोपालपुरा की नामी दुकान से हसन के साथ यह हैण्डपम्प ख़रीदकर लाया गया था। घर की पुरानी चीजों ने काम देना भले ही बन्द कर दिया था पर हैण्डपम्प पुराने दिनों का साथी बनकर आज भी रामअवतार का साथ दे रहा था। यहीं बर्तन भी धुल जाते और नहाना-धोना भी हो जाता। दालान के दो तरफ़ दो-दो कमरे थे। एक कमरा रामअवतार के कमरे से सटा था तो दो सामने थे। तीसरी दीवार घर की अगली कोठरी की पिछली दीवार थी और चौथी दीवार के संग लगीं सीढ़ियाँ ऊपर जा रही थीं। नीचे बिलकुल कोने में बैल बाँधने की बड़ी-सी जगह और उसी के साथ सटी सरस्वती की रसोई थी जो अब न जाने कबसे बन्द पड़ी थी। रामअवतार के पास खेती की अपनी ठीक-ठाक आमदनी थी। दो बड़े बेटे भी कन्धों का बोझ बाँटकर अपना घर-परिवार देख रहे थे। बड़े बेटे मणिकान्त का बेटा घुटनों के बल दालान में चला करता तो रामअवतार का मन आसमान छू लेता। इधर विवाह के बाद नयी आयी छोटी पतोहू की पाजेब की रुनझुन से सरस्वती उमगी रहती।

सन्तोष से भरे घर में रामअवतार का छोटा भाई भी शहर से पैसा भेजने लगा। उसे पहली मंज़िल पर तीन बड़े-बड़े कमरे बनवाने का चाव था। पैसा भेजकर उसने कमरे बनवाये भी पर जाने किसकी नज़र लगी पहली मंज़िल आज तलक नहीं बसी। भाई लौटा तो अपने हक़ का दावा कर दिया। रिश्ते में ही गाँठ नहीं पड़ी अपने हिस्से की ज़मीन-जायदाद बेचकर जैसे-तैसे रामअवतार ने अपनी जान छुड़ाई। खेत का एक मामूली टुकड़ा जो उसके हिस्से आया उसे रामअवतार ने कभी नहीं जोता। हसन के खेत से सटे होने के कारण उसे ही बोने को दे दिया। किसी तरह नीचे का घर बचा पर सरस्वती सदमा सँभाल नहीं पायी। पत्नी गयी तो घर गया, ज़मीन गयी तो किसानी गयी और कमायी गयी तो लड़के बेघर होकर दूर-दराज़ बस गये। एक पल में घर बिखर गया। ऊपर की मंज़िल तबसे बिन बसी यूँ ही पड़ी है। ऊपर के तीन बड़े कमरे एक के बाद दूसरे से सटे हुए हैं। एक में बड़ा-सा तख्त डला न जाने कबसे लोगों के इन्तज़ार में है। एक कमरे में खेती का सामान पड़ा है और एक में रामअवतार के पिता के समय के बर्तन और टूटे-फूटे ट्रंक। सरस्वती कहती थी–"टूटा है तो क्या, भाईयों में बँटेगा बराबर।" क्या जानती थी सब-कुछ यों अचानक लुट जायेगा। अब ऊपर का हिस्सा लोगों का इन्तजार करके मन मारे बैठा है। बड़े भाई का बेटा एक-दो बार आया भी तो चाचा को

ऊपर की मंज़िल की साज़-सँभाल के लिये कह गया पर रामअवतार से तो न ऊपर जाया जाता ,न किसी चीज़ की साज-सँभाल ही होती है। नीचे के आँगन के तीन बन्द कमरों पर पड़े ताले उसके अकेले मन पर भारी बोझ की तरह हैं। सबसे छोटे उमाकान्त के कमरे का ताला देखकर उसे यक़ीन हो चला था कि यह कमरा अब कभी नहीं खुलेगा। इतने बड़े घर में रामअवतार भूत की तरह डोलते।

कुछ दिन बाद सिवान जंक्शन तक हसन भारी मन से रामअवतार के साथ आया। पट्टियाँ भले ही खुल गयीं थीं पर हसन के माथे पर चोट के निशान ताजा थे। दोनों के जुदा होने का यह पहला मौक़ा था। पहली बार दोनों के बीच बातों की जगह चुप्पी पसरी थी। अपने जीते-जी पहली बार गाँव के अपने घर पर रामअवतार ने ताला लगाकर चाबी हसन को सौंपी तो अजीब-सा लगा। रास्ते में हसन के घर से आयी दलपूड़ी और खीर खायी तो लगा पीछे बहुत-कुछ छूट गया। भाभी के हाथ का स्वाद उसकी आत्मा में बसा था। सिवान से ट्रेन पकड़कर रामअवतार बड़े बेटे मणिकान्त के घर दिल्ली आ गये।

"अब यहीं रहो बाबूजी! हमारे पास। तीन लड़के होते हुए भी क्यों जीना अकेला जीवन?"

पतोहू ने ससुर को चाय का प्याला देते हुए बड़े अधिकार से कहा।

"ठीक कह रही है सीता। वैसे भी अब गाँव में रखा ही क्या है? यहाँ रहो बाल-बच्चों के बीच, सुख से।"

बड़े लड़के मणिकान्त के शब्दों पर रीझ गये रामअवतार। उनका पोता तो फिर भी गाँव में जन्मा था तो उसे दादा की धुँधली-सी याद थी पर पोती का जन्म तो यहीं हुआ था। उसने कहाँ देखा था गाँव, अपने दादा का घर और दादा को। नन्हीं गुड़िया सकुचायी-सी आँखें फाड़े अजनबी को देख ही रही थी कि माँ ने उसे दादा की गोदी में बिठा दिया। इससे पहले कि रामअवतार बतियाना शुरू करते गुड़िया अजनबी स्पर्श से चीख़-चीख़कर रोने लगी।

"रो मत। दादा की जेब में ख़ूब सारी चाकलेट है। तुझे अच्छी लगती है न। रोयेगी तो दादा पड़ोस की रानी को दे देंगे सारी।"

पोते ललित की बात सुनकर रामअवतार को हँसी आ गयी और रोती हुई गुड़िया ज़रा शान्त तो हो गयी पर दादा की गोद में कुनमुनाती ही रही। बच्चों से भरे इस घर में आकर कुछ दिन रामअवतार के सुख की नाव बिना मल्लाह मनचाही दिशा में तिरती रही। गुड़िया से दोस्ती हो गयी तो सारा दिन उससे बतियाने-उसे दुलराने में कट जाता। कभी घोड़ा बनकर उसे सवारी कराते तो कभी उसके आदेशों पर निछावर रहते। इधर सीता भी पूरी कोशिश करके ससुर के चेहरे पर खुशी रचती।

प्रेम और त्याग के संस्कार से रामअवतार को महसूस होता कि सीता में सरस्वती पूरी उतर आयी है। फ़ोन पर हसन से भी उन्होंने सीता की ख़ूब तारीफ़ की। सीता की सेवा से ख़ुश होते हुए भी सच्चाई रामअवतार की नज़र से दूर न रह सकी। सीता पर घर और बाहर फैक्ट्री के काम का बोझ, दो छोटे बच्चों की ज़िम्मेदारी, दिनभर शहर की सड़कों पर सवारियों को उनकी मंज़िल पर छोड़ने वाले मणिकान्त के तिपहिये की आवाज़ का इन्तज़ार और रात को छोटे-से कमरे में पाँच जन के सोने की जगह बनाने की उठापटक-क्या छिपा था रामअवतार से। फिर एक बुज़ुर्ग की मौज़ूदगी में उनके जवान जीवन की उमंगें कैसे अपना दामन समेटे जीना सीख रही थीं, यह सच भी सामने खुला पड़ा था। जहाँगीर पुरी जैसी घिच्ची-पिच्ची जगह में बेटे मणिकान्त के परिवार का जीना-रहना किसी तरह चल रहा था। यहाँ हर तरफ़ गन्दगी और बजबजाते कूड़े के ढेर। हवा इतनी भारी कि साँस लेना दूभर। वे देख रहे थे इस दिल्ली में भी कितने छोटे-छोटे नरेन्द्रपुर हैं फिर भी उनका गाँव इस कदर बजबजाता न था।

"सीता! बच्चे छोटे हैं अभी , न हो तो कुछ समय इनकी पूरी देखभाल कर। ज़रा बड़े हो जायें तो कर लेना नौकरी।"

कुछ ही दिन में रामअवतार ने मोहल्ले में अपराध की हालत सूँघकर चिन्तित होते हुए कहा। यों शहर विकास की राह पर था पर रामअवतार को इतने दिनों में आस-पास कहीं दिखायी नहीं दिया। अलबत्ता शहर की आदमखोर हवा ज़रूर दिखने लगी जो ज़िन्दगियों को लीलने पर आमादा था। लूट, चोरी, हिंसा, दंगों की ख़बरें गली-मोहल्ले में बिखरी पड़ी थीं।

"क्या करें बाबूजी! शहर में दो जन न कमायें तो पूरा कैसे पड़े? यहाँ तो सब घरों में दोनों जन कमाते हैं। औरतें घरों में साफ़-सफ़ाई करती हैं, ठेला लगाती हैं और भी बहुत-से काम करती हैं। शहर में आमदनी है, काम का आसरा है तो ख़र्चे भी कम नहीं हैं।"

"हमारे परिवार की तो तू पहली औरत है जो घर से बाहर काम करती है।"

कहना चाहते हुए भी रामअवतार की जुबान हकला गयी। कमरे से बाहर निकलती नाली के पास सीता कपड़े फींच रही थी। कमरे के अन्दर बैठे रामअवतार ने ग़ौर से देखा सीता की देह पहले के मुकाबले आधी हो गयी है। कलाइयों पर चमड़ी एक़दम चिपक गयी थी और रंगत भी काली पड़ चुकी है। उसे याद आया सरस्वती कहती थी–"दूध-सी गोरी है मेरी पतोहू।" सीता के धँसे गाल देख दुखी होते हुए रामअवतार के दिल को धक्का पहुँचा। कुछ पल बीते तो उसने खुद को डपटकर एक़दम नज़र फिरायी। पतोहू ने उसे ऐसे देख लिया तो न जाने क्या

समझेगी। लेकिन मोहल्ले में बिलखते-अकेले बच्चों, गन्दगी, मार-पीट, झगड़ा देखकर उन्हें लगता कि बच्चों को घर ले जायें। भूख ने उन्हें शहर तक दौड़ाया था और भूख ही उनके न लौटने की वाजिब वजह थी।

ठण्ड के दिनों की एक रात थी। रामअवतार पड़ोस का झगड़ा सुनकर हड़बड़ाकर उठ बैठे। साथवाले कमरे में एक आदमी नशे की झोंक में पत्नी और बच्चों को बुरी तरह पीट रहा था। रामअवतार ने उठकर बत्ती जलायी और चप्पल पहनकर बाहर जाने को हुए।

"कहाँ जा रहे हैं?" मणिकान्त के सवाल ने दरवाज़े की कुण्डी पर पहुँचे उनके हाथ को जैसे वहीं रोक दिया।

"बगल में बच्चे रो रहे हैं और तुम सो रहे हो? आख़िर को पड़ोसी है तुम्हारा, फिर हमारे बिहार का ही है। इस नाते उसे समझा तो सकते हो कि नहीं?" रामअवतार ने निस्संकोच कहा।

"सो जाइये और छोड़ दीजिये दुनिया की चिन्ता। सबकी अपनी ज़िन्दगी, सबके अपने झगड़े हैं। आप जायेंगे समझाने तो आप पर ही हाथ छोड़ देगा।"

निश्चिन्त स्वर में मणिकान्त ने कहा और करवट लेकर सो गया।

पूरी रात रामअवतार सो नहीं सके, पड़ोस में पिटती औरत की चीख़ें और बच्चों का रोना सुनकर। इतना कठोर कलेजा नहीं था रामअवतार का कि कानों में रिसते लावे की अनसुनी कर सकें। रात-भर करवट बदलते रहे। सोचते रहे कि गाँव-देहात से दूर शहरों में बसे इन लोगों के पास कहाँ है कोई बड़ा-बूढ़ा जो झगड़े को सही समय से रोक सके। यहाँ कहाँ किसी की आँख की शर्म, किसी का कोई लिहाज़। सब बेलगाम हैं। मन के इस ख़्याल से रामअवतार का कलेजा काँपा, कहीं मणिकान्त और सीता भी तो? अपने मन के ख़्याल को छिटककर रामअवतार ने सारी रात करवटें बदलते काटी।

"बाबूजी! आज समय मिले तो सड़क पार से दाल-सब्ज़ी लेते आइये, कुछ मन भी बहलेगा। बड़ियाँ भी लेते आइयेगा, आपको पसन्द हैं न?"

"बड़ियाँ?" रामअवतार ने चौंककर पूछा।

"न न अदौरी। यहाँ दुकानदार बड़ियाँ कहते हैं न। "

भूल सुधार करते हुए मणिकान्त ने रामअवतार को कुछ रुपये पकड़ाये। रामअवतार की जबान पर तेल में तलकर बनायी अदौरी का स्वाद आ गया तो तबीयत ख़ुश हो गयी। नहा-धोकर रामअवतार ने साफ़-सुथरा सफ़ेद कुरता पहना जो बरसों बाद नील में नहाकर चमक उठा था। हरे रंग का स्वेटर उनकी देह पर खिल उठा। रामअवतार ने मन-ही-मन सीता को आशीष दिया जिसने कुरते के साथ

कुछ ही दिनों में उनकी हालत भी सुधार दी थी। आईने में चेहरा देखा हलकी दाढ़ी के पीछे दिखनेवाली झुर्रीदार त्वचा पर चमक दिखायी दी तो चेहरे पर हँसी दौड़ गयी। गुड़िया का हाथ पकड़कर रामअवतार सड़क पार बाज़ार गये और ज़रूरी सामान ख़रीद लिया। रास्ते में कुम्हारों का घर पड़ा जहाँ दो कुम्हार चाक चला रहे थे। बचपन से ही रामअवतार को चाक पर बर्तनों का बनना एक जादू जैसा लगता था। उस जादू में खोकर एक दिन अपने पिता से उन्होंने चाक चलाकर कमाने की इच्छा जतायी थी तो बेभाव की पड़ी थी। पिता ने भद्दी गाली देते हुए कहा था–"नया-नया दुलहिन के नया-नया चाल। अगले जनम में नीच कुल में पैदा होकर ख़ूब चलाना चाक। ठाकुर का लड़का और ऐसी बात?"

आज रामअवतार को पिता की बात पर हँसी आयी। अब कैसी ठकुराई? खेत से गये, खेती से गये, ठाकुरी ठसक से भी गये। बेटा ऑटो चला रहा है और पतोहू फैक्ट्री में बोतलों के ढक्कन बना रही है। वाह रे! ठाकुर। अपनी हँसी उड़ाते रामअवतार ने कुम्हार से एक हंडिया ख़रीदी और सोचा आज स्टील के बर्तन में नहीं इसमें बनवायेंगे चोखा। मिट्टी के बर्तन में बने चोखे का स्वाद ही निराला होता है। मगन मन से गुड़िया के साथ वापिस लौट ही रहे थे कि बेध्यानी में पैर कीचड़ में लिपट गया। धुला-धुलाया सफ़ेद पायजामा तो बर्बाद हुआ ही मन भी ख़राब हुआ। उन्हें अपना गाँव याद आया। भले ही शहर-सी सुविधाएँ न हों पर गन्दगी तो नहीं है। कहाँ साफ़ हवा, साफ़ गलियाँ, ख़ूब हरियाली और कहाँ यहाँ दड़बे जैसे कमरे, गन्दगी उग़लते गटर, नरक-से शौचालय। हवा में घुली बदबू पास के कूड़े के पहाड़ की देन थी। जहाँगीर पुरी से सटा था विशालकाय कूड़े का पहाड़ जहाँ हर रोज़ अनेक ट्रक शहर के हिस्सों की गन्दगी ढोते हुए यहाँ फेंकने चले आते थे। ढेर ऊँचा होते ही उसमें आग लग जाती थी। सुलगता रहता था। दुर्गन्ध के साथ दमघोंटू धुंआ साँस लेने में कष्ट देता था। रामअवतार हैरान होते जो बदबू उनका जीना मुहाल किये है वह उनके बेटे, पोतहू और नन्हें बच्चों को क्यों नहीं सताती?

"बाबूजी! अब वहाँ गाँव में क्या धरा है? उस मकान को बेच दो या छोड़कर यहाँ ही रहो।"

रात को साथ खाना खाते हुए मणिकान्त ने पिता से कहा। मुँह में रखी अदौरी का स्वाद अचानक रामअवतार के लिये कड़वा हो गया। वह जानते थे लड़के की नीयत में खोट नहीं था। वह यही चाहता था कि पीछे लौटने का एक खूंटा शेष रहा तो रामअवतार को लगातार आवाज़ देता रहेगा। बुढ़ापे में पिता का यूँ अकेले जीवन काटना बेटे को शुरू से अखरता रहा था लेकिन रामअवतार कुछ और ही सोच रहे थे। वह क्या सिर्फ़ मकान है? क्या हुआ जो रामअवतार उसमें अकेले रहते हैं? घर

के हर कोने में, हर चीज़ में सरस्वती थोड़ी-थोड़ी अब भी बाक़ी है। घर को छोड़ना यानी जीते जी सरस्वती को छोड़ना। रामअवतार का पूरा शरीर झनझना गया। गाँव यानी हसन, सुख-दुख का सच्चा साथी। गाँव यानी वह ज़रा-सी ज़मीन जो हसन के खेत के संग लगी उसका आसरा थी। गाँव यानी गाँव के लोग, पुरानी दोस्तियाँ- सब-कुछ तो पीछे रह गया। पिछले कुछ दिनों ने सुख की जो तस्वीर दिखायी थी आज उसके फ्रेम का काँच चटक गया। जिस गाँव को ज़िन्दगी भर सींचा उसे इस शहर के सहारे कैसे छोड़ दें? बाक़ी बची हुई ज़िन्दगी पूरी यहाँ लगा भी दें तो क्या वे इस शहर के हो सकेंगे? पुरानी ईंटों का वह बेरौनक-सा घर आज भी उनके अच्छे दिनों की मज़बूत निशानी है। दिन का सूरज, दोपहर की छाँव और रात का चाँद भला कहीं छोड़ा जा सकता है?

"जब तक जीता हूँ तब तक रहने दे" कहते हुए रामअवतार के कण्ठ से सारे सुर किसी अँधेरी, गहरी गुफा में समा गये।

सीता और मणिकान्त पछताने लगे कि क्यों ऐसा विचार दिमाग़ में आया और क्यों बाबूजी को यह सब कह भी दिया। अपराधी बने दोनों की निगाहें धरती में गढ़ गयीं। धरती के विशाल सीने में हज़ारों-लाखों सालों से दफ्न अपराधों में आज एक और समा गया। उस रात रामअवतार का मन पूरी तरह उचाट हो गया। कुछ दिनों से छूट गया गाँव आवाज़ लगा-लगाकर उन्हें बुलाने लगा। उस रात सरस्वती फिर सपने में आयी। कुछ न बोली पर उसकी शिकायत भरी नज़र लगातार रामअवतार को घूरे जा रही थी। ठीक वैसे ही जैसे जीवित रहते हुए वह पति से अपनी बात मनवाने के लिये किया करती थी। रामअवतार सुबह उठे तो सिर भारी था पर रात उनसे वापिस लौटने का निर्णय करवाकर ही बीती थी। बीती रात ने सुबह के परों पर उड़ान की कहानी रच दी थी।

कुछ दिन बाद मणिकान्त-सीता को आशीष देकर और ललित-गुड़िया को दुलारकर रामअवतार वापिस नरेन्द्रपुर के लिये चल पड़े। गुड़िया जो उनके आने पर रोयी थी जाने पर भी उनसे चिपटकर दादा-दादा कहकर रोने लगी। आज का रोना पहले के रोने से जुदा था। रामअवतार का कलेजा भी मुँह को आया। एक जीवन कितने अधूरेपन में अपनी उम्र बिताता खर्च हो जाता है यह उनसे बेहतर कौन जानता था। एक पूरे दिन की यात्रा की थकान लिये जब उन्होंने अपने गाँव में क़दम रखा शरीर से सारी थकान क़ाफ़ूर हो गयी। वास्तव में दिमाग़ी थकान ही शरीर को हराती-थकाती है और गाँव लौटने की उमंग ने पूरे रास्ते उन्हें आनन्दित रखा। रामअवतार ने हसन को फ़ोन पर अपने आने का दिन और समय बता दिया था। स्टेशन पर हसन को देखकर और उससे टूटकर गले मिलने पर दोनों के लिये

समय वहीं ठहर गया। पूरा स्टेशन गतिशील था और शोर के उस उठान में दो दोस्त जैसे ठहरकर एक-दूसरे के दिल की धड़कन सुन रहे थे। वहीं स्टेशन के बाहर दोनों ने चाय पी और जी खोलकर बातें कीं। वही पुराना हँसी-मजाक। एक-दूसरे की टाँग खिंचाई और फिर जीवन के अनुभवों का पका रंग जबान पर उतर आया। रामअवतार के जाते समय दोनों के जो शब्द कहीं कैद हो गये थे आज वे क़ैद से छूटे थे।

हसन के साथ रामअवतार घर आये तो जमाने भर की ख़ुशियों का रेला संग चला आया। घर की चौखट से लेकर हर चीज़ को वे एकटक निहार रहे थे मानो चीजों में बसी इन्सानी शक्ल टटोल रहे हों। घर पहले से अधिक साफ़-सुथरा था। महीनों की धूल का नामोनिशान न था और बिखरा हुआ सामान ठीक-ठिकाने रखा था। अचानक कमरे में जगह और सुकून दोनों संग निकल आये थे। कोने में अनाज की बोरी भी थी जो उनकी टुकड़ा भर ज़मीन बोने के एवज़ में हसन पूरी ईमानदारी से समय-समय पर भिजवा दिया करता था। रामअवतार ने मुस्कुराकर हसन को देखा। खाने और जी-भर बतियाने के बाद ही हसन ने विदा ली। उसके जाने के बाद एक बार फिर रामअवतार ने घर को स्नेह की आँख से दुलराया। दुलराते समय नज़र बड़े बेटे मणिकान्त के कमरे पर लगे ताले को देखकर ठिठक गयी। वे जान गये शहर की भीड़ का हिस्सा बना उनका बेटा अब कभी वापिस नहीं लौट सकेगा।

जीवन से नाममात्र की अपेक्षाएँ, वृद्धावस्था पेन्शन और राशन के आसरे ने रामअवतार की साँसों का इन्तजाम कर रखा था। इन दिनों कई बार अकेले बैठे वे सुख के बारे में सोचा करते। अकेलेपन और समय के इफ़रात ने उन्हें शायद दार्शनिक बना दिया था। दिनोंदिन मथते रहते आख़िर सुख क्या है? जीवन की एषणाएँ सभी तो पूरी हुईं। धन देखा, देह के सुख भोगे, तीन-तीन बेटों के बाप बने। दो की शादी की, समाज में इज़्ज़त कमायी। मेहनत और व्यवहार से गाँव में साख भी ठीक-ठाक बनी रही। कुल मिलाकर एक जीवन में इससे बढ़कर और मिलता भी भला क्या? सब मिला पर सब कहाँ ठहरा? सुख यदि स्थायी होते तो न सुख की खरी पहचान होती और दुख के आँसू का मोल कोई लगा पाता?

होली को एक महीना बाक़ी था। धूप सर्द गुफाओं से पूरी तरह बाहर आ चुकी थी। कई खेतों में सरसों अपनी आख़िरी भरपूर अँगड़ाई लेकर खड़ी थी। सुबह से ही रामअवतार, हसन के संग उसके खेत पर पहुँच गया था। दोनों साथ बैठे देर तक मेहनत से भरपूर अपने जवान दिनों की यादें ताजा करते रहे। वहीं बैठकर प्रेम से दही-चूड़ा खाया। पानी पीकर आगे बढ़े तो कुम्हारों की बस्ती के पास से गुजरे।

चलते चाक ने फिर से रामअवतार के पैर रोक लिये। तेज़ी से घूमते चाक पर मिट्टी आकार लेकर बर्तन में ढल रही थी। चाक के पहिये पर दयाशंकर कुम्हार की मिट्टी में तर उँगलियाँ बड़ी कोमलता से नमूने गढ़ रही थीं। चाक की लय, उँगलियों की तान, मन के राग पर धीरे-धीरे आकार लेती कला अपने सम्मोहन में रामअवतार को बाँधने लगी। आकार से सन्तुष्ट होते ही दयाशंकर सूत से अपनी गढ़न को चाक से मुक्त करता हुआ कोई दूसरा ही राग छेड़ देता।

"एक बार हमें भी चलाना है चाक।"

इस बुढ़ापे में बचपन से सँजोयी एक इच्छा आज सकुचाकर बाहर आ ही गयी। दयाशंकर ने चौंककर देखा।

"तुमसे हो न पायेगा ठाकुर जी महाराज। कहाँ धरती का सोना तैयार करनेवाले तुम और कहाँ हम?"

दयाशंकर ने एक साँस में हुनर और जात के समीकरण को खोलकर सामने रख दिया।

"रिश्ता तो हम दोनों का ही माटी से ठहरा।"

दुखी मन से अपनी इच्छा के पर समेटते रामअवतार ने जवाब दिया। दयाशंकर कुछ न बोला। रामअवतार घर लौटे तो एक नया बवण्डर उसकी राह तक रहा था। दूसरे बेटे शशिकान्त की पत्नी की चिट्ठी दरवाजे पर मिली। मोबाइल के जमाने में यह चिट्ठी? अमनौर से यहाँ तक आने में कितना समय लगता आख़िर उसे ? फिर यह चिट्ठी क्यों? रामअवतार के मन में खटका हुआ। वैसे भी छोटी पतोहू से उनका मन कबका खट्टा हो चला था। गाँठ दोनों के रिश्ते में तब ही पड़ चुकी थी जब पतोहू ने रामअवतार के ज़मीन का मुक़दमा हार जाने पर चिन्ता जताते हुए अपने पति के साथ घर से अलग होने की बात कहनी शुरू कर दी थी। सरस्वती ने बड़े प्यार से घर को जोड़े रखना चाहा पर नयी पतोहू के मन का काँटा रोज़-रोज़ इंच-दर-इंच घर की दीवारों में धँसता हुआ सूराख करता जा रहा था। रोज़-रोज़ की चखचख से तंग आकर गुस्से में रामअवतार ने उसे घर से निकालने की धमकी दे डाली। पतोहू जैसे इसी फ़िराक़ में थी। घर में धन-वैभव के अकाल की तस्वीर उसकी दूरन्देशी आँखों ने पहले ही देख ली थी फिर उसका पति अपने दोस्त अशफाक के साथ सऊदी अरब जाने का मनसूबा न जाने कबसे बनाये बैठा था। प्लम्बर का काम उसने अशफाक से ही सीखा था। एक ही धमकी में दोनों के काम सध गये। घर को घर बनाये रखनेवाली नकली धमकी से घर तोड़ने का असली काम लिया गया।

"ख़बरदार जो मेरे कमरे पर किसी ने आँख डाली।"

माल-असबाब की पोटली-अटैची बगल में दबाये पतोहू ने अपने कमरे पर उसी दिन ताला जड़ते हुए सास-ससुर को धमकाया। सरस्वती लाख रोकती रही पर अनहोनी होकर ही टली। रामअवतार के आगे अतीत की रील पूरी तरह घूम गयी। यह वही पतोहू थी जो सास के गुजरने पर घर नहीं आयी। यह वही पतोहू थी जिसने सीता जैसी नेक बड़ी गोतनी को हमेशा जहर-बुझे तीर मारे। उसके दिल्ली चले जाने पर भी उसकी ईर्ष्या कभी शान्त न हुई। यह वही पतोहू थी जिसे छोटा देवर उमाकान्त कभी फूटी आँख नहीं भाया। 'मैं भली मेरा पति भला' की पट्टी पढ़ी इस पतोहू की चिट्ठी रामअवतार को अखर गयी। बीती हुई एक याद ने मन को और कसैला कर दिया। कुछ बरस पहले एक बार मँझले बेटे शशिकान्त की कमायी का रुआब दिखाती पतोहू फ्रिज और टी.वी. बेटे की क़सम दिलाकर ज़बरदस्ती घर में रख गयी थी। वे देख रहे थे सऊदी अरब के देशों से नरेन्द्रपुर और आस-पास के गाँवों में समृद्धि बरस रही थी। बाहर से आनेवाले धन की बयार ने गाँवों की तस्वीर बदलनी शुरू कर दी थी। रामअवतार भी न जाने कैसे बेटे के मोह में पड़कर अकल के अन्धे हो गये थे कि टी.वी.,फ़्रिज के लिये मना न कर सके। शशिकान्त की तेज़ अकल का लोहा बचपन से ही मानते थे। तीनों लड़कों में उनका दुलारा जो था। सोचा था यह फ्रिज, टी.वी. भर नहीं बेटे के आने की कोई सूरत है। उस दिन से आज तक बेटे का भेजा सामान बिना इस्तेमाल हुए कमरे में जगह घेर रहा था।

अतीत के दंश से वर्तमान की चौखट पर आये रामअवतार ने काँपते हाथों से चिट्ठी खोली। कुल जमा छह पंक्तियों की चिट्ठी में उनकी कुशल-मंगल जानने का इरादा तो दूर ढंग से प्रणाम तक ग़ायब था। सीधी और दो-टूक बात थी, पतोहू की आदत सरीखी–

"ख़बर मिली आपके बड़के बेटे के पास जाने की। चुपके से घर बेच-बाचकर चले न जाना। दूसरा बेटा भले ही बाहर सही उसका भी घर में हिस्सा है। आपके बेटे यहाँ अमनौर में घर बनवा रहे हैं। पैसे की सख़्त ज़रूरत है। दिल्ली जाने से पहले ख़बर ज़रूर करना। "

कागज के पुर्जे को लेकर रामअवतार ऐसे बैठे रहे जैसे बरसों पहले भाई के भेजे कोर्ट के नोटिस को लेकर बैठे रहे थे। ऊपर की मंज़िल का शाप आज नीचे भी उतर आया था। ऊपर की मंजिल हर रोज़ उन्हें नीची नज़र से देखती थी और आज सामने तीन कमरों में जड़े ताले उनकी हँसी उड़ा रहे थे।

"अच्छा हुआ जो सरस्वती यह सब देखने से पहले चली गयी..."

एक आह रामअवतार के पसीजे मन से बाहर आयी। छोटी पतोहू की चालाक आँख फैलकर घर भर पर छा गयी इसका दुख तो उन्हें था पर दुलारा

बेटा उन्हें बताये बिना अपनी ससुराल के गाँव में घर बनवा रहा है इसका धक्का वह सह नहीं पाये। तीन बेटों का बाप रामअवतार- दुनिया रश्क करती थी पर आज तीन बेटों का बाप कितना अकेला और दुखी है यह दुनिया की नज़र से ओझल था।

अगली सुबह आयी पर रामअवतार के जीवन की रात बीतने का नाम नहीं ले रही थी। बाहर सुबह का शोर शुरू हो गया पर उनके जीवन में न कोई लय बाक़ी थी न ताल। जीवन के हर राग से उचाट बैरागी मन हर हलचल से बेपरवाह था। लोगों की आवाजाही, स्कूल के बच्चों का शोर मचाता रेला, साइकिलों पर जाते लोग, दुकानें खोलते दुकानदार, बकरियों का रेवड़, कटड़े को ढूँढ़ती भैंस की आवाज़-सब मिलकर एक कर्मठ सुबह का गीत गा रहे थे। ख़ामोशी केवल रामअवतार के घर में डेरा जमाये थी। बेचैनी में उन्होंने उठकर खिड़की का दूसरा पल्ला भी पूरा खोला। बहुत दिनों से जाम पल्ले से किर्र-किर्र की आवाज़ आयी। खिड़की के खुलते ही उजाले के साथ रामअवतार को पूरी दुनिया कमरे का हिस्सा होती महसूस होने लगी। सामने देखा तो स्वतन्त्रता सेनानी, क्रान्तिकारी उमाकान्त की मूर्तिवाला उनके नाम का चौक दिखायी पड़ा। देश के लिये जान देनेवाले इसी शहीद के नाम पर रामअवतार ने अपने छोटे बेटे का नाम रखा था। चौक के पीछे ही गाँधी स्मृति आश्रम से झाँक रही थी गाँधी की प्रतिमा और उसके ठीक पीछे दिख रही थी मिडिल स्कूल की बिल्डिंग। यही वह स्कूल था जिसमें चुनावों के दौरान भारी भीड़ जमा रहती और देश-धरती के प्रतिनिधियों को जनता-चुनती थी। भारी मन से उमाकान्त जैसे चौक, आश्रम, स्कूल से अपने जीवन और दुनिया की कोई कड़ी जोड़ने लगे। दिमाग़ में एक झनकार हुई कि देश को आज़ादी दिलाने में अपना सर्वस्व त्याग करनेवाली दो महान विभूतियों के रोज़ दर्शन करनेवाले लोग किस कदर साम्प्रदायिक हो रहे हैं? देश की आज़ादी का मोल इन सत्तर सालों में कैसे चुक गया? समय आगे भाग रहा है पर आदमी क्यों पिछड़ गया? देश में शिक्षा के मन्दिर हैं पर रोज़गार नहीं। बड़े शहरों से लेकर देश के बाहर सपनों की मंजिल तक दौड़ लगानेवाले नौजवानों के वापिस लौटने की कोई सूरत अब बची भी है या नहीं? कितने खाली मकानों में घर बिखरे-टूटे पड़े हैं। घर पाल-पोसकर भविष्य सँवारते हैं और भविष्य घर से दूर लिये जाता है। कितने खेतों से किसान बेदलख हो चुके हैं। सोच के महीन छर्रों ने रामअवतार का दिमाग़ छलनी कर दिया। तंग करनेवाले सवालों के ताबड़तोड़ प्रहार को रोकते हुए उन्होंने खिड़की के दोनों पल्ले तेज़ी से बन्द किये। खुद को बाहर की दुनिया से अलग किया और लड़खड़ाते क़दमों से बिस्तर तक आकर अचेत हो गये। होश आया तो हसन और

उसका लड़का साजिद डॉक्टर के साथ बातचीत करते दिखे। सन्तोष की एक साँस लेकर रामअवतार ने आँखें बन्द कर लीं।

कई दिन से रामअवतार की दुनिया वीरान होती चली जा रही थी। उन्हें लगता कि जीवन से आस के सारे खूँटे अब चुक चले हैं। जीवन के प्रति एक गहरी उदासीनता ने घर में जड़ें जमाना शुरू कर दिया था। अकेले तो रामअवतार पहले भी थे पर जीवन से यों न उचाट हुए थे।

"उठ जा भाई! नहा-धोकर तैयार हो जा।" हसन की बात से रामअवतार चौंके।

"मन नहीं है।" रामअवतार का उदास जवाब हसन के सवाल से टकराया।

"मन तो लगाना पड़ता है। तू तो समय से पहले ही हिम्मत हार बैठा। डॉक्टर कहकर गया है तेरा अकेलापन ही तेरी बीमारी की जड़ है। मैं आता हूँ तेरे लिये नाश्ता और दवा लेकर...तैयार मिलना मुझे।"

हसन की आवाज़ में आज मनुहार नहीं, आदेश था। रामअवतार उसके इस सुर को अच्छी तरह पहचानते थे। बहुत दिनों बाद मन मारकर उठे और नहा-धोकर तैयार हुए। चाय-नाश्ते-दवा के बाद हसन ने बाहर चलने का इशारा किया तो रामअवतार ने सिर ज़रा-सा ऊँचा करके 'कहाँ' का सवाल फेंका। हसन ने कसकर दोस्त का हाथ थामा और रामअवतार को अपने संग ले लेकर बाहर आये। गाँव की गलियों, खेतों के किनारे से निकलकर दोनों सड़क पर आये तो बहुत-सारे लोगों का झुंड बतियाता, आगे जाता हुआ मिला। बच्चों-जवानों-औरतों के कई-कई झुंड सड़क पर थे। पास ही लगे किसान मेले की तरफ़ सब जा रहे थे। रामअवतार को याद आया जुटान नाम की संस्था हर साल किसानों के लिये यह मेला लगाती है। उन्हें याद आया कि कैसे इस संस्था के काम पर लोगों ने पहले-पहल हैरत जतायी थी फिर धीरे-धीरे संस्था के सपने गाँव के लोगों के सपनों से जुड़ते चले गये। रामअवतार और नज़दीक पहुँचे तो देखा पास के गाँवों से ही नहीं बिलकुल करीबी मियाँ के भटकन से भी कितने लोग झुंड में चले आ रहे हैं। रामअवतार समझ गये हसन, दोस्त का मन बहलाने यहाँ ले आया है। जुटान का प्रागंण हरी-लाल झण्डियों से सजा था। जगह-जगह टेबल-मेज़ लगाये कितने ही लोग बीज, खाद और तरह-तरह के फूल वाले पौधों के साथ बैठे थे। फूलों के कितने चटख रंग परिसर में फैले हुए थे। कई साल पहले रामअवतार इस परिसर में आये थे पर तब ज़मीन के मालिक थे और आज। पैर फिर से बेजान होने लगे। उन्होंने देखा हसन को बीज-खाद से ही फुर्सत नहीं थी। उकताये-से रामअवतार हसन, को छोड़कर परिसर का चक्कर लगाने लगे। उनकी आँखें देख रही थीं परिसर पहले से काफ़ी बदल गया था। कई बड़े-बड़े कमरे बन गये थे। अचानक एक बड़े-से कमरे के भीतर झाँका

तो दो लड़कियाँ मिट्टी के बर्तन उठाकर पीछे की तरफ़ ले जा रही थीं। कमरे के भीतर गये तो आँखें हैरत से फट पड़ीं। बिजली के आधुनिक चाक, मिट्टी के बर्तन, तैयार बर्तनों से भरे रैक। रैक में मिट्टी के गिलास, प्लेट, कटोरियाँ और बड़े बर्तनों के साथ बर्तन सुखाने की तीन बड़ी-बड़ी बिजली से चलनेवाली चमकती भट्ठियाँ भी खड़ी थीं। रामअवतार के भीतर मुरझायी-सी आशा ने सचेत करवट ली। कमरे का पूरा चक्कर लगाकर पीछे के दरवाजे तक गये तो देखा एक आदमी बच्चियों के साथ धूप में रखे बर्तनों का मुआयना कर रहा है। आँखों को सिकोड़कर आदमी को ग़ौर से देखा तो पहचाना कि वह भगत टोले के पुराने कुम्हार लल्लन का बेटा बिल्टन है। मन की ज़मीन पर अनेक सवाल उठ खड़े हुए।

"यहाँ क्या कर रहा है बिल्टन?"

रामअवतार के हलक तक आये सवाल ने बाहर आकर ही दम लिया।

"चाचा! यहाँ काम करता हूँ...सामान बनाता हूँ और बनाना सिखाता भी हूँ।"

बिना काम रोके बिल्टन ने सवाल की दिशा में देखा और रामअवतार को पहचानकर प्रणाम करते हुए कहा। बिल्टन ने एक बड़ा बर्तन लिया और बोरे से माटी निकालकर उसमें भर दी। साथ में रखे पानी के बर्तन को पास में सरकाया। बर्तन में पड़ी मिट्टी के बीचोंबीच एक गड्ढा-सा बनाकर बिल्टन ने पानी भर दिया और फिर उँगलियों के पोर और हथेली से माटी को गूँथने लगा। उसे देखकर रामअवतार की आँखों में चमक और मन की उमंग बढ़ने लगी।

"पर तेरे बाप का तो अपना पुराना काम है? तू उसी के संग क्यों नहीं करता काम?"

''काम तो पुश्तैनी है पर मुझे यहाँ अच्छे पैसे मिलते हैं। बाबा को अपने काम से मोह ठहरा। जब तक साँस तक उनका चाक। मैं कुछ दिन पहले ही यहाँ आया हूँ फिर यह काम भी तो अभी कुछ महीनों से ही यहाँ शुरू हुआ है।"

"क्या लल्लन मुझे सिखा देगा यह काम? काम सीख सकता हूँ न...इस उमर में?"

इस बार रामअवतार मन के आवेग को किसी भी प्रकार से रोकने में असमर्थ रहे।

"तुम...बाबा से यह काम सीखोगे चाचा? यह तुम्हारे लायक काम कहाँ है?"

"क्यों बिल्टन! तेरे बाबा और मेरा दोनों का नाता माटी से ठहरा। तुम भी रचते हो, मैं भी रचता हूँ...फिर बेटा! दूसरा जनम किसने देखा है, जीवन की एक साध इसी जनम में क्यों न पूरी हो?"

"अब जब तुमने ठान लिया है चाचा! तो यही सही। फिर सीखने की उमर से

बढ़कर मन की लगन होती है। बस वह सच्ची हो तो सब आसान हो जाता है। तुम यहीं सीख लो चाचा! महीने का टाइम ज़रूर लगेगा सिखाने में। हो सकता है उससे पहले ही सीख लो। यहाँ नया तरीका है, मशीनवाला। चाहो तो कल से ही ट्रेनिंग शुरू हो जायेगी। पक्का मन हो तो चले आना।"

"रहने दे रे बिल्टन! यहाँ न हो पायेगा मुझसे। मेरे लिये तो पुरानावाला तरीक़ा ही सही है। लल्लन से कहना मैं कल आऊँगा?"

जिस समय रामअवतार ने ज़िन्दगी का हाथ छोड़ दिया था ठीक उसी समय ज़िन्दगी उन्हें गले लगाने को तत्पर थी।

बिल्टन ने खुले दिल से रामअवतार का उत्साह बढ़ाया। काफ़ी देर तक दोनों लड़कियों के साथ वह रामअवतार को भी मिट्टी गूँथने, डाई की प्लेट तैयार करने और भट्ठी में बर्तन पकाने की विधि आदि के बारे में बताता रहा। मिट्टी के आदमी को मिट्टी अपनी समूची ताक़त से खींच रही थी। बचपन का सपना पूरा होने की उमंग रामअवतार के मन में हिलोर मारने लगी। उन्हें लगा जैसे बेजान शरीर हरकत में आ रहा था। सीने की सोयी-सी धड़कन जाग रही थी जैसे बैरागी मन एक बार फिर राग का दामन थाम रहा हो। कल लल्लन के यहाँ जाने का पक्का इरादा करके वापिस घर लौटते समय मायूसी को रामअवतार ने रास्ते में ही छोड़ दिया। घर लौटे तो आज उन्हें घर में कितने काम नज़र आने लगे थे। घर में फैली गन्दगी, हैण्डपम्प के पास जमी हुई काई, गन्दे-मैले कपड़े, बिखरा हुआ सारा सामान देखते ही रामअवतार ने घर की सफ़ाई के लिये कमर कस ली। घर-बरामदे की सूरत निखरी तो आज बरसों से बन्द पड़ी सरस्वती की रसोई खोली। रसोई खोलते ही सरस्वती के प्यार से भरा ताना रामअवतार के इन्तजार में बैठा मिला-

"किसान के बेटे हो, ऐसे कैसे हारकर बैठ जाओगे?"

रसोई को धो-चमकाकर आज बहुत दिन बाद कमरे से सारे बर्तन-डिब्बे, गैस, सब्ज़ी-अन्न रसोई में जमाकर रामअवतार ने दाल-भात और चोखा पकाया। हसन को बुलावा भेजा तो हसन घर और दोस्त की बदली काया देखकर दंग रह गया। सुबह जिसे ठेलकर बाहर निकालने में हसन को दिक़्क़त आ रही थी कुछ ही घण्टों में यह चमत्कार कैसे हो गया-वह सोचने लगा। बरसों बाद इस रसोई में दोस्त के साथ बैठकर खाते हुए हसन को महसूस हुआ जैसे ईद आज ही हो। जी खोलकर दोनों हँसे तो घर भर चहक गया। ऊपर की मंज़िल थर्रा गयी और नीचे के तीनों ताले चौंक गये।

हसन के जाने के बाद कल नये काम पर जाने की तैयारी में अपने कपड़े

देखते रामअवतार ने सुबह कसकर बन्द कर दी गयी खिड़की को दोबारा खोला। बिस्तर पर बैठकर बाहर की ज़िन्दगी को निहारा तो लगा सरस्वती यहीं कहीं पास में है। बहुत दिनों से इस घर में सुख ढूँढ़ रहे रामअवतार को वह इसी घर में आज पूरा मिल गया। आज भूख का भी अजब हाल था। दो घण्टे में दाल-भात पच गये। मन किया कुछ और तर माल बनाया जाये। रसोई में फिर कुछ बनाने के लिये जैसे ही रामअवतार अपने कमरे से बाहर आये सामने तीन कमरों पर पड़े तालों ने ध्यान खींचा। रामअवतार ने सिर को झटका देकर बुरे ख़्यालों को परे धकेला और रसोई में घुस गये। कुछ देर बर्तनों की खटपट की आवाज़ आती रही फिर न जाने तेज़ी से रसोई से निकले और कमरे में आये। टेबल टटोली, बिस्तर के कोने टटोले। सिरहाने के नीचे दबा उपेक्षित मोबाइल आख़िर मिल ही गया। उनकी बेसब्र उँगलियों ने एक नम्बर दबाया। नम्बर पर घण्टी बजने लगी।

"प्रणाम बाबूजी! आज अचानक...आपकी तबीयत...सब ठीक तो है न?" दूसरी तरफ़ से सबसे छोटे बेटे उमाकान्त का बेचैन स्वर गूँजा।

"हाँ सब ठीक" कहते-कहते रामअवतार का दिल जोरों से धड़कने लगा। दिल के शब्द जबान पर आने की हिम्मत बटोरने लगे। बेटा हाल-चाल पूछते हुए पिता का मन टटोलता हुआ गाँव-घर की बात करने लगा। आख़िरकार रामअवतार बोले–

"उमाकान्त! बहुत याद आ रही है तुम्हारी...घर कब लौटोगे बेटा?"

अचानक कमरा रौशनी में नहा गया। फ़ोन रखने के बाद रामअवतार को न जाने क्या सूझा कि भागकर रसोई में गये। एक पुरानी बोतल को धोया-चमकाया, पानी से भरा और बाहर उगी एक बेल को उसमें सजाकर खिड़की की चौखट पर रख दिया।

चमत्कारी कुण्ड

जयनगर के राजा विजयप्रताप यशोवर्द्धन की महिमा देश-विदेश में समान रूप से फैली थी। उसके प्रताप, उसके बाहुबल और उसके साम्राज्य पर अनेक ग्रन्थ रचे जा चुके थे और लगातार रचे जा रहे थे। अन्य राजाओं के लिये वह ईर्ष्या का विषय तो था पर यह ईर्ष्या यशोवर्द्धन की सेना के आतंक तले कभी टकराने का साहस नहीं कर पायी थी। इसीलिये सारी ईर्ष्याएँ मौन रूप धारण करके उसके यश को बढ़ाती-फैलाती जा रही थीं। विजयप्रताप यशोवर्द्धन का यश उसके बल के साथ उसके सौन्दर्य उपासक रूप के कारण भी चहुँ ओर फैल रहा था। जयनगर का महल सुन्दरता का विलक्षण उदाहरण बनकर जगमगाता था। भव्य स्तम्भ, भव्य द्वार, भव्य झरोखे। रत्नजड़ित चन्दन द्वार, नक़्क़ाशीदार स्तम्भ, काष्ठ पर उकेरे विविध रंगों वाले प्राकृतिक दृश्य, बेलबूटों-स्त्री आकृतियों से सम्पन्न दीवारें, विशालकाय मूर्तियाँ, अद्‌भुत मिठास से भरे फलों के पेड़, नाद के संग गिरते ऊँचे झरने-सभी चमत्कृत करनेवाले थे। उसका महल कला का अनुपम संग्रहालय था और सबसे बड़ी बात तो यह कि यशोवर्द्धन स्वयं एक कलाकार था। कभी उसके कण्ठ से कोई कविता फूट पड़ती तो कभी चित्रशाला उसके बनाये चित्रों से प्राणवान हो जाती। ऐसे सर्वगुण सम्पन्न राजा को पाकर जनता भी बेहद प्रसन्न दिखती थी।

राजा विजयप्रताप यशोवर्द्धन की शक्ति भिन्न सभ्यताओं और संस्कृतियों के नगरों की तुलना में अजेय थी। जब कभी इनसे कोई दूत, कोई यात्री, कोई योद्धा जयनगर आता तो लौटकर उसकी महिमा का बखान करता और तब दूर के नगरों से अनेक अद्वितीय उपहार जयनगर आने लगते। जयनगर के दूत भी घूम-घूमकर ख़ूब प्रचार करते कि उनका राजा युद्धवीर-धर्मवीर है और जयनगर धरती का एकमात्र स्वर्ग है। जयनगर इनके अतिरिक्त दो और बातों के लिये भी प्रसिद्ध था। पहली अनूठी विशेषता यह थी कि विजयप्रताप के पूर्वजों के समय से ही नगर में जन्मे मज़बूत काठीवाले बच्चों को योद्धा के रूप में तैयार किये जाने का नियम था।

यों कहने को यहाँ चिकित्सा, विलक्षण प्रयोगों, कला और व्यापार के भी सुदृढ़ संघ थे पर सुरक्षा और बल से जुड़े सभी संघ अत्यधिक सक्रिय और प्रधान थे। नगर में अन्य सेवाओं और उपयोगी वस्तुओं के दायित्व साधारण प्रजा के थे। दूसरी बात जो इस नगरी को विलक्षण बनाती थी वह था- जयनगर के बीचोंबीच एक सुन्दर कुण्ड। जिसका जल चमत्कारी माना जाता था। न जाने कितने नगर उजड़े-बसे पर यही माना जाता रहा कि कुण्ड तबसे है जबसे धरती बनी। भिन्न समयों में राज करनेवाले सभी राजाओं की प्रसिद्धि और समृद्धि को इसी कुण्ड से जोड़कर देखा जाता रहा था। प्रत्येक वर्ष प्रथा अनुसार नगर के इस कुण्ड में राजा के स्नान के साथ वार्षिक सांस्कृतिक महोत्सव मनाया जाता था।

एक दिन राजा विजयप्रताप प्रसन्नचित्त मुद्रा में अपनी विशिष्ट सभा में बैठा था। अनेक संघों के प्रतिनिधि बारी-बारी से सामने आ रहे थे। सबसे पहले व्यापारी संघ के प्रतिनिधि ने राजा के आगे धरती को छूते हुए प्रणाम किया और राजा की प्रशस्ति में एक गीत गाया। विजयप्रताप यशोवर्द्धन को उन नयी आर्थिक नीतियों के विषय में बतलाया जिनसे राजकोष की वृद्धि होनेवाली थी। राजा ने खुश होकर व्यापार के नियमों को लचीला करते हुए उसकी अनेक माँगों को मान लिया। इसी तरह भूमि संघ, सेना संघ के प्रतिनिधियों से भेंट करने के बाद राजा ने साहित्य संघ के प्रतिनिधि से भेंट की। हर बार की तरह प्रतिनिधि ने तार सप्तक में अपनी नयी कविता से महाराज का स्तुतिगान किया। सभा में राजा ने स्वच्छता संघ के प्रतिनिधि से विस्तारपूर्वक नगर की स्वच्छता-सम्बन्धी जानकारी ली और नवीन योजनाओं के विषय में पूछताछ की। उसे नगर की स्वच्छता-सुन्दरता-सुरक्षा की चिन्ता सोते-जागते लगी ही रहती थी। सभा के बाद राजा का दिन सुन्दर नृत्य को समर्पित रहा। एक विलक्षण सुखकारी नींद के बाद अगले दिन उठने पर राजा के मुख से कविता झरने लगी–

"भोर हुई, जागा सवेरा पंछी उड़ चले गगन की ओर
सूरज की किरणों से फैला उजियारा चहुँ ओर"

दिन का आरम्भ राजा की प्रसन्नता से हुआ। राजा ने सुबह का भरपूर आनन्द उठाया। उसके बाद उत्तम कारीगरी के अपने अतिसुन्दर वस्त्रें, पूरी पृथ्वी को सुनहरी तारों में उकेर देनेवाली जूतियों को अभिमान से पैरों में धारण करके, वह अपने अद्वितीय रथ पर सवार होकर नये महल का निरीक्षण करने चल पड़ा। भवननिर्माता संघ के प्रतिनिधि से महल के जल्द तैयार होने का आश्वासन पाकर अचानक यशोवर्द्धन का मन वर्षों बाद केन्द्रीय कारागार का निरीक्षण करने का बना। यह कारागार धरती के नीचे विशेषरूप से बनाया गया था। वहाँ प्रवेश करते

ही यशोवर्द्धन की सुबह से प्रसन्न मनःस्थिति पर उल्का पिण्डों ने उत्पात करके उसे भस्म कर दिया। साथ चल रहे केन्द्रीय कारागारप्रमुख और दण्डविधान संघ के प्रतिनिधि ने राजा की आँखों में क्रोध का पारा चढ़ते देख लिया। ''यह हमारे राज्य का कारागार है? इतना कुरूप? भद्दी दीवारें, भद्दे द्वार, न कोई बेल-बूटे न कोई कारीगरी। सादे और कुरूप स्तम्भ? भव्य तो क्या यहाँ एक साधारण मूर्ति तक नहीं। क्या है यह सब? क्या यह हमारे नगर का कारागार कहलाने योग्य है?... कारागारप्रमुख! भवननिर्माता संघ प्रतिनिधि को इस उपेक्षा के लिये सौ कोड़े लगाये जायें और कारागार की सुन्दरता के ठोस उपाय तुरन्त किये जायें।"

कारागारप्रमुख ने अपनी रीढ़ को कुछ और अकड़ाकर तनी हुई मुद्रा में आदेश पालन की आश्वस्ति राजा को दी, वहीं भवननिर्माता संघ का प्रतिनिधि प्राण हथेली पर रखकर क्षमा माँगता भागा चला आया। खिन्न मन से राजा कुछ और आगे बढ़ा। उसे चारों ओर की सघन चुप्पी के बीच संगीत-लहरियों का अभाव तेज़ी से खलने लगा। तुरन्त आदेश हुआ कि कारागार के द्वार से ही महान् संगीतकारों के निर्देशन में विभिन्न गायक यहाँ विविध गीत गायें और कारागार के वातावरण को विभिन्न ताल-लयों-गीतों से सजाये रखें। आक्रोश में राजा ने संगीतसंघ के प्रतिनिधि को भी सौ कोड़ों से दण्डित करने की सजा सुनायी। दण्ड की सूचना से भयभीत संगीत प्रतिनिधि कोड़े खाने के लिये सारी प्राथमिकताएँ छोड़कर दौड़ा चला आया। कुछ आगे चलते ही राजा फिर से क्रोधित हुआ–"इस कारागार में चहुँ ओर यह बदबू के भभके कैसे हैं? स्वच्छ नगरी, जयनगर की महिमा पर यह कलंक? इसके लिये स्वच्छतासंघ के प्रतिनिधि को सौ कोड़े लगाये जायें और यहाँ दूर नगरों से उपहारस्वरूप आयी मोहक सुगन्धियों और क़ीमती लोबानों की तुरन्त व्यवस्था की जाये।" स्वच्छतासंघ प्रतिनिधि कमज़ोर हृदय का व्यक्ति था। ख़बर पाते ही वह अधमरी अवस्था में हाँफता हुआ चला आया। इन निर्देशों के बाद आगे बढ़ रहे राजा का क्रोध अचानक अनियन्त्रित हो चला जब उसने यन्त्रणा शिविर को देखा। यहाँ विशिष्ट बन्दियों को लौह शृंखलाओं में बाँधकर रखा जाता था और फाँसी के तख़्त और रस्सियों की, यन्त्रणा देने के विविध धारदार हथियारों की व्यवस्था थी। राजा की भौंहें चढ़ती देख कारागरप्रमुख की साँस ऊपर की ऊपर और नीचे की नीचे रह गयी।

"बन्दियों को बाँधने की इन शृंखलाओं की व्यवस्था किसने की है?" राजा का कड़कता स्वर सुनते ही कारागारप्रमुख स्पष्टीकरण की मुद्रा में ज़रा आगे आया।

"दुहाई महाराज! मैंने रात-दिन एक करके सबसे मज़बूत शृंखलाओं की व्यवस्था की है।"

"सैनिक! इसे भी सौ कोड़े लगाये जायें।" राजा का स्वर और निर्मम हो गया।

"मेरा दोष महाराज?" भय से भरे संकोच में कारागारप्रमुख ने पूछा। अपने अधीनस्थ सैनिक से सौ कोड़े खाने की शर्म से अधिक राजा की टेढ़ी भृकुटी उसका कलेजा निकाले जा रही थी।

"लौह श्रृंखलाएँ कितनी भद्दी हैं। तुमने अब तक इन्हें सुन्दर बनाने के क्या प्रयास किये?"

भय से हकलाता कारागारप्रमुख कुछ कहने पाता राजा ने आदेश दिया–"अब इन सादी श्रृंखलाओं के स्थान पर सुन्दर रजत श्रृंखलाओं की व्यवस्था हो जिनपर मोहक चित्र उकेरे जायें। इसी तरह यातना देने के पुराने, भद्दे यन्त्रों-हथियारों की जगह मीनाकारी से सुसज्जित नवीन यन्त्र तुरन्त बनवाये जायें। मृत्युदण्ड के यन्त्र इतने सुन्दर हों कि बन्दी मौत के लिये लालायित हो उठे। वधस्थल के ठीक सामने सुन्दर नर्तकियों की मोहक प्रस्तुतियों के लिये भव्य मंच बनाया जाये। जीवन के अन्त की अनुभूति स्वर्गिक होनी चाहिए। दण्ड पानेवाला बन्दी नृत्य की भंगिमा में फाँसी के तख़्त पर चला आये और फन्दे का मीठा चुम्बन ले। ऐसा कारागार दुनिया के लिये अद्वितीय उदाहरण होगा। जबकि इन यन्त्रों को, इस जगह को देखकर मुझे घिन आ रही है।"

केन्द्रीय कारागार की बदहाली देखकर राजा विजयप्रताप यशोवर्द्धन खिन्न मन से अपने सुरक्षा दल के साथ महल की ओर लौटा। सौ कोड़ों की सजा पाये सभी प्रतिनिधि कारागार के कायान्तरण का संकल्प लेकर फ़ौरन काम में जुट गये। वित्तसंघ प्रतिनिधि ने राजा के आदेश पर धन के द्वार खोल दिये। चिन्तामग्न राजा आगे बढ़ रहा था कि अचानक उसने देखा मार्ग में प्रजा उसके सम्मान में नगर के झण्डे लिये खड़ी है। स्त्रियाँ सुन्दर वस्त्रों-आभूषणों में झण्डे फहरा रहीं हैं, पुरुष भी सुन्दर बाने में झण्डे लिये स्वागत की मुद्रा में खड़े हैं, अनेक बच्चे नगर के ध्वज की प्रतीति कराती छोटी झण्ड़ियाँ लिये मार्ग को उमंग से भर रहे हैं। हर वय का व्यक्ति ख़ुश है-बच्चा, जवान और वृद्ध। राजा विजयप्रताप यशोवर्द्धन का मुरझाया चेहरा कमल की तरह खिल गया। पूरे दिन की व्यस्तता के बाद रात को प्रसन्नता से जैसे ही वह अपने पलंग पर लेटा, कान तकिये से दबे होने पर भी उसे भूमिगत हलचल का आभास हुआ और अगले ही क्षण चिन्ता की कड़कती बिजली उनके प्रसन्न्तारूपी कमल पर गिर पड़ी। धरती के सीने से लोगों के संवाद के तेज़ होते जा रहे स्वरों के साथ उसे डण्डों-भालों की ठक-ठक-टन्न-टन्न की कर्णकटु ध्वनि भी सुनायी देने लगी। कुछ क्षण बाद किसी सामूहिक गीत का स्वर उसके कानों में उतरने लगा। शब्द अस्पष्ट थे पर अर्थ एक अदृश्य सामूहिक लय से सम्पन्न था।

राजा को अचानक लगने लगा बहुत-सारे लोगों का समूह धरती के नीचे सक्रिय है। क्रोध से भरी अनेक आवाज़ें उसके कानों के पर्दे फाड़े डाल रही थीं। राजा ने सोचा कि आज मार्ग में जो उल्लास उसे दिख रहा था वह सत्य था या सत्य का आभास? मन में यह बात आते ही उद्विग्न राजा ने इतिहास के अन्य चतुर राजाओं का स्मरण किया और आनन-फानन में निर्णय लिया कि वह वास्तविकता जानने के लिये नगर में वेश बदलकर घूमेगा। राजा को लगने लगा भवननिर्माता संघ, संगीत संघ, स्वच्छता संघ आदि-आदि की तरह कहीं उनका गुप्तचर संघ किसी अनिष्ट से आँख मूँदकर सो तो नहीं रहा।

अपने निर्णय को साकार करते हुए अगले ही दिन शाम को राजा प्रजा के बीच वेश बदलकर घूमने लगे। राजा ने महसूस किया कि सभी लोग अपने कामों में व्यस्त हैं। क्रय-विक्रय चल रहा है। धुनिये, बुनकर, लोहार, कुम्हार सब अपने-अपने कामों में मेहनत से लगे हैं। कृषक दिनभर की कमाई से खेतों में काम करके लौट रहे हैं। व्यापारी दिनभर की कमाई से परम सन्तुष्ट हैं। राजा को लगा कि उसका संशय निर्मूल था। वह हँसते हुए लौट ही रहा था कि अचानक उसे एक सुनसान स्थल पर कुछ चमकता-सा दिखायी दिया। वह आगे बढ़ा तो वहाँ एक गुफा दिखायी दी। अँधेरे में भी इस गुफा में बहुत उजाला था। राजा को घोर आश्चर्य हुआ कि नगर का रक्षा प्रतिनिधि इस गुफा से अनजान है। उसने इसके बाहर किसी पहरेदार को नियुक्त नहीं किया। विजयप्रताप ने गुफा में झाँककर देखा तो अन्दर अकेला बैठा एक व्यक्ति कुछ सोच रहा था। प्रकाश का कोई स्रोत नहीं था पर प्रकाश कहाँ से आ रहा है?-यह सवाल राजा को चिन्तित कर रहा था। राजा ने देखा उस व्यक्ति के चेहरे से तेज़ टपक रहा है। चौड़े ललाट पर चिन्तन की तीन गहरी रेखाएँ साफ़ दिखायी दे रही हैं। अँधेरे में भी गुफा उसके तेज़ से सूरज के प्रकाश-सी चमक रही थी। जिज्ञासु राजा ने पूछा आप कौन हैं जो इस गुफा में अकेले बैठे हैं?"

"मैं विचारक हूँ।" राजा की ओर न देखकर विचारक ने सामने देखते हुए ही जवाब दिया।

"विचारक? वह क्या होता है?" राजा ने प्रश्न किया।

"विचारक व्यक्तियों पर, समाज पर, देश-दुनिया की स्थितियों पर विचार करता है।"

"विचार? यह भला क्या होते हैं?" राजा की जिज्ञासा बढ़ती ही जा रही थी।

"विचार, मनुष्य को मनुष्य बनाते हैं।" विचारक का धीर-गम्भीर स्वर फूटा।

"मनुष्य बनाते हैं?...बाहर निकलकर देखो, मनुष्य तो यहाँ सभी हैं जिन्हें

मनुष्य ने ही जन्म दिया है। फिर कैसा विचार? कितनी मूर्खतापूर्ण बात कर रहे हो तुम। कौन हो? कहाँ से आये हो?"

"मैं एक सामान्य नागरिक हूँ, दूर नगर से आया हूँ। इस नगर की महिमा सुनी थी। इसकी सुन्दरता देखकर, संगीत की तानें सुनकर रूक गया और कुछ खोजता हुआ यहाँ चला आया।"

"गुफा की गहराई में पहुँचकर तुम विचार खोज रहे हो। यह विचार नामक वस्तु कब तक मिलेगी और इसका मूल्य क्या होगा? क्या यह बहुत मूल्यवान् है?" राजा के इस प्रश्न पर विचारक ने उसे घूरकर देखा और फिर हँसते हुए बोला–"मूर्ख! विचार कोई वस्तु नहीं। वह हमारे मन-मस्तिष्क की सक्रिय तरंगें हैं जो समाज के अनेक पहलुओं पर, अच्छे-बुरे पक्षों पर सोचने को बाध्य करती हैं।"

"तुम नहीं जानते, जयनगर में सब ओर स्वच्छता, सुन्दरता और सुरक्षा का साम्राज्य है।" राजा ने खीजकर कहा। विचारक ने साधारण बाने में छिपे राजा की बात का कोई जवाब नहीं दिया। उसने मुँह फेर लिया। राजा ने जब समझाने के लिये बार-बार आग्रह किया तब वह बोला–"मुझे तुम्हारे भीतर से तीखी दुर्गन्ध आ रही है।"

राजा विजयप्रताप यशोवर्द्धन ने अपने क्रोध को दबाया। वह प्रतिदिन दूध और गुलाब की पत्तियाँ डालकर स्नान करता था, इत्र-फुलेल में डूबे वस्त्र धारण करता था। एक वस्त्र को दोबारा उसने कभी पहना ही नहीं था फिर भी उसने शंका से अपने आपको सूँघा। वहाँ मदहोश करनेवाली सुगन्ध आ रही थी।

"दुर्गन्ध नहीं, यहाँ तो सुगन्ध है। कैसे कह रहे हो कि दुर्गन्ध है?" राजा भड़का।

"क्योंकि तुम्हारे पास विचार नहीं हैं। ऐसे व्यक्ति से दुर्गन्ध ही आती है।" राजा को उत्तर देता हुआ वह विचारक गुफा से बाहर निकल गया।

उस रात राजा बहुत दुखी मन से महल में लौटा। अगले दिन अपने संघ प्रतिनिधियों से उसने सवाल किया क्या वे विचार के विषय में जानते हैं? सवाल सुनकर सभी हैरान हुए। उन्होंने इसके बारे में कभी नहीं सुना था, कुछ न पढ़ा था। उनका मौन राजा की क्रोधाग्नि को बढ़ाता जा रहा था। इससे पहले कि राजा कुछ कहता एक बूढ़े सभासद को युगों पुराने शासकों के बन्द दस्तावेज़ों के एक तहखाने का स्मरण हो आया, सम्भवत: वहाँ से कोई जानकारी मिले। इस तहख़ाने का पता स्वयं राजा को भी नहीं था। बूढ़े सभासद ने प्रतिनिधियों को इशारा किया कि वे राजा से एक दिन का समय माँग लें। अगले दिन सब सभा में उपस्थित हुए। वे तहख़ाने के सभी ग्रन्थ, इतिहास और पुस्तकों से जान चुके थे कि विचार बड़े शक्तिशाली

होते हैं। उनसे दुनिया को बदला जा सकता है।

"दुनिया को बदला जा सकता है? दुनिया तो जैसी है वैसी ही रहेगी और इतनी सुन्दर दुनिया को बदलकर क्या कुरूप करना है? फिर मेरे नगर में जिसे मैं बदलना चाहूँगा वही तो बदलेगा न कि जिसे यह विचार चाहेगा।" भावावेश में राजा ने दो-टूक कहा।

लेकिन प्रतिनिधियों की बात राजा के मन में अटकी रही। वह समझ गया कि यह विचार भविष्य में उसके लिये ख़तरा हो सकते हैं। राजा ने अगले ही दिन मनवांछित फलप्राप्ति प्रयोगशाला संघ के प्रतिनिधि को बुलवाया और दो आदेश दिये। पहला विचारपकड़ यन्त्र बनाया जाये और दूसरा विचारशोधक यन्त्र का निर्माण किया जाये। इससे विचार को पकड़ा जा सकेगा, देखा जा सकेगा, समझा जा सकेगा और विचारों की शुद्धि की जा सकेगी। उसका पकड़ा जाना नगर में ज़रूरी कर दिया गया। विचार का स्वतन्त्र घूमना राजा की दृष्टि में अनुचित था।

विचारपकड़ यन्त्र तो जल्दी बना लिया गया पर सुरक्षासंघ के प्रतिनिधि के समक्ष समस्या यह आयी कि नगर भर में कोई विचार न मिला। प्रयोगशाला प्रतिनिधि की चिन्ता कुछ और ही थी–"राजन्! विचारशोधक यन्त्र के बारे में तो हमने कभी कुछ सुना ही नहीं।" उसने भय की उपेक्षा करके अपनी बात कही।

"नहीं सुना तो जाइये पढ़िये। उसे जानिये और कल तक समझकर आइये।" राजा का स्वर पत्थर की लकीर था।

अगले दिन विचारशोधक यन्त्र निर्माण की रूपरेखा प्रस्तुत करते हुए प्रयोगशाला प्रतिनिधि ने बताया कि हमसे पहले की अनेक सभ्यताओं में विचार का संकट पैदा होने पर विचार शोधन तकनीक का प्रयोग हुआ है। पर वे तकनीकें बेहद समय लेने वाली रही हैं। इसीलिये प्रतिनिधि ने नयी तकनीक बताते हुए कहा कि विचार मस्तिष्क में रहते हैं और मस्तिष्क में बहुत-सा रक्त रहता है। क्यों न हम मनुष्य के रक्त को ही शुद्ध कर दें। इस परिवर्तन से विचार की शुद्धि अपने-आप हो जायेगी।

प्रतिनिधि को तुरन्त सौ स्वर्ण मुद्राओं का पुरस्कार देकर राजा ने नगर में विचार करनेवाले एकमात्र विचारक को पकड़ लाने का आदेश दिया। विचारक को लाया गया। प्रयोगशाला की एक सुन्दर कुर्सी पर बिठाया गया। प्रयोगकक्ष के रक्त निकालनेवाले यन्त्र से उसके शरीर के समूचे रक्त को निकालकर उसमें नवीन रसायन डाले गये। वांछित रासायनिक परिवर्तन के बाद फिर से रक्त को विचारक के शरीर में छोड़ा गया। अचेत विचारक को जब चेतना आयी तो उसने आस-पास देखा। वह ऐसे उठा जैसे कुछ हुआ ही नहीं था। उठते ही उसने राजा को पहचाना और झुककर अभिवादन किया। तुरन्त ही उसने राजा की प्रशस्ति में एक सुन्दर गीत

गाया जिसमें नगर के विकास के लिये राजा के कार्यों के प्रति आभार था। विचारक गीत गाता हुआ बाहर निकल गया। राजा प्रसन्न हो उठा कि अब विचारक जहाँ-जहाँ जायेगा यही गीत गायेगा जिससे राजा का यश और बढ़ेगा।

राजा इसी से सन्तुष्ट नहीं हुआ। उसे भय था कि विचारक ने विचार को नगर के किसी घर में न छिपा दिया हो। इसलिए उसने एक नया नियम नगरवासियों के लिये लागू किया। नियम यह था कि प्रतिदिन राजा और कुछ विशिष्ट लोगों को छोड़कर सभी के लिये सुबह नगर कुण्ड के जल से मुँह धोना अनिवार्य है। इस नियम का पालन सख़्ती से हो इसलिए प्रतिदिन बलिष्ठ सैनिक , पगडण्डियों और आम रास्तों पर तैनात किये गये ताकि जनता की गिनती पूरी की जा सके। कुण्ड के चारों ओर भी सैनिकों का पहरा था जिससे कोई नागरिक बिना मुँह धोये न चला जाये। ऐसा आदेश हुआ कि जो भी इस नियम का उल्लंघन करेगा उसे मृत्युदण्ड दिया जायेगा। राजा यशोवर्द्धन को अश्वेत, कुरूप, विकलांग, दयनीय लोग, अभाव, निराशा, कष्टों का रोना रोते लोग राई-रत्ती पसन्द न थे। पहले कुण्ड के आस-पास ऐसे व्यक्तियों के आने पर मनाही थी पर अब इस आदेश में ढील दी गयी। वैसे लोगों को सुन्दर बनाने की प्रयोगशालाएँ भी निरन्तर प्रयोगों में व्यस्त थीं। चमत्कारी कुण्ड में भोर होते ही मुँह धोनेवाले लोगों को पूरे चौबीस घण्टों तक कोई अभाव, निराशा, दुख ही न सताते। ऐसे में कोई विचार जन्म न लेने पाता। कुण्ड के पानी का असर ज्यों ही धीमा होना शुरू होता नया दिन उग जाता। इस तरह सब ओर दिव्य शान्ति, अपूर्व यश और स्वच्छता का साम्राज्य दिखायी देता।

कुछ दिन राजा के जीवन के स्वर्णिम दिनों की तरह बीते कि अचानक एक दिन फिर शंका ने सिर उठाया। नींद में उसे फिर से भूमिगत गतिविधियों का शोर सुनायी दिया। ऐसा लगा कि हज़ारों लोग सिर जोड़े किसी गम्भीर विषय पर मन्थन कर रहे हैं। राजा की मीठी नींद चौपट हो गयी। महल पर अन्धकार के बादल छा गये। राजा ने फिर से गुप्त यात्र पर जाने की ठानी। पर इस बार वह विचारकपकड़ यन्त्र को लिये एक सैनिक के साथ अपनी यात्र पर निकला। रात में वह वेश बदलकर नगर में घूमने लगा। सब ओर सुख का साम्राज्य था। सब तरफ़ शान्ति थी कि अचानक एक पेड़ के नीचे उसे भीड़ दिखायी दी। उसने ध्यानपूर्वक देखा भीड़ कोई कविता सुनने में मगन थी। राजा के कान खड़े हो गये। उसने देखा भीड़ के सामने एक कवि कुछ चित्रों को अपनी कविता के माध्यम से प्रस्तुत कर रहा है। राजा ने सुना तो पाया कि कविता बहुत भद्दी थी। कविता के चित्रों में भूख से बिलख और मर रहे लोगों के बिम्ब थे, लोगों पर अत्याचार करते सैनिकों के चित्र थे, उन लोगों के भी चित्र थे जिनकी अँतड़ियाँ अत्याचार का विरोध करने

पर निकाली जा रही थीं। कविता सुनकर यशोवर्द्धन राजा को चक्कर आने लगे। कितने वीभत्स बिम्बों की कविता उसकी सुन्दर नगरी में सुनायी जा रही है और जिसे लोग ध्यान से सुन रहे हैं। राजा मूर्च्छित हो गया। होश में आने पर उसने खुद को अपने भव्य कक्ष के पलँग पर पाया। खसखस-केवड़े का शरबत पीकर वह शीतलता अनुभव कर ही रहा था कि उसे उस वीभत्स कविता का स्मरण हो आया। गले की कड़वाहट से परेशान राजा ने तुरन्त प्रयोगशाला के प्रतिनिधि को बुलवाया और आदेश दिया–

"कल ही दरबार में कविता-कला-शोधक यन्त्रनिर्माण की विधि खोजकर लाओ।"

प्रयोगशाला प्रतिनिधि जो अभी विचारशोधक यन्त्र की उपलब्धि के बाद परमानन्द की अवस्था में लीन था वह परमदुख अनुभव करने लगा। पीड़ा से साक्षात्कार करते हुए भी उसने राजा से एक दिन का समय माँगा और भागा-भागा बूढ़े सभासद के पास पहुँचा। सभासद को उसने बाताया कि राजा ने हल न निकाल पाने की स्थिति में उसके लिये प्राणदण्ड सुनिश्चित कर दिया है। बूढ़े सभासद ने प्रतिनिधि सहित फिर से तहख़ाने के बन्द ग्रन्थों में खोजना आरम्भ किया। अगले दिन की सभा में प्रयोगशाला प्रतिनिधि की मुखमुद्रा बता रही थी कि वह आज प्राणदण्ड से बच निकलेगा। उसने कहा–

"राजन्! कविता-कला-शोधक यन्त्र बनाने की विधि तैयार है। पहले कवि-कलाकारपकड़ यन्त्र से कवि को पकड़ा जायेगा। अब कवि हो या कोई कलाकार वह पंचतत्त्वों से ही बना है। जल, क्षितिज, पावक, गगन और समीर। इनमें प्रमुख है समीर। तो राजा! हम कविता-कला शोधक यन्त्र के ज़रिये उसकी सारी वायु निकालकर उसे शुद्ध करेंगे।"

प्रसन्नचित्त राजा विजयप्रताप यशोवर्द्धन ने तुरन्त कवि का आकार-प्रकार और सभी सूचनाएँ कवि-कलाकारपकड़ यन्त्र में विस्तारपूर्वक डाल दीं। थोड़ी ही देर में कवि पकड़ा गया और प्रयोगशाला की कुर्सी पर बिठाया गया। कवि ने छूटने के लिये बहुत हाथ-पाँव मारे पर थोड़ी ही देर में उसकी प्राणवायु खींच लेने की प्रक्रिया शुरू हो गयी। कवि की साँस में वांछित रासायनिक परिवर्तन करके सारी वायु को धीमे-धीमे कवि के शरीर में प्रवाहित किया गया। मृतप्राय कवि फिर से जीवित दुनिया में लौट आया। राजा सहित सबकी आँखें उसकी गतिविधियों पर टिक गयीं। वह उठा उसने राजा को ध्यानपूर्वक देखा और मुदित होकर राजा की प्रशस्ति में एक सुन्दर-सी कविता सुनायी। राजा अवाक रह गया। कवि की कविता के सभी वीभत्स बिम्ब ग़ायब थे और कविता की ललित बिम्बों की

कोमलकान्त पदावली किसी नवयौवना-सी इठलाती अपने प्रेमी को मौन संकेत दे रही थी। राजा की महिमा गाता कवि बाहर निकल गया। राजा की प्रसन्नता का कोई ठिकाना न रहा। सबकुछ उसके नियन्त्रण में था। प्रयोगशाला संघ के प्रतिनिधि और उसके मण्डल को अनेक पुरस्कार दिये गये। नगर में सुख के नगाड़े बजे और चारों ओर रास-रंग अपने चरम पर दिखायी देने लगा। चमत्कारी कुण्ड के नियम कुछ और कठिन कर दिये गये। अब वहाँ प्रजा का सुबह-शाम मुँह धोना अनिवार्य था।

जयनगर अपने स्वर्गिक आनन्द से पुलक रहा था। राजा की यशगाथाएँ पहले से चार गुणा बढ़ गयी थीं। चारों दिशाएँ उसकी विजयपताका फहरा रही थीं कि अचानक एक रात रसभंग हो गया। राजा को आज फिर से भूमिगत हलचलें सुनायीं देने लगीं। शंका के गहन अन्धकार ने जगमगाती खुशियों पर ग्रहण लगा दिया। इससे पहले कि नगर पर कोई नया ख़तरा मँडराये राजा ने नगर की गुप्तयात्र का मन बनाया। अर्द्धरात्रि में राजा अपने महल से निकला। चारों ओर सन्नाटा छाया था। लोग अपने घरों में नींद का आनन्द ले रहे थे। पहरेदार नगर की सुरक्षा में अपने प्राणों की बाजी लगाने को तैयार दिखायी दिये तो राजा का मन प्रसन्न हुआ। आज पूरे नगर में उसे कोई व्यक्ति न विचार करता दिखा न कविता सुनाता। राजा का भाग्य जल्द ही दुर्भाग्य में बदल गया। उसने देखा नींद से कोसों दूर एक व्यक्ति अन्धकार में बैठा कुछ लिख रहा है। राजा ने ध्यान से देखा तो पाया उसकी कलम से एक जादुई प्रकाश फूट रहा है। राजा हैरान रह गया। उसने स्वयं से ही प्रश्न किया यह व्यक्ति रात के अँधेरे में क्या लिख रहा है और क्या कोई क़लम ऐसी भी होती है? हैरान-परेशान राजा ने उस व्यक्ति के पास जाकर पूछा–"तुम कौन हो और इस अन्धकार में क्या लिख रहे हो?"

व्यक्ति ने दो घड़ी रुककर राजा को देखा और बोला–"मैं चारों दिशाओं में फैले ज्ञान को समेट रहा हूँ। लोग मुझे ज्ञानी कहते हैं।"

हैरानी से राजा की आँखों की पुतलियाँ तेज़ी से घूमने लगीं। राजा ने पूछा–"ज्ञान? यह भला क्या होता है?" ज्ञानी के मुख पर हँसी तैर गयी पर उसने शालीनता से कहा–"ज्ञान, अच्छे और बुरे का अन्तर बतानेवाला विवेक है।"

राजा को क्रोध आ गया। वह अब तक ज्ञान को समझ नहीं सका था कि विवेक भी अबूझ पहेली बनकर चला आया। राजा ने उस व्यक्ति से कहा–"बुरा? मेरे नगर में क्या बुरा है? सब तो अच्छा ही है। कितनी सुन्दरता, कितनी स्वच्छता, कितनी शान्ति यहाँ चहुँ ओर है।"

व्यक्ति ने राजा को एकटक निहारा और कहा–"नहीं ज्ञान इस सबसे ऊपर है।"

राजा ने ऊपर आसमान की ओर देखा। उसे सोलह कला सम्पन्न चाँद अपने तारों संग आकाश की शोभा बढ़ाता दिखायी दिया पर वहाँ ज्ञान न दिखा। राजा ने उस व्यक्ति पर झूठ बोलने का आरोप लगाया जिसे सुनकर व्यक्ति ने राजा को उपेक्षा से भरकर देखा और कहा–"तुम बीमार हो, तुमसे बीमारी की दुर्गन्ध आ रही है। तुम्हें मूर्खता रोग ने जकड़ रखा है।"

राजा अपने क्रोध को दबाता हुआ अपने वस्त्र सूँघने लगा। उसके नथुनों में चमेली के इत्र की मादक गन्ध भर गयी। अचानक उसे विचारक की दुर्गन्धवाली बात याद आयी। राजा विजयप्रताप को लगने लगा कि विचारक, ज्ञानी के वेश में कहीं फिर से विचारसम्पन्न होकर तो नहीं लौट आया है? मन में उठी यह शंका उसका सारा सुख छीने ले रही थी। शंका के बादल गहरे होने पर राजा मूर्च्छित हो गया। राजा के सुरक्षा संघ के प्रतिनिधि को उसकी इस गुप्त यात्र की जानकारी हो गयी थी। इसलिए उसने अपने एक गुप्तचर दस्ते को राजा के पीछे लगा दिया था। मूर्च्छित राजा को यही दस्ता महल लिवा लाया। राजा के गुप्त यात्र से मूर्च्छित होकर लौटने की ख़बर से प्रयोगशाला संघ प्रतिनिधि पहले ही नये आदेश के लिये तैयार हो गया। अब तक उसे नये प्रयोगों में आनन्द आने लगा था। पिछले दिनों उसकी प्रयोगशाला का नवीन नामकरण भी हो गया था। अब वह मनवांछित फलप्राप्ति प्रयोगशाला की जगह वैज्ञानिक प्रयोगशाला कहलाती थी। वह वैज्ञानिक प्रयोगशाला प्रतिनिधि के रूप में जाना जाने लगा था। चेतना आने पर राजा ने खसखस के शरबत में ताजा शहद और केवड़ा डालकर पिया। जैसे ही राजा का गला शीतलता पाकर तृप्त हुआ ज्ञानी की बात के स्मरण ने उसके गले में कड़वाहट भर दी। राजा ने फ़ौरन ज्ञानशोधक यन्त्र बनाने का आदेश दिया। उत्साहित मुद्रा में प्रयोगशाला प्रतिनिधि ने एक दिन का समय माँगा। अगले दिन राजा के सभा में पहुँचने से पहले ही प्रतिनिधि अपने संघ के साथ नये आविष्कार की रूपरेखा लेकर उपस्थित था। राजा के कुछ कहने से पहले की वह बोल उठा–"राजन ज्ञान का सीधा सम्बन्ध हमारी इन्द्रियों से है। जो देखती-सुनती-सूँघती-अनुभव करती हैं वही ज्ञान का स्रोत हैं और इनमें भी प्रमुख है जिह्वा जो न सिर्फ़ स्वाद लेती है वरन उस ज्ञान को मौखिक रूप में लोगों तक पहुँचाती भी है। हमारा यन्त्र ज्ञानी की इन्हीं इन्द्रियों का उपचार करेगा।"

ज्ञानी को खोजकर प्रयोगशाला में लाया गया। उसे कुर्सी पर बिठाकर उसके आँख, कान, नाक, हाथ और जिह्वा को निकालकर देर तक रसायनों में डुबोया गया। फिर सावधानी से उन्हें ज्ञानी के शरीर में जोड़ दिया गया। लम्बी प्रक्रिया के बाद अगले दिन जब ज्ञानी को होश आया तब वह राजा की बुद्धि की प्रशंसा

करते हुए उठा। राजा की प्रशस्ति में पूरे कक्ष में गीत गाता हुआ वह बाहर निकल गया। उसके गीत में समाज की रक्षा करनेवाले प्रतापी राजा विजयप्रताप यशोवर्द्धन की महानता का गुणगान था। इस प्रकार राजा को अब अपने और जयनगरी के विरोध में जानेवाली सभी शंकाओं का हल मिल गया था। शंकाओं के निर्मूल होने पर राजा ने एक निश्चित तिथि पर नगर में होनेवाले वार्षिक सांस्कृतिक उत्सव की घोषणा कर दी। इस दिन ही नये बने सुन्दरतम केन्द्रीय कारागार का भव्य उद्घाटन होना भी तय हुआ।

पूरे नगर में धूम मची थी। हर ओर हर्ष और उल्लास छाया था। अन्य नगरों के राजाओं और विशिष्ट अतिथियों को आमन्त्रित किया गया था। सभी संघ प्रतिनिधियों के लिये बहुमूल्य उपहारों की व्यवस्था की गयी। पूरी नगरी और विशेष रूप से महल और कुण्ड को फूलों से सजाया गया। प्रथा थी कि इस दिन महल से अपने अतिथियों और प्रतिनिधियों के साथ राजा कुण्ड तक आकर कुण्ड में अकेला स्नान करेगा। प्रथा के अनुसार यह स्नान भी साधारण न था। राजा के स्नान के समय नगर भर को अपनी एक अमूल्य भेंट कुण्ड में समर्पित करने का नियम था। आज जैसे ही राजा विजयप्रताप ने स्नान के लिये कुण्ड के जल में प्रवेश किया सुरक्षाकर्मियों ने लोगों को बारी-बारी से कुण्ड में अपनी सर्वश्रेष्ठ वस्तु समर्पित करने के लिये एक-एक करके भेजना शुरू कर दिया। सबसे पहले व्यापार संघ के प्रतिनिधि ने समस्त व्यापारी संघ की ओर से स्वर्ण मूर्ति का विर्सजन किया, स्वर्णकार संघ ने अद्वितीय आभूषणों का विर्सजन किया। इसी तरह सभी संघ प्रतिनिधियों के उपहारों से कुण्ड भर गया। कुण्ड से उपहार निकालकर राजकोष में ले जानेवाले लोग फुर्ती से अपना काम कर रहे थे। इसके बाद बुनकर, लोहार, कृषक, दस्तकार, श्रमिक, नर्तक, गायकों का ताँता लग गया। साधारण जन भी असाधारण वस्तुएँ जुटाकर अपनी बारी की प्रतीक्षा कर रहे थे। धूप सर पर आ गयी पर राजा का मुख तनिक भी मलिन न था। हर उपहार राजा की प्रसन्नता को बढ़ाता जा रहा था। राजा ने देखा उसकी यशगाथा गाते विचारक, कवि और ज्ञानी भी कुण्ड की ओर बढ़ रहे हैं। उन्हें देखकर राजा की प्रसन्नता और बढ़ गयी। कुण्ड में आकर पहले विचारक ने अपने झोले से दुनिया भर के विचारों के संग्रह को जल में समर्पित किया। फिर कवि ने अपनी कविताएँ और अन्त में ज्ञानी ने अपनी कलम और विविध ज्ञान धाराओं का संग्रह जल में प्रवाहित कर दिया। पर यह क्या अचानक कुण्ड का जल अपना रंग बदलने लगा। वह पहले लाल हुआ और फिर एक़दम काला। रंग बदलते ही उसमें बुलबुले उबलने लगे। उसकी जलराशि ऊपर की ओर उठने लगी। कुण्ड ज्वालामुखी-सा फट रहा था। राजा कहीं भी दिखायी नहीं दे रहा था।

संघ प्रतिनिधियों के होश उड़ गये पर उस जल में प्राण गँवाने कौन उतरे? वैसे भी प्रथानुसार राजा के अतिरिक्त उस दिन सभी को जल में उतरने की मनाही थी। काफ़ी समय बाद जल शान्त हुआ। राजा का अचेत शरीर उसमें तैर रहा था। सुरक्षा संघ के प्रतिनिधियों ने प्रथा की उपेक्षा करके उसे बाहर निकाला। राजा के पूरे शरीर पर काला रंग चिपक गया था। वह बेहद कुरूप दिख रहा था। चिकित्सा संघ के प्रतिनिधि उसे मरणासन्न अवस्था में चिकित्सालय लिये पहुँचे। बिना समय गँवाए अनेक प्राणरक्षक रसायनों का घोल तैयार किया गया। दुर्लभ प्राणरक्षक ओषधियाँ तुरन्त कूटी-छानी जाने लगीं। पर यह सभी प्रयास राजा के प्राण न बचा सके। अन्त में चिकित्सा संघ के प्रतिनिधियों ने राजा की मृत्यु का कारण खोजने का आदेश दिया। राजा के रक्त की जाँच की गयी। उस रक्त में विचार, कविता और ज्ञान की अधिक मात्र मिली जिसे राजा का शरीर सहन नहीं कर पाया।

जयनगर के प्रतापी राजा यशोवर्द्धन के शव को महल ले जाया गया।

मालूशाही...मेरा छलिया बुरांश

हर रोज़ लगातार बढ़ रही तपिश अब बुरी तरह जला रही थी। गर्मी से शिथिल देह के नामालूम-से रोएँ भी अब ठण्डक के लिये हाहाकार करने लगे। उस पर धोखेबाज़ बादल आस दिखाकर रोज़ मुकर रहा था। जीतती हुई बाज़ी आख़िरी दाँव में हार जाने जैसा मंज़र होता। इस बार अप्रैल की शुरूआत में ही सुबह तीखी गर्मी और शाम को बादलों की लुका-छिपी का अजब-सा मौसम था। यों बाहर के बेदर्द मौसम को तमन्नाओं से भरा दिल अपने माफ़िक़ बना लेता है पर वह भी बेअसर साबित हो रहा था। बाहर का मौसम धरा के मन से मेल खा रहा था। जो हाहाकार बाहर था वही मन में भी। यों उकताहट और झल्लाहट धरा के स्वभाव का हिस्सा नहीं थी। अपने काम को बेहतर अंजाम वह दे रही थी पर एक ही जैसे काम को बार-बार करने में अब उसे न कोई ऊर्जा महसूस हो रही थी न ही ख़ुशी मिल रही थी। स्टूडियो में एसी की ठण्डक भी उसे कोई सुकून दे पाने में असफल थी।

कल ब्रॉडकास्ट होनेवाले 'हमसफ़र' के स्पेशल एडिशन की एडिटिंग करते हुए धरा बड़ी शिद्दत से दो बातें महसूस कर रही थी कि यह कार्यक्रम कहीं से भी स्पेशल नहीं और इसकी एडिटिंग भी निहायत बोरिंग हो रही है। हर हफ़्ते कभी प्रेमी रहे शादी-शुदा सफल जोड़ों को स्टूडियो में बुलाना, रिकार्डिंग से आधा घण्टा पहले स्टूडियो के बाहर वी.आई.पी. लाउंज के गाढ़े लाल रंग के सोफ़ों में धँसकर ऑडियन्स को पसन्द आनेवाले और जोड़ों की सुविधा के मुताबिक सवाल बनाना। जोड़ों के पसन्दीदा गानों की लिस्ट से गाने ढूँढ़ना और एक घण्टे के कार्यक्रम में प्रोमो, उसकी सिग्नेचर ट्यून, जोड़ों का स्वागत, परिचय, बातचीत, उनके पसन्दीदा गीतों के साथ लम्बे सरकारी विज्ञापनों के प्रसारण में धरा की उँगलियाँ जिस तेज़ी से कंसोल पर पड़तीं मन उतना ही मुरझाता। क्या यह वही काम था जिसके लिये धरा ने प्रोग्राम एग्ज़ीक्यूटिव अभिलाष सिंह से मिन्नतें की थीं? शुरू-शुरू में वह कितनी ख़ुश थी। रोज़ नये जोड़ों को खोजने के लिये कितनी कोशिशों को अंजाम

देती। रिकार्डिंग से पहले कितने फ़ोन करती थी जोड़ों की पसन्द-नापसन्द पूछने के लिये कि कार्यक्रम उसकी उम्मीदों से कहीं ज़्यादा खरा उतरे। एक बार तो डी.जी. ने अपने रूम में बुलाकर उसकी तारीफ़ भी की थी और अभिलाष सर तो यह कार्यक्रम उस पर छोड़कर पूरी तरह मुक्त हो गये थे। धरा के साथ नियुक्त हुए कितने ही ट्रान्समीशन एग्ज़ीक्यूटिव्ज़ ऐसे काम पाने को तरसते थे। लेकिन अब न कार्यक्रम कोई जोश भर रहा था न ही नये जोड़े। काम अपनी गति से चल रहा था। किसी को कोई शिकायत भी नहीं थी पर धरा का मन उचाट रहने लगा। अतिथि दम्पति की बातों से स्टूडियो में शोर का सैलाब-सा उठता। कुछ हँसी, कुछ ग़मगीन वाक़ये और एक घण्टा पूरा।

"धरा मैडम! स्टूडियो में बैठे-बैठे तो ऐसे ही ऊबोगी। यहाँ नयी कहानियाँ नहीं मिलेंगी। ज़रा बाहर निकलो। ताज़ा हवा को नथुनों में भरो, आँखें खोलो, एक अँगड़ाई लो। दुनिया कहानियों से भरी पड़ी है।" स्टेशन ए.एस.डी. मेधा ने धरा की दिक़्क़त समझते हुए समाधान सुझाया। अपनी ऊब का ज़िक्र धरा उनसे कई दफ़ा कर चुकी थी।

"पर मैडम उसके लिये तो...।"

"इस साल के स्पेशल 'हमारी धरोहर' के लिये तुम्हारे नाम का प्रपोज़ल मैंने दे दिया है और ए.डी.जी. से बात भी कर ली है। एक़दम नयी जानकारियों से भरा फीचर लाना है। डी.जी. मैडम ने भी ज़बानी हामी भर दी है। फिर कोई कपल है जिसके बारे में बताते हुए कह रही थीं कि तुम 'हमसफ़र' के लिये उनसे रिकार्डिंग भी कर लाना...वह खुद तुमसे बात करेंगी।

"पर मैंने तो पहले फ़ील्ड के कार्यक्रम किये नहीं। मैडम! यह मेरा पहला मौक़ा होगा।"

"मौक़ा तो हमेशा पहला ही होता है धरा! "

मेधा मैडम की बात सुनकर धरा के मन में संशय और खुशी के दो विरोधी तार एक साथ झनझनाये। मन एक ओर बोरियत से परे सुनहरे ख़्वाब सजाने को मचलने लगा तो दूसरी ओर नयी चुनौती मन में खलबली भी मचा रही थी। धीरे-धीरे दो भाव कब एक-दूसरे से जुड़ते चले गये और संशय पर खुशी की पकड़ मज़बूत होती चली गयी, धरा को पता ही नहीं चला। अगले ही दिन डी.जी.गीता पन्त ने धरा को बुला लिया। मेधा भी साथ ही बैठी थीं।

"तुम बताओ धरा! कर लाओगी प्रोग्राम?" डी.जी. ने कहा तो धरा ने स्वीकृति में सिर हिलाया।

"तो तैयारी करो। स्टाफ़ हमारे स्टेशन का होगा और बाक़ी अरेंजमेण्ट्स वहीं

के स्टेशन से हो जायेंगे।"

"अपनी पूरी कोशिश करूँगी मैडम! पर मुझे जाना कहाँ है? और वहाँ किस कपल से मिलना है?"

"'हमारी धरोहर' के लिये उत्तराखण्ड पर बढ़िया-सा फ़ीचर करना है। पुराने घिसे-पिटे कार्यक्रमों से बिलकुल अलग और वहीं से मनिल और मुक्ता की अच्छी-सी कहानी भी कर लाना। काफ़ी साल पहले एक सांस्कृतिक कार्यक्रम में दोनों मिले थे। भई! कमाल की जोड़ी है। बाद में भी कई बार फ़ोन पर बात हुई। चाहते हुए भी उनका कार्यक्रम नहीं रखवा पायी। अब तो बातचीत हुए कई बरस बीत गये। तुम्हारे जरिये मेरा यह मलाल शायद दूर हो जाये। वैसे वहाँ कई लोककलाकार हैं जो रेग्युलर बेसिस पर हमारी यूनिट को कार्यक्रम देने आते हैं पर मनिलजी ज़रा हटकर हैं। उनका पता मेरी पुरानी डायरी में होगा, देखकर बता दूँगी और फीचर की सारी जानकारी अल्मोड़ा की लोकल यूनिट दे देगी। ध्यान रहे फीचर एकदम नया होना चाहिए। एक पन्थ दो काज हो जायेंगे और हफ़्ते भर तक इस गर्मी से तुम्हें थोड़ी राहत भी मिलेगी।" हँसते हुए उन्होंने अपनी बात ख़त्म की तो मेधा और धरा ने भी अपनी हँसी उनकी हँसी में शामिल कर दी।

धरा को यक़ीन नहीं था कि उसकी मुश्किल इतनी जल्द हल हो जायेगी। दायित्वों से धरा ने कभी जी नहीं चुराया, दायित्व को सफल बनाने की चुनौती अक्सर वह खुद को दिया करती थी। बड़े दिन बाद आज फिर उसने अपने-आपको यह कठिन चुनौती दी। घर से निकलते हुए उसने सिर उठाकर आसमान को देखा। बारिश का नामो-निशान आज भी नहीं था पर धूप आज उसे कुछ उजली महसूस हुई जैसे सफर पर निकलने से पहले पीठ थपथपा रही हो। घण्टों की यात्रा ने धरा को थकाया ज़रूर पर उसके उत्साह को बनाये रखा। कोसी नदी के साथ यात्रा करते अल्मोड़ा स्टेशन पहुँचकर अगले दिन अपनी ड्यूटी ज्वाइन करते ही धरा काम में जुट गयी। अल्मोड़ा यूनिट ने लोकगीतों-कथाओं-सम्बन्धी कुछ पुरानी रिकार्डिंग्स धरा को दे दीं। नज़दीक के जागेश्वर, बागेश्वर, लखुडियार से ज़रूरी जानकारी धरा को एक-दो दिन के भीतर इकट्ठी करनी थी। मूर्तिकला और शैलचित्रों से सम्बन्धित कुछ महत्त्वपूर्ण लोगों के साक्षात्कार भी करने थे। अल्मोड़ा स्टेशन की पैक्स यूनिट के गोकुल रावत ने धरा की हरसम्भव सहायता की। काम के दौरान घूमना भी हुआ। जागेश्वर की हरियाली और ठण्डक ने उसे तरोताजा कर दिया। वहाँ के संग्रहालय से होते हुए सुन्दर रास्ते में उसकी आँखें विस्तार और आसमान छूती ऊँचाइयाँ देखकर भी थक नहीं रही थीं। प्रकृति के अनगढ़ बिखरे सौन्दर्य को पी जाने की अद्भुत लालसा धरा ने अपने भीतर महसूस की। काम से कुछ मुक्त होने पर डी.जी. मैडम के दिये कोसानी के एक

पते वाला कागज़ निकालकर धरा ने दिये हुए नम्बर पर फ़ोन किया।

"क्या गीता पन्त ने नम्बर दिया है आपको ?" एक मीठा पर सचेत-सा स्वर अचकते हुए मोबाइल की तरंगों से कान में गूँजा।

"जी!...तो आप दोनों से कब और कहाँ मुलाकात हो सकेगी? आप अपनी सुविधा से बता दीजिये।"

दृढ़ आवाज़ में धरा ने कहा।

"मनिल के समय का तो कोई भरोसा नहीं है पर मैं आपसे अनासक्ति आश्रम में मिल सकती हूँ। यदि आप मुझसे अकेले मिलना चाहें...।" दूसरी तरफ़ से आती आवाज़ ने बहुत स्पष्ट जवाब दिया।

धरा के मन में एक अजीब-सा द्वन्द्व उठा। कार्यक्रम में तो दोनों का होना ज़रूरी है और यहाँ तो सिर्फ़ मुक्ता है। मनिल आ पायेंगे, संशय है। उसने महसूस किया कि डी.जी. गीता पन्त का नाम सुनकर स्वर बातचीत के लिये थोड़ा अनुकूल लगा पर बहुत रोमांच से भरा नहीं जैसा अक्सर कार्यक्रम में बुलाये जानेवाले मेहमानों का रहता है। तनिक झुँझलाहट के बाद धरा ने महसूस किया अच्छा ही हुआ जो रिकार्डिंग से पहले उसने एक मुलाकात तय कर ली ताकि बातचीत खुलकर हो सके। इस कार्यक्रम को वह उम्मीद से बेहतर अंजाम देना चाहती थी। यात्रा के चौथे दिन की सुबह धरा अल्मोड़ा का काफ़ी काम निबटाकर कोसानी पहुँच गयी। यहाँ उस दम्पति से मिलने के साथ धरा को फ़ीचर-सम्बन्धी काम भी करना था।

कोसानी के रेस्ट हाउस में नाश्ते के बाद, मुक्ताजी के पहुँचने से पहले ही धरा ने अनासक्ति आश्रम का रुख किया। कोसानी के अनुपम सौन्दर्य में इस जगह से उसे दूर बर्फ़ ढके पहाड़ दीख रहे थे। ढलवा पहाड़ियों पर हरे कालीन-सी प्रकृति बिछी थी। चढ़ाई चढ़ते पेड़, ढलानों से उतरते पेड़ और झुंड में बतियाते पेड़ उसे बहुत लुभा रहे थे। इस अनन्त विस्तार में धरती के कालीन से खड़े होते गगनचुम्बी पेड़ों को देखकर लग रहा था जैसे नीले आसमान में भी जगह-जगह हरा रंग छिटक गया हो। आश्रम में छायी नीरव शान्ति और प्रकृति जैसे एकमेक हो रही थी। धरा ने दूर से देखा और अनुमान लगाया इन्हें ही मुक्ता होना चाहिए। हरे बार्डर की नीली साधारण सूती साड़ी में सामने से आती एक गरिमावान छवि ने सहज ही धरा को आकृष्ट किया। उन्होंने साड़ी के पल्ले को एक कन्धे से दूसरे पर लेते हुए सीधे हाथ से उसके छोर को सँभाला हुआ था। वे बेहद धीमे-धीमे क़दम बढ़ा रही थीं। चेहरे पर सुकून की रंगत थी। नैन-नक़्श बहुत सुन्दर हों ऐसा तो नहीं था पर पूरे व्यक्तित्व में एक अनूठापन था कि किसी के सामने से गुज़रें तो लोग नज़र उठाकर

ज़रूर देखें। धरा ने कुछ देर प्रतीक्षा की शायद उनके पति पीछे से आ रहे हों पर पीछे कोई नहीं था। मुक्ताजी के नज़दीक आने पर वह झिझक के घेरे से निकलकर अपने अनुमान के बुलन्द हौसले से भरकर बोली–

"आप ही मुक्ता मैडम हैं ?" फ़ोन से कन्फर्म न करके धरा ने अपनी छठी इन्द्री पर भरोसा करते हुए थोड़ी उतावली दिखायी।

"तुम धरा?" घाटी में गूँजते संगीत से यह दो शब्द बाहर आये। अधेड़ उम्र की एक महिला धरा के सामने थी। ऊँचा कद, लम्बा चेहरा, खुला रंग और माथे पर एक ख़ास चमक। आश्रम के एक बड़े कक्ष के बाहर घास पर दोनों इत्मीनान से बैठ गयीं। बातों का सिलसिला धरा ने ही शुरू किया और जल्दी ही महसूस किया उसके लिये यह काम आसान नहीं होगा। मुक्ता सामने होते हुए भी अपनी ओर से कम ही बात कर रही थीं।

"मैडम! दरअसल मैं आप दोनों के जीवन की सच्ची कहानी जानना चाहती हूँ। अपने श्रोताओं को सुनवाना चाहती हूँ पर हमारे साथ मनिल सर का होना बेहद ज़रूरी है। आप दोनों से बहुत-से सवाल करने हैं। आपकी ज़िन्दगी से जुड़े।"

धरा ने यह कहते हुए बहुत तफ़सील के साथ अपनी अपेक्षाओं को ही जाहिर नहीं किया बल्कि उन कार्यक्रमों के उदाहरण भी दिये जहाँ दम्पतियों की बातचीत पर सराहना भरे कितने फ़ोन और मैसेज उसे मिले थे। अपनी बातों के दौरान धरा देख पा रही थी कि मुक्ता को उसकी बातों में कोई ख़ास दिलचस्पी नहीं है पर उसे गीता मैडम के आगे नक्कू बनना गवारा नहीं था इसलिए उसने अपनी ओर से बातचीत जारी रखी।

धरा की ताबड़तोड़ छलाँग लगाती उतावली कह लें या अपने काम को लेकर अतिरिक्त सावधानी, मुक्ता की नज़रें उसके चेहरे पर टिक गयीं। वह धरा की आँखों में आँखें डालकर उसे या उसके काम को समझने की कोशिश कर रही थी। धरा का मनिल को जल्द-से-जल्द बुला लेने का आग्रह उसे प्यारा लगने लगा। सामने बैठी पच्चीस-छब्बीस साल की एक जल्दबाज़ युवती को अपनी मुस्कान से मुक्ता ने पहला सकारात्मक संकेत दिया। धरा की आँखें पहले आश्चर्य से चौंकी और फिर वह भी अपनी बातों को विराम देती मुस्कुरा दी।

"तुम्हारे गालों के इन गहरे भंवरों में अब तक कोई डूबा या नहीं?" मुक्ता के अचानक किये इस हमले से धरा का समूचा शरीर क्षण भर को जड़ हो गया। केवल उसका दिल बहुत तेज़ी से धड़का। कुछ पल बीते और एक संकोच-भरी मुस्कुराहट उसके कसकर बन्द किये होंठों पर तैरी।

"यानी अभी सरगम के सात तार पहचान तो लेती हो पर झूमकर उन्हें गाया

नहीं है?" धरा ने गालों पर दोनों हाथ रखकर अपने उन मोहक गड्ढों को छिपा लिया। हालाँकि हमला बेहद शालीन और लयात्मक था। उसे लगा मुक्ता और उसके बीच खड़ी अपरिचय की दीवार दरकने का यह शुभ संकेत है। उसे पहली बार लगा कि अपने काम को लेकर अक्सर वही दूसरों की निजी ज़िन्दगी में झाँककर सच निकाल लिया करती थी। काम के दौरान उसकी ज़िन्दगी में किसी अपरिचित के झाँकने का यह पहला मौका था। शायद स्टूडियो की चारदीवारी और समय की पाबन्दी लोगों को यह इत्मीनान नहीं दे सकती थी जो इस खुली हवा ने दे दिया। कल फ़ोन पर सुनी आवाज़ और आज देखी मुक्ता की छवि से परेशान धरा की पेशानी पर चिन्ता की गाढ़ी हो रही लकीरें ज़रा-ज़रा छँट गयीं पर इन आत्मीय शब्दों का स्रोत क्या है वह जान न सकी।

"धरा! तुम्हारे चेहरे पर बच्चों जैसी मासूमियत मुझे बहुत भली लगी। यह तो नहीं कह सकती मैं और मेरी बातें तुम्हारे कितने काम की होंगी पर मैं अपना समय तुम्हें देने को तैयार हूँ। आज मुझे कुछ काम है फिर मनिल का इन्तज़ार भी हमें करना होगा। नया दिन, नयी सुबह लायेगा। सच कहूँ...मैंने न ऐसे इण्टरव्यू कभी दिये हैं न देना चाहती हूँ। वैसे तुमसे मिलकर मैं आज तुम्हें मना करने के इरादे से ही आयी थी पर तुम्हारी भोली मुस्कान और हम दोनों से मिलने की तुम्हारी बेसब्र उतावली ने मुझे पिघला दिया।"

धरा के कन्धे पर हाथ रखकर उसे हल्का-सा दबाकर मुक्ता ने एक अपनेपन से धरा को छुआ और चली गयीं। धरा इस मुलाक़ात से अचम्भित भी थी और सन्तुष्ट भी। मुक्ता की स्पष्टवादिता ने उसे प्रभावित किया। उनके जाने के बाद धरा आश्रम के प्रार्थना-भवन में कुछ देर बैठी पर उसका मन कल होनेवाली बातचीत की तरफ़ लगा था। उसे लगा शायद यह उसकी उम्र ही है जो अनासक्ति आश्रम में भी तमाम आसक्तियों में गिरफ़्त है।

मुक्ता के बताये पते पर पहुँचकर धरा ने पाया उसका घर बेहद पुराने क़िस्म का है। नीचे एक कमरा बना था जिसमें कुछ बच्चे खेल-कूद कर रहे थे। वहाँ से ऊपर जाती सीढ़ियों से घर में दाखिल होने से पहले आस-पास चौकोर छज्जे का घेरा था। छत ढलवाँ थी। दरवाज़ा खटखटाने से पहले उसने देखा छज्जे पर ही एक कोने में कुछ मर्तबानों और प्यालों में पौधे रोपे हुए हैं। घर के साधारण वेश से धरा सामान्य हुई। उसे उम्मीद थी आज काम पूरा हो जायेगा। मुक्ता ने बड़े प्यार से उसे भीतर बुलाया। कमरे के भीतर फर्नीचर पुराना लेकिन साफ़-सुथरा था। एक बड़ी-सी खिड़की से बाहर फैली प्रकृति घर का हिस्सा बनी झूम रही थी। धरा के लिये पानी लायीं मुक्ता ने बता दिया कि मनिल तो अब तक घर नहीं लौटे। धरा

की उम्मीद, नाउम्मीदी में बदल गयी। उसका उदास चेहरा देखकर मुक्ता ने उसे भरोसा दिलाया कि मनिल से उसकी बात हुई है। वह आजकल में लौट आयेंगे। इस बीच मुक्ता से बात करने का पर्याप्त समय धरा को मिल जायेगा। वैसे भी धरा को यहाँ अभी दूसरे ज़रूरी काम भी निबटाने थे। कुछ दिन ही उसके पास बचे थे।

"तो बताओ धरा! क्या जानना चाहती हो हमारे बारे में?" चाय का प्याला और बिस्किट धरा को देते हुए मुक्ता ने कहा।

"हमारे कार्यक्रम के पहले सवाल से ही शुरू कर देते हैं मैडम! आप लोग एक-दूसरे से कैसे मिले?" धरा ने रूटीनी सवाल की तरह ही पूछा पर मुक्ता विस्तार से जवाब देने के अन्दाज़ में पूरे इत्मीनान से तख़्त पर दीवार का सहारा लेकर बैठ गयीं।

"यह बात आज से तीसेक साल पहले की है। उस साल भी बसन्त लगनेवाला था। धरती खिलकर मुस्कुरानेवाली थी पर मेरे लिये मुस्कुराने की सारी वजहें ख़त्म-सी हो गयीं थीं। मेरे लिये बड़ा सवाल था अब मेरे चेहरे पर कभी हँसी सजेगी? उसी साल मेरे पति की हत्या हुई थी।"

शुरूआत में ही यह सुनकर धरा एकाएक ठिठककर चौंकी पर मुक्ता बोलती रहीं।

"हमारी शादी को ज़्यादा समय नहीं हुआ था। ज़िन्दगी अपनी गति से चल ही रही थी कि ज़मीन के झगड़े में धोखे से उन्हें किसी ने मार डाला। मुक़दमा चला पर हासिल कुछ नहीं हुआ। मैं काफ़ी समय अपने ससुराल रही फिर मायके आ गयी। कहीं भी जाती, हँसने की कोशिश करती पर हर बार मेरी हँसी का आसमान सिमटा दिया जाता। ''हाय! बेचारी, सारी उमर का रोना है''-छलनी कर देनेवाले शब्दों से धरती को चीरकर मुझ बेचारी को उसमें ज़िन्दा दफ़न कर दिया जाता। मेरी हँसी पर एक सचेत लगाम कस दी जाती। हर दिन सोचती आदमी गया है या मैं भी उसके संग चली गयी हूँ? ज़िन्दगी से जो चाहा था वह मुझे नहीं मिला फिर भी जो मिला था उसमें मैं ख़ुश रहने की कोशिश कर रही थी पर पति के मरने के बाद इस दुनिया में जीते हुए भी मुझको मृत रहना था। ज़िस्म हो जो धड़कता हो पर वह हरकत न करे। दुनिया भर में आवाज़ें हों, शोर हो, हँसी हो पर मुझ तक आने के सब रास्ते उनके लिये बन्द हों। मेरे लिये सिर्फ़ दबी सिसकियाँ हों और दुनिया के कान हों जिन्हें मेरी सिसकियाँ सन्तुष्ट ही नहीं प्रसन्न रखती हों। मैं रोज़ सोचती आख़िर कितने दिन? मेरे सपने, मेरी चाहनाएँ, मेरी चंचलता तो पति-सी मुर्दा नहीं हुई थीं। बसन्त फिर आनेवाला था पर मेरे लिये भी सौगात लेकर आ रहा है मैं कहाँ जानती थी? होली के बाद पहाड़ सुर्ख होने लगे थे। बुरांश के गुच्छेनुमा फूलों ने पहाड़ पर ज्वालामुखी रच दिया था और तभी मेरा छलिया-बुरांश जाने कहाँ से

प्रकट हो गया। कोई और नहीं तुम्हारे मनिल सर।"

चाय का प्याला धरा के हाथ में पूरी चाय समेत रह गया। आँखें विस्फारित-सी मुक्ता के चेहरे पर जमी थीं। जब तक वह घूँट भरती मुक्ता के जीवन का एक बड़ा रहस्य अपनी अधूरी शक्ल में सामने आया। यानी मनिल उनके पहले पति...।"

"हाँ धरा! मनिल वह नहीं था जिनके साथ बिरादरी के सामने, गाजे-बाजे के साथ मुझे विदा किया गया था।"

"फिर आप उन्हें कबसे जानती?"

"हम तो बचपन के साथी थे। हमारे घर पास-पास थे। मैं तीन-चार साल की थी जब कपकोट की घाटी से मनिल का परिवार हमारे झोपड़ा गाँव आया था। बस तभी से हम साथ खेले और बड़े हुए। मार-पिटायी, भाग-दौड़, पढ़ाई-लिखाई एक-दूजे के संग।"

"अभी आपने उन्हें छलिया क्यों कहा? क्या छल किया उन्होंने आपके साथ?"

"अरे! नहीं। जैसा तुम सोच रही हो वैसा कुछ नहीं। मनिल का बचपन हँसी-मज़ाक और मौज-मस्ती के रंगों से खिला था। एक़दम बेपरवाह। उसके मज़ाक की आदत को मैंने एक दिन छल कह दिया और फिर वह छल उम्र के साथ कब उसे छलिया बना गया मैं समझ ही नहीं सकी। खेल-खेल में छल करने की उसकी आदत थी। भूख लगती तो ताबड़तोड़ खाता। मैं घूरती तो जोर-जोर से खांसने लगता। मैं पानी लाने को दौड़ती तो ठहाका लगाता। मुझे दौड़ने को कहता और खुद हार मानकर बैठ जाता। जैसे ही मैं सुस्ताकर बैठती वह मंज़िल तक दौड़ जाता। ऐसा था मेरा छलिया।" अपनी हँसी में स्मृति को भरपूर जीते हुए मुक्ता ने कहा।

"तो क्या उन्होंने प्रेम में आपको छला?" धरा अपनी जिज्ञासा न रोक पायी।

"छलिया था, ठग नहीं था। उसके सपनों और रिश्तों की दुनिया बहुत बड़ी थी। न ही उसके सपनों की ज़मीन, ज़मीन पर ठहरी रही न ही उसके रिश्ते की चौहद्दी घर की चौखट तक। उसका प्यार तो सारी दुनिया के लिये था। उस दुनिया के लिये जो उस जैसी उड़ान उड़े। ऐसी उड़ान जिसमें प्यार-ही-प्यार हो। ऐसा प्यार जो कोई फ़र्क न रखे बस प्यार देखे, प्यार दे और प्यार पाये। लेकिन कुछ बड़ी होने पर मुझे लगने लगा यह प्यार सिर्फ़ मुझे ही मिले। मेरी चाहना दिन-दिन इच्छा के पहाड़ चढ़ती रही। छलिये से कुछ कह नहीं पाती थी सारा प्यार अपनी कविताओं में उँड़ेलती रही। मैंने उसे कभी कोई कविता नहीं सुनायी। उसके पास वक्त ही कहाँ था? उसे पहाड़ों के गीत गाने थे, गीतों पर नाचना था, घाटियों की कहानियाँ सुननी थीं, किस्सों को नृत्य और अभिनय में ढालकर दूर-दूर पहुँचाना था। इधर मेरी शादी तय हो गयी और वह अपनी लगन में कभी यहाँ तो कभी कहाँ। मेरा सपना हमारा न

बन सका। कभी जान न सकी कि उसने कभी मेरा सपना देखा भी या नहीं? हमारे एक हो सकने वाले सपने को लील गयी मायानगरी।"

धरा ने मुक्ता के चेहरे को ग़ौर से देखा। मुक्ता की ख़ामोशी यादों के घर-द्वार में घूम रही थी पर वहाँ निराशा का कोई चिह्न धरा को ढूँढ़े से नहीं दिखा। मुक्ता का चेहरा ताजगी से भरपूर था। यह सब धरा के लिये एक पहेली जैसा बनता जा रहा था। जब दिशाएँ अलग हुईं तो दोनों मंज़िल पर कैसे पहुँचे? मुक्ता खिड़की से बाहर कुछ निहार रही थी पर धरा ने उसके चेहरे पर नज़रें जमाये हुए कहा–"तो मनिल सर हीरो बनना चाहते थे? नाम और ख़ूब सारा पैसा कमाना?"

सहसा मुक्ता ज़ोर से हँसी और बोली–"पैसा? हमेशा बस जीने लायक़ पैसे रहे उसके पास। कला ऐसी थी कि जहाँ खोदता सोना निकाल लेता पर मेरा छलिया कमाने की फ़िक्र और जोड़ने की चिन्ताओं से परे रहा। उसे दुनिया को अपना हुनर दिखाना था। घर का रुपया-पैसा भी उसे रोक नहीं पाया। भाइयों ने क्या लिया? क्या छोड़ा?- उसने कभी नहीं जाना। मन की मौज के संग उसे बहना था...बहता गया। वह मण्डलियों के साथ बागेश्वर, जागेश्वर, कोसानी, चमोली कहाँ-कहाँ नहीं घूम रहा था और मैं गृहस्थिन बनकर भी उसे मन में बसाये रही।"

"मुक्ता मैडम! मुझे मेरे पहले सवाल का ही हल नहीं मिला...आप लोग मिले कैसे? मेरा मतलब है कबसे साथ हैं?"

"इतनी उतावली धरा! कितनी जल्दी है तुम्हें कहानी पूरी जानने की। कहानी अभी तो सही तरह पकी भी नहीं। ध्यान रखो अधपकी कहानी कभी स्वाद नहीं देती। धीमी आँच पर पकने दो, इसका स्वाद पूरे जीवन उतरेगा नहीं...यही जानना चाहती हो न कि हम कबसे साथ हैं-समझ लो जबसे हमारे पहाड़ पर बुरांश हैं, तबसे। बचपन से आज तलक मेरा साथी, मेरा बुरांश, मेरा छलिया बुरांश।"

धरा हैरान नज़रों से मुक्ता को देखे जा रही थी और मुक्ता किसी वेगवती नदी के किनारों से परे तेज़ बहाव के संग थी। धरा ने महसूस किया मुक्ता की तरलता जैसे किसी चट्टान से टकरा गयी और टकराते ही कहानी भी पथरीली सड़क पर चल निकली।

"पति के गुजरने के साल भर बाद मैं अपने मायके झोपड़ा में ही थी। आस के सारे दरवाज़े जब बन्द थे तो एक दिन भटकता हुआ मेरा छलिया लौट आया। फिर जो घटा उसकी किसी ने कल्पना भी नहीं की थी। ख़ुद मैंने भी नहीं। उसने न मुझसे कुछ पूछा, न जाना, पहली दफा मेरा हाथ थामा और ले गया सीधा मुझे मेरे पिता के सामने—

"मुक्ता मुझे सौंप दो यह यह मेरी है।"

छलिये की आँखों में एक जुनूनी चमक थी जो उसके जोगी-से रूप के साथ मेल नहीं खा रही थी। अनासक्त बाने में आसक्ति से भरी आँखें।

"एक तो लड़की, ऊपर से इसके पति की मौत फिर तू हमारी जाति का भी नहीं?" पिता क्रोध में चीख़े।

"क्या राजुला, मालूशाही की जाति की थी? दोनों की जाति अलग, हैसियत अलग। तुम तो उसे अपने पहाड़ की अमर प्रेम कहानी कहते हो? समझ लो वही कहानी तुम्हारे सामने आज जीती-जागती खड़ी है।"

"वह कहानियाँ हैं लड़के! सिर्फ़ कहानियाँ...उनमें सच कहाँ होता है? वह बस वक़्तकटी के क़िस्से हैं। मन के भरम।"

"भरम? तो यह भरम अब तक तुम्हारे गीतों में क्यों जीते हैं? पीढ़ी-दर-पीढ़ी तुमने उनकी कथा को क्यों पाला-पोसा-सींचा? राजुला तो विवाह के बाद भी मालूशाही को ही मिल गयी थी। तुम कहते हो वह सच्चे प्रेमी थे। यदि यह प्रेम भरम है तो तुमने इसे विश्वास की तरह क्यों फैलाया? अपनी लोक-कहानी पर तुम्हारा गर्व भी क्या झूठा है?"

मेरा हाथ, छलिये से छुड़ाते मेरे पिता चीख़ रहे थे। छलिये का परिवार भी ख़ामोश न था। आस-पास के लोगों के लिये भी नया तमाशा था। लोग मज़े ले रहे थे पर छलिये की माँ ही उसके साथ थी। मैं हैरान थी। वह अकेला था पर उसने मेरा हाथ न छोड़ा। लोगों ने मारा-पीटा तक पर वह अपनी बात से न फिरा।"

"फिर क्या हुआ?"

"फिर वह हुआ जो सबके लिये क़िस्से-कहानियों में होता है। मेरा छलिया सबके सामने बोला-'आस के बादल क्षण भर को छिप भले जायें घुमड़ते हैं, गरजते हैं और बरसते हैं। मुक्ता! चलेगी मेरे संग? मेरा एक हाथ मज़बूती से पकड़े उसने अपना दूसरा हाथ बढ़ाया और मैंने एक पल गँवाए बिना उसे थाम लिया। बरसों से इसी हाथ का इन्तज़ार किया था। अचानक दुनिया के डर धुँधले होने लगे। खौफ़नाक आवाज़ों के शिकंजे ढीले पड़ने लगे। बड़ी-बड़ी आँधियाँ न जाने कब सिमटती हुईं अपना अक्स खो बैठीं। पूरी ख़ामोशी में खुले आसमान और पक्की धरती के बीच, लोगों के तानों-कोसनों से बेपरवाह हमारे दिल मिल गये। पूरी वादी हमारी आज़ाद धड़कन की सरगम गा रही थी, जिसके सामने सिर्फ़ आरोह का स्वर था। हमारे मन मिले और बुरांश मुस्कुरा दिये।"

धरा के आगे समूचा दृश्य अपनी पूरी हलचल सहित साकार हो उठा। मिलन की यह नयी दास्तान उसके सामने थी जिसका हर हर्फ़ साहस से भरा था। इस कहानी के सिरे जैसे-जैसे उसे मिल रहे थे वह एक रोमांच से गुज़र रही थी। उसकी

सारी इन्द्रियाँ इस कथा के मोहपाश में बिंधी जा रही थीं। इस प्रेम की गन्ध, स्पर्श, शब्द, रूप, रस सब उसे अपनी आगोश में लिये जा रहे थे। यह कहानी और कहानियों से भिन्न थी। इसके सिरे मिलकर भी पूरे नहीं मिल रहे थे। मुक्ता के सुनाने का तरीका भी शायद कहानी सुनाने वालों की तरह सीधा-सरल नहीं था। हर बार कहानी में नये प्रतीक और उनसे बनते नये रूपक। हर बार मुख्य सड़क से चलती कहानी भागकर किसी पगडंडी की शरण ले लेती। मनिल, छलिया भी और बुरांश भी? और यह लोक-कथा के मालूशाही और राजुला? फिर मुक्ता-मनिल की शादी की बात आ गयी पर मायानगरी की कहानी तो बीच में छूट ही गयी।

एक गहरी साँस लेकर धरा ने पूछा—''तो मनिल सर के मायानगरी से लौटने पर आप लोगों की शादी हुई।"

मुक्ता ने एक क्षण को धरा की तरफ़ देखा और ठठाकर हँस दी।

"पगली! जिस सम्बन्ध को सबने नकारा उसे सबके प्रमाण की क्या ज़रूरत? हमने कराकर हाथ थाम ही लिया था। अब तुम इसे चाहो तो शादी कह सकती हो। हमें सात वचनों ने नहीं एक सच्चे वचन ने बाँध लिया-प्रेम ने...फिर निभाने को एक वचन काफ़ी है, न निभाने को सात सौ भी कम।"

धरा एकटक मुक्ता को देखती रही। तो इस बार भी अपनी जल्दबाज़ फितरत के साथ उसने इन दोनों की कहानी से जो निष्कर्ष निकाला था वह ग़लत निकला। खुद पर उठी खीज के साथ उसने मुक्ता को देखा तो देखती रह गयी। खिड़की से आती हवा उनके बालों को, उनके गालों पर खेलने का पूरा मौका दे रही थी। मुक्ता घुटनों में दोनों हाथों को बाँधे हवा की दिशा में देख रही थीं। न बालों को समेटने की कोई कोशिश ,न खिड़की को बन्द करने का प्रयास। धरा को पहली बार उनका चेहरा बेहद सुन्दर लगा। जीवन का अपार सन्तोष और उसे व्यक्त करती उनकी मुस्कुराहट ने उन सफल दम्पतियों की शक्लों से मुक्ता को अलग किया जो जीवन की आपाधापी में भागते-दौड़ते स्टूडियो आकर आधा-पौन घण्टे में अपनी पूरी कहानी कह देते थे।

"आज की क्लास कब शुरू होगी? कलवाला खेल भी अधूरा है।"

धरा ने देखा कमरे की नीरवता को भंग करता एक बच्चा दोनों हाथ कमर पर रखे, दरवाज़े पर खड़ा था। इससे पहले कि वह कुछ कहती मुक्ता बोल पड़ीं– "धरा! अब मेरे काम का समय हो गया। चलो, मैं तुम्हें अपने बच्चों से मिलाती हूँ।"

इस घर का जीना चढ़ने से पहले धरा ने जिस कमरे को पहले-पहल देखा था मुक्ता उसे वहीं ले गयीं। अलग-अलग उम्र के कई लड़के-लड़कियाँ वहाँ मौजूद थे। धरा ने जाना कई बरसों से बच्चे यहाँ आते रहे हैं। वे अपनी मर्ज़ी से यहाँ

खेलते-कूदते, गाते-नाचते हैं और खेल-खेल में कुछ पढ़ते-सीखते हैं। कमरे की दहलीज़ से ही पूरे कमरे का नज़ारा धरा के सामने था। एक बड़े से कमरे में फैली दरी पर बच्चे अपने करतबों में मस्त थे जो धरा को देखकर सकुचा गये। मुक्ता ने उसे कमरे में बुलाया पर धरा ने समझ लिया कि आज उसके हिस्से का समय ख़त्म हुआ। वैसे भी उसे 'हमारी धरोहर' के सिलसिले में पन्त वीथिका का काम भी पूरा करना था। अगले दिन घर पर समय बिताने की बजाय मुक्ता ने उसे मुख्य बाज़ार से भीतर जाती एक जगह पर मिलने के लिये बुलाया। धरा ने बाय की मुद्रा में हाथ हिलाया तो मुक्ता बच्चों से घिरी हुई बोलीं–"हो सकता है कल तुम्हारी किस्मत चमक जाये और मनिल तुम्हें वहाँ पर मिलें।"

रात धरा जब होटल के कमरे में लौटी तो उसके साथ दिन-भर की थकान थी। उसने कमरे में खाना मँगवाया ही था कि अचानक डी.जी. मैडम की कॉल देखकर वह हैरानी में पड़ गयी। काम की जानकारी लेकर उन्होंने पहाड़ी जोड़े के विषय में पूछताछ की।

"दोनों से बात हो गयी? हो सकेगी उनकी रिकार्डिंग?"

धरा ने पूरी उम्मीद जताते हुए जल्द काम ख़त्म करने की बात गीता मैडम से कह तो दी पर उसकी हैरानी लगातार सवाल लिये खड़ी थी कि आखिर जिस कार्यक्रम के लिये प्रोग्राम एग्ज़ीक्यूटिव को जानना चाहिए था उसके बारे में डी.जी. मैडम क्यों पूछ रही हैं? कुछ देर बैड पर बैठे-बैठे तेज़ी से पांव हिलाने की अपनी आदत के चलते धरा का ध्यान बात के दूसरे सिरे पर गया। उसकी बात तो अभी मुक्ता से ही हुई है। वह भी आधी-अधूरी। मनिल का तो कहीं अता-पता ही नहीं। न जाने कब लौटेंगे? फिर धरा ने सिर को झटका। मुक्ता ने कहा है कि कल नयी जगह पर मिलना है। हो सकता है वहीं मनिल भी मिलें। धरा की पूरी रात इसी उधेड़बुन में बीती। वह अटकलें लगाती रही क्या मुक्ता बच्चों के किसी एन.जी.ओ. के संग जुड़ी हैं? उसने सोच लिया आज का दिन मनिल के साथ बातचीत और उनके काम-धाम के बारे में अच्छी तरह जानकर कल रिकार्डिंग फ़ाइनल करेगी, आख़िर गीता मैडम को ख़ुश भी करना है।

अगली सुबह धरा के लिये अपार चिन्ताओं का सबब लिये शुरू हुई। यों इस सरकारी रेस्ट हाउस से बाहर का नज़ारा आज बहुत अच्छा था। डाइनिंग रूम के काउण्टर पर बैठे नौजवान ने धरा से घूमने के लिये जाने का आग्रह किया पर उसकी जान को कई काम बाक़ी थे। आज बादल न होने की वजह से दूर हिमालय की चोटियाँ साफ़ दिखायी दे रही थीं पर धरा का मन परेशान था। रात तक सन्तुष्टि थी कि प्रेम-कहानी के कुछ सिरे उसे मिल गये हैं, उनींदी सुबह ने जता दिया कि

वह न अब तक उन दोनों के काम-काज, बाल-बच्चों के बारे में जान सकी है, और न अचानक मायानगरी से मनिल के लौट आने का कारण पता चला है। उसे लगा जो किस्सा रात भर अधजगे उसने बुना इस सुबह ने उसके सारे फन्दे उधेड़ डाले हैं। किस्से की बनती शक्ल मिट-सी गयी। धरा ने ठान लिया आज जितना जानना है जानकर, कल या परसों रिकार्डिंग करनी ही होगी। नाश्ता करके उठी तो गोकुल रावत का फ़ोन आ गया। काम की कुछ बातों के बाद धरा बाहर निकली। रेस्ट हाउस से निकलकर मुख्य बाज़ार से आगे की चढ़ाई पर ही उसे मुक्ता दिख गयीं। अपनी स्नेहपूर्ण मुस्कान से उन्होंने धरा का स्वागत किया। राह दिखाती वह कुछ आगे बढ़ीं। रस्ते में इधर-उधर की बातें हुईं। कुछ देर बाद धरा शॉल और कुछ ऊनी कपड़े बनाने वाली एक खड्डी के सामने थी। बाहर ही एक आदमी टेबल पर तरह-तरह के रंगों वाले शॉल, मफलर और कम्बल की दुकान सजाये बैठा था। धरा का दिल धड़कने लगा कि हो न हो इसी जगह पर आज उसकी मुलाकात मनिल से होनेवाली है। दोनों भीतर की ओर बढ़ीं। जगह बहुत बड़ी नहीं थी। अन्दर बारह-पन्द्रह बुनकर परम्परागत हथकरघों पर काम कर रहे थे। खटखट-खटाखट की आवाज़ें उस कमरे में गूँज रही थीं। एक कोने में पावर लूम भी लगा था। मुक्ता से हर व्यक्ति पूरे आदर से बात कर रहा था पर धरा की आँखें मनिल को ढूँढ़ रही थीं।

"धरा! यहाँ तुम्हें मनिल मिल जायेंगे।" सहसा मुक्ता बोलीं। धरा को वह कमरे के पीछे बने एक छोटे ऑफ़िसनुमा कमरे में ले गयीं। कमरे के बाहर मुक्ता के नाम की तख़्ती लगी थी। कमरे में कोई नहीं था। धरा और मुक्ता दोनों वहाँ बैठ गये।

"कहाँ हैं?" धरा जिज्ञासा को रोक न सकी।

"बरसों से यहीं हैं। इस जगह की हर आवाज़ में। हाँ धरा! झोपड़ा से भाग निकले हम लोगों की शरणस्थली बनी कोसानी। सबसे छिपाकर मनिल की माँ ने जो रुपये दिये थे वह भला कितने दिन काम आते? यहाँ आकर कुछ दिन काम की तलाश में भटकते हुए मनिल इस जगह पहुँच गये। इस जगह के मालिक एक बुज़ुर्ग आदमी थे। बरसों से यहाँ अकेले रहते थे। पुराने बुनकरों के संग काम की हालत कमज़ोर थी। मनिल को साज-सँभाल और हिसाब-किताब के काम के लिये उन्होंने रख लिया। हमारे जीवन की शुरूआत प्यार और मेहनत के मिले-जुले रंगों से हुई। हमें इसी जगह ने जीवन दिया। दो-तीन महीनों बाद की बात है एक कारीगर दौड़ता हुआ घर आया कि मालिक ने अभी बुलवाया है। घबराहट में मैं जैसी बैठी थी वैसी ही उसके संग चल दी। वहाँ पहुँचकर जो देखा उसे इस जीवन में कभी नहीं भूल सकती।

"इसे रोक ले मुक्ता! न जाने क्या हो गया आज?" मालिक बोले।

मैंने देखा दुनिया से बेख़बर मनिल अपनी धुन में करघे के साँचे पर नीले धागों पर लाल डिज़ायन उकेर रहा था। तेज़ी से उसकी उँगलियाँ धागों का डिज़ायन डालतीं फिर वह करघे के दोनों पैडल को हरकत देकर और हाथ से करघा चलाते खटखट की ध्वनि के साथ ताना-बाना रच रहा था। ठीक ऐसे जैसे उसकी आँखों ने जिन्दगी का ताना-बाना रचने का हुनर जान लिया हो। मैं जानती थी उसके मामा बुनकर थे। मामा के पास रहकर उसने इस काम को सीखा भी था पर आज उसका जुनून सबको साफ़ दिख रहा था। मैं उसकी धुन पहचानती थी इसीलिये न रोका, न टोका। उसके बाद वह रुका भी नहीं। उसने खड्डी के जर्जर शरीर में नया ख़ून भरना शुरू किया। धीरे-धीरे हम दोनों ने यहाँ का काम सँभाला और इस जगह ने हमारे सपनों को।

"तो मनिल सर मायानगरी से हार मानकर लौटे थे? क्या हुआ उनके सपने का?" धरा का सवाल मुक्ता के लिये हाज़िर था।

"नहीं धरा! हथकरघे पर कारीगर बने मनिल को देखकर मुझे भी लगता था कि मेरा छलिया इस बार अपने ही हाथों छला गया। घर का सपना पूरा करने में उसका सपना मर रहा है। मेरे भीतर हर पल एक टीस उठती। एक दिन उसने राज़ खोला-

"मायानगरी ने मेरे भरम तोड़ डाले मुक्ता! मैं वहाँ ख़ूब भटका। होते होंगे कला के कद्रदान, लोक-कला को निखार-सँवारकर दूर-दूर तक पहुँचानेवाले पर मुझे तो उपहास ही मिला। जितने दिन वहाँ रहा बार-बार लगता रहा मेरे आगे एक गड्ढा है अँधेरे से भरा, ख़ूब गहरा। जिसके किनारे फिसलन है। दिन बीतने लगे और फिसलन बढ़ती रही। रातों को लगता मैं लगातार फिसल रहा हूँ। गड्ढे में गिरने से खुद को बचाते हुए मेरा पूरा शरीर भरपूर ज़ोर लगाता पर मैं समझ गया यही मेरा अन्त है। लगता मेरी कोहनियाँ और घुटने छिलते जा रहे हैं। गले की नसें मदद को चीख़ रही हैं पर कोई सुननेवाला नहीं है। एड़ियाँ काई में रगड़ खा रही थीं पर कोई हाथ नहीं था जो मुझे सँभाले। मेरी तमाम हिम्मत उम्मीद छोड़ ही बैठी थी कि न जाने कैसे मेरी आँखों के आगे हमारा बचपन घूम गया। सामने दिखा फूलदेई का त्यौहार। हम दोनों थाल में कितने सारे फूल लिए घर-घर घूम रहे थे। तू अनोखी, बालों में बुरांश सजाए इतरा रही थी। हम जोर-जोर से फूलदेई का गीत गा रहे थे। उसी समय मैंने ग़ौर से तेरा चेहरा देखा। मैं सन्न रह गया। मुझे तेरी आँखें दिखायीं दीं। उनमें शिकायत भरी थी। एक तेज़ तूफान-सा आया। मैं पूरी ताक़त से उससे लड़ता रहा पर तेरी शिकायती आँखें सामने रहीं। मेरी एड़ियाँ क्षण भर को थमीं कि काई मुझे फिर गड्ढे में खींचने लगी। मैंने कोहनियों को ज़ोर से ज़मीन में गढ़ा

दिया। मुझे सुनायी दिया मायानगरी जाने से पहले तेरा आख़िरी शब्द-'छलिया'। कान में यही शब्द देर तक गूँजता रहा। मन पर चोट देता रहा। तेरी सारी छवियाँ लगातार आँखों के सामने गुज़रने लगीं और मैंने जो देखा उस पर यक़ीन न हुआ। गड्ढे में रौशनी दिखायी दी। मैंने सुना गड्ढे से बार-बार एक ही शब्द गूँजने लगा-राजुला-राजुला। फिर तूफ़ान थम गया, गड्ढा शान्त था न काई, न फिसलन पर मेरी आँखें अपनी राजुला को ढूँढ़ रही थीं। मैंने जान लिया मालूशाही-राजुला की जिस कहानी को ज़िन्दा रखने मैं इतनी दूर आया वह मेरे कितनी करीब थी और मैंने उसे खो दिया।"

"फिर?" मुक्ता के अचानक चुप हो जाने से कहानी में व्यवधान पड़ गया।

"फिर क्या चल पड़ा मेरा मालूशाही, जोगी बनकर अपनी राजुला की तलाश में। उसे उसकी राजुला मिली और मुझे मेरा छलिया बुरांश...मालूशाही मेरा। हमारी लोक-कथा जीवन में उतर आयी।"

"उन्हें उनकी राजुला तो मिल गयी लेकिन उनका सपना तो बीच राह में भटक ही गया?" एक क्षण के सन्तोष में डूबी धरा फिर असन्तुष्ट हो गयी।

"धरा! जब सपने और ज़िन्दगी एकमेक हो जाते हैं तो भटकाव कहाँ रहता है?"

एक गहरी बात मुक्ता ने जिस सहजता से कह डाली धरा अवाक देखती रह गयी। उसके सामने मनिल के दो रूप साकार हो रहे थे। कहाँ अपनी ही सुननेवाला मनमौजी और कहाँ तिनका-तिनका घोंसला रचने वाला प्रेमी। आज मनिल से मिलने की उसकी इच्छा और बलवती हो गयी।

"बौजी! खाना खा लो।"

अचानक एक महिला बुनकर दोनों को खाने के लिये बुलाने आयी। धरा ने सुना हैंडलूम के सारे यन्त्रचालित स्वर शान्त हो गये हैं और इन्सानी सुर गूँज रहे हैं। दोनों ने मिलकर खाना खाया। मुक्ता ने धरा के घर-परिवार के बारे में बहुत-कुछ पूछा। कमरे की अल्मारी पर रखी एक एल्बम उठाकर धरा को मनिल की तस्वीरें दिखायीं। कहीं बुनकरों के साथ गाते-नाचते-बांसुरी बजाते। अनेक यात्राओं के फोटोज़ में मस्तमौला मनिल को देखकर धरा की आँखें चमक उठीं। खाना खाने के बाद चाय की इच्छा ने ज़ोर मारा। बाहर एक चायवाले के यहाँ चाय पीते हुए धरा ने पूछा–"आप लोगों के बाल-बच्चे?"

"देखे नहीं थे कल तुमने?"

"कहाँ?...अच्छा वह आपके घर? पर वह तो...।"

"हाँ कितने सारे हैं न? और मेरी उम्र की तुलना में ठीक नहीं बैठ रहे

होंगे। मैं तो लगभग उनकी दादी-नानी की उम्र की हूँ...यही न?" मुक्ता फिर से हँसीं।

"क्या कहीं और रहते हैं?" इतना तो धरा ने हिसाब लगा ही लिया था कि अब तक तो उन बच्चों की शादी भी ही गयी होगी।

"सभी बच्चे हमारे हैं धरा! हमारी दुनिया तो यहाँ आकर इतनी बड़ी हो गयी कि कौन अपना है कौन पराया कभी देखा ही नहीं। कल देखे बच्चों में से भी कितनों के माँ-पिता हम दोनों की गोद में खेले हैं। कभी कमी महसूस नहीं हुई कि हमारा अपना कोई बच्चा नहीं। सभी तो अपने हैं न? हर दिन इनके साथ हम अपना बचपन जीते हैं। बसन्त के साथ साल के स्वागत में फूलदेई का त्योहार आता है तो सुबह दरवाज़े पर सब बच्चे आ खड़े होते हैं फूल लिये, गीत गाते–"फूल देई, छम्मा देई...दैंणि द्वार-भर भकार..."

धरा अर्थ का अनुमान लगाती मुक्ता के गीत को जानने की कोशिश करने लगी। मुक्ता ने उसकी आँखों के भाव से ही उसकी दिक़्क़त भाँप ली।

"जानती हो क्या कहते हैं? यह दरवाज़ा हमेशा फला-फूला रहे। यहाँ से कभी कोई भूखा न जाये, यहाँ के भण्डार भरे रहें। हम इस देहरी को प्रणाम करते हैं... यों समझ लो धरा! हमारी देहरी पर इनका प्यार हर साल अपनी ख़ुशबू बिखेरता चला आ रहा है।"

धरा के मना करने के बावजूद दोनों गिलास उठाये मुक्ता उन्हें रखने चली गयीं। वहीं रुककर दुकानदार से अपनी बोली और मीठे लहज़े में बातचीत करने लगीं। धरा की दृष्टि उन पर बराबर टिकी रही पर मन जैसे किसी मनोरम घाटी में घूमने चला गया। हर रंग के फूलों की घाटी जहाँ हवा और पानी का संयुक्त संगीत था। बहुत सारे पंछियों के गीत थे। उस घाटी में मुक्ता और मनिल के साथ ढेर सारे बच्चे और यहाँ के कारीगर थे। धरा की आँखों के सामने एक बड़ा-सा परिवार था जिसने हर मुसीबत में खुशियाँ बाँटना सीखा था। धरा, मुक्ता के जितना नज़दीक आ रही थी उसके बारे में जानने को उत्सुक होते हुए भी वह एक शीतल सन्तोष को मन की अतल गहराइयों तक महसूस कर रही थी। मुक्ता के व्यक्तित्व में एक चुम्बकीय आकर्षण था जो बेहद साधारण होते हुए भी अपनी सहजता में अनुपम था। यों स्टूडियो में आनेवाले अनेक जोड़ों से भी वह प्रभावित होती आयी थी। मुक्ता के साथ बिताये समय ने उसे सोचने पर मजबूर कर ही दिया कि स्टूडियो में कुछ समय में प्रभाव जमाना अधिक आसान है पर एक व्यक्ति से बार-बार मिलने पर एक अनुभूति पहले से नयी और प्रगाढ़ होती जाये यह खासियत हरेक के साथ सम्भव नहीं। सबसे अहम बात तो यह कि धरा के मन में उन्हें जानते हुए भी और

जानने की प्यास बरकरार थी।

"क्या आज आप मेरे रेस्ट हाउस में मेरी मेहमान बनकर रह सकती हैं?... यदि आपको परेशानी न हो।" हिचकते हुए धरा ने अपनी बात मुक्ता से कह ही दी।

"और पीछे से तुम्हारे मनिल सर आ गये तो?...मुझे वहाँ न पाकर परेशान होंगे और फिर अगली सुबह मेरे बच्चे मुझे न पाकर मायूस हो जायेंगे।" मुस्कुराते हुए मुक्ता मैडम ने कहा।

"मनिल सर आपको फ़ोन कर लेंगे और क्या? आप चली जाइएगा, सिम्पल। और आपके कुछ घण्टों का साथ तो इस दूरदराज़ से आये बच्चे को भी मिल सकता है न? "

एक प्यारा-सा आग्रह करती हुई धरा अचानक आगे बढ़कर मुक्ता के सीने से जा लगी। दोनों की मुस्कुराहट कब हँसी में बदली किसी ने न जाना। रेस्ट हाउस पहुँचकर धरा जैसे मुक्ता की माँ की भूमिका में उतर आयी। खाने-पिलाने की खातिरदारी से लेकर उनके हर आराम का ध्यान रखने की छोटी से छोटी बात भी उसके लिये बड़ी हो गयी। जब तलक मुक्ता की एक हलकी-सी चपत और मीठी झिड़की धरा को नहीं मिली वह शान्त न हुई। रेस्ट हाउस के अपने कमरे के बाहर से दूर तक फैली पहाड़ियों को निहारती दोनों, आरामकुर्सी पर बैठ गयीं। ऊँचे नीले समुद्र में अनगिनत छोटी-बड़ी लहरों-सी पहाड़ियाँ धरती के फैलाव को समेटे हुए थीं।

"आप सर को बहुत प्यार करती हैं न?" माहौल में छायी शान्ति की गरिमा से बिना छेड़छाड़ किये एक मन्द्र स्वर धरा ने छेड़ा। मुक्ता के चेहरे के शान्त स्मित ने हामी भरी।

"हालाँकि मैं उनसे नहीं मिली हूँ पर मुझे आप दोनों एक-दूसरे के पूरक लगते हैं। सर यहाँ नहीं हैं पर आपकी सारी बातों में वही हैं। मालूशाही-राजुला की लोक-कथा मैंने पढ़ ली है। पहाड़ की सबसे अमर प्रेम-कथा। राजघराने का मालू और साधारण घर की राजुला-जिनका प्रेम असम्भव को सम्भव कर देता है। आप लोग वाकई उसी लोक-कथा के किरदार लगते हैं। दोनों का अटूट प्रेम, परिवारों के बीच जाति-हैसियत की दीवारें, प्रेम में आनेवाली बाधाओं से परे प्रेम की मिसाल।"

"और सारी दीवारों के बीच भी मालूशाही के प्यार को जिलाये रही राजुला। एक की चाहत और दूसरे की पक्की लगन। मैं प्रेम में आसमान बन गयी और मेरा छलिया मेरी पक्की-सी धरती।" मुक्ता पहाड़ी लहरों में डूबी हुईं बोलीं।

"दुनिया ने किसी और के घर भेज दिया पर राजुला अपने मन की चाहत

संग जीती रही।" धरा ने लोक-कहानी का सिरा मुक्ता-मनिल की कहानी से ठीक जोड़ दिया।

"और मालूशाही भी जोगी बनकर जीत लाया अपनी राजुला को दूसरी दुनिया से और तब बनायी उन्होंने अपनी दुनिया। मौत भी उसे हरा न पायी। पर धरा! हमारी कहानी भले ही लोक-कथा से मिलती-जुलती है लेकिन जहाँ लोक-कथा ख़त्म होती है दरअसल हमारी कहानी तो वहीं से शुरू होती है। और यह कहानी तो अभी तक लिखी ही जा रही है इसका अन्त कब लिखा जायेगा कौन जानता है।"

धरा ने ग़ौर से मुक्ता को देखा वह अपनी बात कहते हुए भी पहाड़ियों में खोई थीं। धरा के एकटक देखने से बेख़बर। धरा को जाननी थी वह कहानी जो मिलन के बाद लोक-कथा में ख़त्म हो चुकी थी और मुक्ता के यहाँ आगे बढ़ रही थी। धरा को याद आया मुक्ता ने कल बताया था वह कविताएँ लिखती हैं।

"आप कविताएँ लिखती हैं, कुछ सुनाइये न।"

मुक्ता की निगाह धरा की आँखों से टकराकर कुछ पल ख़ामोश रही।

"जानती हो मनिल ने कितनी बार कहा अपनी कविताएँ हमें दो। हम उन्हें कहानियों में उतारेंगे। मैं अपने रचे गीतों में तुम्हारी कविताएँ पिरो दूँगा। पर मुझे हमेशा लगता रहा यह मेरा बहुत निजी, बहुत कोमल भाव है। इसे साझा कर दूँगी तो यह फिसल जायेगा। लुढ़ककर किसी वादी में खो जायेगा। मुझसे रूठ जायेगा। कुछ कविताएँ मनिल को सुनायी भी थीं पर सोचती हूँ इस बार सारी-की-सारी उसे सुना ही डालूं। उसे, उसी से तो मिलवाना है। आख़िर मेरा छलिया और कितना धैर्य रखेगा?"

"मनिल सर क्या हमेशा इतने दिन के लिये आपको अकेला छोड़कर निकल जाते हैं?" धरा ने सोचा यह सवाल ज़रूर मुक्ता को परेशान कर देगा पर मुक्ता ने चेहरे पर पूरी सौम्यता बरक़रार रखते हुए कहा–"वह तो हमेशा मुझे ले जाने की जिद करता है। कई बार मन में आता है तो उसके साथ चली भी जाती हूँ। गीत-नृत्य की उसकी पूरी मण्डली है और फिर अल्मोड़ा, नैनीताल, चमोली कितनी ही जगह उसकी दोस्तियाँ हैं और उसके काम को चाहनेवाले लोग हैं। पर मेरे अपने काम भी तो हैं। मेरे बच्चे, ऑफ़िस का काम और फिर मेरी कविताएँ-इन्हें कौन सँभालेगा? मेरे छलिये को तो जगह-जगह ले जाना है अपना सपना और उसका कहना है तुम अपने सपने को सींचो-पालो-आनन्द लो।"

"अरे हाँ! यह तो मैं भूल ही गयी। कुछ बताइये सर के सपने के बारे में।"

"हमारा जीवन कैसे शुरू हुआ तुम जान ही गयी हो। मालिक के काम को

राह पर लाने में मनिल ने दिन-रात एक करते हुए दसियों साल निकाल दिये। किसे पता था अलमस्त छलिया मेहनत का राग भी उतनी ही ख़ूबसूरती से जीवन में उतार लेगा जैसा संगीत-तान, गान और अभिनय। छलिये ने जी लगाकर कड़ी मेहनत की। धीरे-धीरे मालिक ने भी निश्चिन्त होकर उस पर कई ज़िम्मेदारी सौंप दीं। फिर एक दिन ख़ुशहाल ज़िन्दगी हमें सौंपकर मालिक भी गुजर गये। विदेश बसे उनके बच्चों ने न अपने पिता के जीवन में साथ दिया न उनकी मौत के बाद कोई आया। अब यहाँ जो है सबका है। सब काम करते, कमाते हैं। हम सब आज भी खुद को मालिक का बच्चा ही मानते हैं। मुझे तो देख ही रही हो ऑफ़िस का सारा काम मैं सँभाल लेती हूँ, मनिल अब अपने सपने को अधिक समय देते हैं। "

परी-कथाओं-सी यह कहानियाँ सुनकर धरा आनन्द की एक ऐसी भूमि पर खुद को खड़ा महसूस कर रही थी जहाँ साझे एहसासों की नमी थी। वहाँ सम्बन्धों के अंखुए फूट रहे थे जो विश्वास की शाख पर अनेक फूल खिलानेवाले थे।

"आपने तो कई तरह के काम किये हैं और सर ने? मुक्ता की कहानी पर मन्त्रमुग्ध धरा के सवाल अब भी बहुत थे।

"उसने अपना सपना पूरा किया।"

"यानी उन्होंने एक्टिंग वगैहरा की?" धरा चहकते हुए बोली।

"उसे तो पहाड़ की कहानियों को जिन्दा रखना था और कहानी के रास्ते हमारे प्यार को। गीत-नाच-अभिनय सब कहानी में ढलते गये पर यह काम इतना आसान कहाँ था? एक जैसा सपना देखनेवाले लोगों को तो उसने ढूँढ़ लिया पर सपने से सबकी आशाएँ अलग थीं। मण्डली बनी पर किसी का सपना धन था तो किसी का बड़ा नाम। मेरे छलिये के लिये सपना मतलब- एक जीवित कहानी। उसकी धुन पक्की थी। धीरे-धीरे उसे अपनी तरह के कुछ संगी मिल गये। सालों बीते पर उस धुन का रूप-रंग न बदला। आज भी वैसी-की-वैसी है।"

"कितना निराला रहा आप लोगों का जीवन। अपना सपना आपने अपने जीवन में प्रेम के साथ पूरा किया।"

"हाँ धरा! एक ऐसा प्रेम जहाँ अकेली मुक्ता नहीं, न अकेला मनिल। न कोई शिकायत, न नाराज़गी। छलिये ने कहा था–"मेरी कहानी और तेरा बुरांश दोनों अब एक हैं। दोनों हमारी मिट्टी के रंग हैं। जब तक हम हैं न हमारा प्रेम कम होगा, न यह रंग।" बस उसके बाद न कुछ और पाने की लालसा है न कुछ खो देने का डर। कभी-कभी सोचती हूँ कि जिन्दगी को भरपूर जीते हुए सभी अपेक्षाओं से दूर रहना ही तो अनासक्ति है।"

धरा के आगे जैसे एक जादू घट रहा था। प्रेम की मिसाल खड़ी हो रही थी जो

कहानियों से निकलकर ज़िन्दगी में आ गयी थी। मनिल से मुलाकात की उसकी बेचैनी जो आज ज़रा शान्त थी साँझ के इस पहर दोबारा समस्त इच्छाओं के संग आकार लेने लगी।

"मैडम! किसी को नहीं बताया पर आपसे कहने में मुझे ख़ुशी मिलेगी, मैं भी एक ऐसे ही साथी का ख्वाब देखती हूँ। बिलकुल मनिल सर जैसा।"

मुक्ता की आँखें धरा के चेहरे पर स्थिर हो गयीं। कुछ पल धरा के लिये ठिठके से खड़े रहे कि मुक्ता ने पलकें झपकीं और चुप्पी तोड़ी–"धरा! जीवनसाथी में मर्द नहीं उसके भीतर एक नन्हीं दूब, उमंग भरा बचपन, एक बहता झरना,उड़ते परिन्दे,दृढ़ चट्टान, मुक्त हवा और पक्की धरती खोजना। मेरे छलिये ने मुझे बदतर हालात में हंसना सिखाया है, जीने के गुर सिखाए। जानती हो बुरांश सारे पहाड़ पर आग-सा दहकता है पर पूरी धरती और इंसान की प्रकृति को तरल रखता है। उसने खुद जलकर मुझे मेरी खो गयी मुक्ता से मिलवा दिया। कहता है वही काम करो जिसमें तुम्हें ख़ुशी मिले। "

"आप बहुत लकी हैं मैडम!...और मनिल सर भी।"

"कल आयेगा तो जान लेना उसकी ज़बानी कि वह कितना लकी है पर इस समय मुझे तो ऐसा नहीं लग रहा कि मैं लकी हूँ। कहाँ तो यहाँ लाकर तुम मेरे स्वागत में लग गयीं थीं कहाँ अब कुछ पूछ भी नहीं रहीं। घर बुलाकर भूखा सुलाने का इरादा है क्या?"

धरा मारे शर्म के ज़मीन में गड़ गयी। आज का खाना धरा कमरे में खाने के मूड में नहीं थी। बाहर चाँदनी ठण्डक लपेटे मिली। दोनों गेस्ट हाउस से बाहर खुले आँगन को पार करके बड़े-से डाइनिंग हॉल की तरफ़ बढ़ीं। सारा दिन घूमकर थके-हारे टूरिस्ट बेसब्री से खाने का इन्तज़ार कर रहे थे। एक खाली टेबल की ओर दोनों बढ़ ही रही थीं कि काण्उटर पर बैठे नौजवान ने धरा से कहा–"आपके लिये बुरांशवाला सिरप मँगवा दिया है। बढ़िया हेल्थ टॉनिक है। जाते समय ले जायें याद से...और हाँ आपने बुरांश देख लिये? नीचे तो कई पेड़ कट गये हैं और कुछ पिछले साल की आग में बर्बाद हो गये थे पर यहाँ गेस्ट हाउस से ऊपर जो कॉटिजेज़ बनी हैं वहाँ आपको कई पेड़ मिल जायेंगे।"

इससे पहले धरा मुस्कुराती या शुक्रिया कहती उस नौजवान ने मुक्ता को देखकर, चौंकते हुए पूछा–"अरे आप यहाँ कैसे? कितने दिन बाद देखा आपको। आख़िरी बार बस मनिलजी वाले कार्यक्रम में मिले थे।"

वह ,मुक्ता से बहुत उत्साह से मिला पर धरा ने महसूस किया कि मुक्ता

जवाब में संकोच में भरकर मुस्कुराईं। टेबल पर आगे बढ़ने के लिये मुक्ता ने क़दम बढ़ाया ही था कि उसकी आवाज़ ने फिर से उन्हें रोका।

"मनिलजी! जैसा कलाकार और प्यारा इन्सान यहाँ कोई दूसरा नहीं। बूढ़े-बच्चे, आदमी-औरत सब उनके दोस्त। स्टेज पर उतरते तो समाँ बाँध देते। क्या अन्दाज़, क्या गायकी, क्या अभिनय...मैं उनके कलाकार को मिस करता हूँ।" एकाएक उसकी आवाज़ में उदासी घुल गयी। दो पल सबके बीच मौन रहा और फिर मुक्ता ने अपने हाथ को धरा की पीठ पर ले जाते हुए आगे बढ़ने का संकेत किया। धरा के क़दम उस नौजवान की बात सुनकर ठिठक-से गये। वह उस चुप्पी को पढ़ने की कोशिश कर रही थी जो अभी-अभी दोनों के बीच एक हलचल मचा गयी थी। धरा सोच में पड़ गयी कि उसने मुक्ता से ऐसा क्यों कहा? हो सकता है अब मनिल सर की उम्र उन्हें अभिनय की इजाज़त नहीं देती होगी। उसने तुरन्त अपने सवाल का उत्तर भी खुद ही दे डाला। चारों तरफ़ के शोर में उनकी टेबल पर सिर्फ़ बर्तनों की आवाज़ें थीं।

"क्या सर अब अभिनय नहीं करते?" देर से खदबदाते मुक्ता के सवाल ने आख़िरकार शक्ल अख्तियार की।

"मनिल तो कहानी को भरपूर जीते हैं, मंच तो बहुत छोटा हिस्सा है। हर बार कहानी में नयी जान डाल देना उनकी खासियत है। कभी मूल कथा में कोई पुराना गीत, कभी कोई दूसरी लोक-कथा पर मालूशाही-राजुला की कहानी से उन्होंने कोई छेड़छाड़ नहीं की। कितनी मण्डलियों ने उनकी नकल की पर खरे सोने के आगे सोने के पानी की चमक कहीं ठहरी है भला? उन्हीं की नक़ल पर बुरांश के गीत गाने का चलन लोक-कथाओं में शुरू हुआ। जहाँ मनिल मेरे बुरांश को कहानी से जोड़कर हमारे प्रेम के महीन तार बुन रहे थे वहाँ लोगों ने बुरांश की ख़ूबसूरती की जगह उसे बेचने की कलाकारी शुरू कर दी। हमारे गीत, गीत न रहकर व्यापार होने लगे। फूल जैसे इन्सानों ने कारोबारी होकर गीतों, किस्सों और फूलों को बिकना सिखा दिया। मनिल के भीतर का बच्चा, उसके भीतर जीता हिम्मती युवक और पकी उम्र में ज़िन्दगी से भरा आदमी भला कैसे चुप रहता? बुरांश के साथ न जाने कितनी राजुलाओं की उम्मीद बनकर भटकता रहता है और अब तो मैं भी जाने लगी हूँ मण्डली के साथ। धरा ने पहली बार मुक्ता को किसी गहन चिन्तन में डूबा पाया। बाहर चमक रहे चाँद पर अचानक एक बादल छा गया।

धरा के लिये वह रात बहुत ही लम्बी थी। जाने क्या कारण था कि नींद ही नहीं आयी। आख़िर सुबह के चार बजे उसने उठकर धीरे से अपना फ़ोन उठाया।

फ़ोन की रौशनी में साथ सो रहीं मुक्ता को देखकर उसके मन में प्यार उमड़ आया। रात न सो पाने की सारी चिड़चिड़ाहट भाग खड़ी हुई। सीधे हाथ की कोहनी सिर के नीचे दबाये मुक्ता का चेहरा एक मासूम बच्चे की तरह लग रहा था। रातवाली चिन्ता की रेखाएँ उस पर अंकित नहीं थीं। उन्हें देखने के बाद जैसे ही धरा की नज़र मैसेज बॉक्स पर पड़ी, गीता मैडम का मैसेज दिखायी दिया–"जल्दी काम पूरा करके ड्यूटी ज्वॉइन करो। " एक पल की राहत फिर बेचैन करवट लेने लगी। यों तो धरा ने 'हमारी धरोहर' सम्बन्धी सारा काम कर लिया था और मुक्ता की कही कई बातें भी रिकॉर्ड कर लीं थीं पर दम्पति के रूप में दोनों की बातचीत अभी बाक़ी थी। मुक्ता ने कल धरा से मनिल के आने की बात कही तो थी। धरा ने भरोसे की डोर थामे रखी और गीता मैडम को सारी बात संक्षेप में समझाते हुए मैसेज कर दिया। कुछ देर बाद बाहर उजाले की किरणें फूटने लगीं। मुक्ता भी सन्तोष की नींद लेकर जागीं और कुछ देर बाद धरा को जूते पहनाकर कॉटिजेज़ के रास्ते से बुरांश दिखाने ले गयीं। दिन ने एक धीमी हरकत से जागना शुरू कर दिया था पर बाहर लोग दिखायी नहीं दे रहे थे। गेस्ट हाउस से निकलकर कुछ सीढ़ियों के बाद बिना सीढ़ी एक रास्ता ऊपर की ओर जा रहा था।

"ध्यान से धरा! नीचे चीड़ पिरूल सब तरफ़ बिखरा है। क़दम जमाकर नहीं रखोगी तो फिसल जाओगी।"

मुक्ता ने कहा ही था कि एक बेध्यान क़दम रखकर धरा कुछ क़दम नीचे फिसल गयी। दोनों तेज़ी से हँसी। धरा ने देखा ज़मीन पर नोकदार सुइयों-सी तीलियों की चादर फैली है। चीड़ से गिरी यह तीलियाँ सूखकर चिकनी हो चली थीं। ज़रा ऊपर चढ़े तो बहुत-से पेड़ इन्तज़ार में खड़े दिखायी दिये। मुक्ता बताने लगीं- चीड़, मोरू, अयार और वह देखो हरे दुशाले पर लाल गुलाल जैसा मेरा बुरांश। धरा चहक उठी। बुरांश, चीड़ के मुकाबले लम्बा नहीं था पर उसके चटख लाल रंग के फूल इस पहाड़ी में आग की तरह दहक रहे थे। कुछ पेड़ पहाड़ी की उतराई में कमर मोड़े खड़े थे तो कुछ सीधे उठे। कुछ गर्दन झुकाये तो कुछ बाँहें फैलाये। यों इक्का-दुक्का बुरांश धरा ने नीचे भी देखे थे पर तब वह उन्हें कहाँ पहचानती थी। आज मुक्ता ने ही उसे बुरांश से मिलवाया। दोनों अपने-अपने बुरांश से मिल रही थीं। एक के लिये जो पेड़ था दूसरी के लिये पूरी कायनात।

"इसका स्पर्श दुनिया का कोमलतम स्पर्श है धरा! इसने कितने मौसम झेले पर इसके तने ने मुझे कभी नहीं खुरचा। हमेशा सहलाया। मेरे सपनों में भी इसकी गुच्छेनुमा घण्टियाँ बजती हैं। मेरे दिल में दर्द की हर चट्टानों को इसने खिलखिलाती नदी बना दिया। इसने मेरी देह से ज़ख्म के सारे निशान धुँधले करके मिटा दिये।

जानती हो इसने मेरे लिये पतझड़ को भी पत्तों-फूलों से लाद दिया है। अब मेरे सारे मौसम बुरांश के मौसम हैं।"

पेड़ से अपनी पीठ और नज़रें आसमान में टिकाये मुक्ता किसी अनजाने लोक की यात्रा पर निकल गयीं थी। उनकी समूची देह से राग का झरना बह रहा था। धरा महसूस कर सकती थी उसका मधुर संगीत, उसकी तरलता और एक जीवन की पूर्णता। धरा के समक्ष बुरांश और मनिल एकमेक हो रहे थे। धरा ने उसे छुआ तो किस्सों से निकलकर बुरांश आज अपने समूचे अस्तित्व के साथ उसके जीवन में आ गया। बहुत देर तक दोनों अपने-अपने राग में डूबी रहीं। पहाड़ पर सूरज की आहट और पेड़ों से छनती धरती की चादर पर जब सूरज लेटने को आया तो दोनों गेस्ट हाउस की ओर मुड़ीं।

कमरे की टेबल पर सुबह की पहली चाय, अख़बार और बुरांश सिरप बिल सहित प्रतीक्षा में मिला।

"असली मिठास से तुम मिल आयी हो धरा! अब इसे ले जाकर क्या करोगी?"

सिरप बॉटल की ओर इशारा करती मुक्ता ज़ोर से हँसीं।

"आपके छलिया बुरांश से भी आज मैं मिल ली हूँ। काश! उन्हें देख भी पाती। लेकिन आज शाम ही लौटना है।"

धरा ने देखा उसकी बात पर मुक्ता शरमा-सी गयी हैं। उनके चेहरे पर बुरांश का रंग छिप नहीं सका। नाश्ता करके मुक्ता ने धरा को आत्मीयता से गले लगाकर विदा ली। तय हुआ कि यहाँ से निकलने से पहले धरा ऑफ़िस होते हुए उनसे मिलकर जायेगी और इस बीच मनिल आ गये तो मुक्ता उसे सूचित कर देंगी और फिर स्टूडियो में रिकार्डिंग कर ली जायेगी। धरा के अधूरे रह गये काम को लेकर मुक्ता को भी कम अफ़सोस नहीं था। मुक्ता ने सामान पैक करते हुए गीता मैडम को फ़ोन करना ज़रूरी समझा। उसने काम पूरा न होने की विवशता को सच्चाई के साथ गीता मैडम को बता दिया। गीता मैडम ने सिर्फ़ इतना ही कहा- कि ''तुमने मुक्ता और मनिल को जान लिया न? कम-से-कम तुम्हारे मन को स्टूडियो की कहानियों से अलग जीवन की कहानी मिल गयी।'

दिन तेज़ी से भाग रहा था। धरा को अभी स्टेशन जाकर रिकॉर्डर आदि जमा कराना था। कुछ ज़रूरी कागज़ लेने थे। गोकुल रावत सहयोग के लिये खासतौर पर कोसानी आये। सारी रिकॉर्डिंग्स अभी लेपटॉप में ट्रान्सफर भी करनी बाक़ी थीं। स्टेशन जाकर यह सारा काम करते हुए धरा को आज ढंग से खाने का समय भी नहीं मिला। सारा काम ख़त्म करके जब उसने मुक्ता के ऑफ़िस का रुख किया तो उसे तेज़ भूख लगी। बाज़ार से खाने का सामान लेते हुए उसे लगा मुक्ताजी से

अन्तिम भेंट पर उन्हें कोई तोहफ़ा देना चाहिए फिर उनके लिये कुछ ख़रीदते हुए उसने एक तोहफा मनिल सर के लिये भी ख़रीद लिया। हालाँकि कोसानी के लोगों के लिये उन्हीं के बाज़ार से तोहफ़ा ख़रीदना कुछ अटपटा ज़रूर लग रहा था पर धरा को कहाँ मालूम था कि यह रिश्ता इस कदर ख़ास हो जायेगा। तोहफा ख़रीदते समय एक बार धरा का मन धड़का कि हो सकता है अब तक मनिल सर लौट आये हों। इसी आशा में धरा ने तेज़ी से क़दम बढ़ाए। वहाँ लोग अपने-अपने काम में लगे थे पर मुक्ता कहीं नहीं दिखायी दीं। यहाँ तक कि धरा उस दिन दिखाये ऑफ़िस में भी उन्हें ढूँढ़ आयी पर वहाँ कोई नहीं था।

"आप बौजी को ढूँढ़ रही हैं?"

धरा ने पीछे से आती आवाज़ की दिशा में पलटकर देखा तो सामने वही औरत खड़ी थी जिसका लाया खाना उसने और मुक्ता ने इसी ऑफ़िस में खाया था। धरा को पता चला मुक्ता किसी ज़रूरी काम से बाहर निकल गयीं हैं और उसे बाद में फ़ोन करेंगी। धरा की तरफ़ एक लिफ़ाफ़ा बढ़ाते हुए उसने कहा–"यह आपके लिये दे गयी हैं।"

धरा ने तुरन्त खोलकर देखा। हरे रंग के मफ़लर पर चटख लाल बुरांश सजे थे। उसने बड़े प्यार से भेंट को सहलाया।

"यह मनिल सर और मुक्ता मैडम को आप मेरी ओर से दे देना।" दो अलग बॉक्स मुक्ता ने उस महिला को थमाये जिनमें दो कलाकृतियाँ उसने बाज़ार से बड़ी मुश्किल से ढूँढ़ी थीं।

"दद्दा को?" महिला ने अचरज से धरा को देखा।

"उनसे मिल नहीं सकी तो सोचा उनके लिये..." धरा ने अधूरा-सा स्पष्टीकरण दिया।

"उनको कैसे?...उन्हें गुजरे तो कई साल बीत गये।"

धरा की सारी इन्द्रियाँ जड़ हो गयीं। काटो तो खून नहीं। जिस इन्सान से मिलने का बेसब्र इन्तज़ार कर रही थी वह जीवित ही नहीं है पर वह तो रोज़ उन दोनों की बातों में जीता-जागता खड़ा था। धरा को लगा जैसे अचानक सारी दिशाएँ ख़ामोश हो गयीं हैं।

"पर मैडम ने तो ऐसा कुछ नहीं कहा...आज भी कह रही थीं कि उनसे मिलना यहाँ हो जायेगा।" धरा की बेचैनी बढ़ती ही जा रही थी।

"बौजी मानती हैं कि एक दिन उनका छलिया लौट आयेगा जैसे एक बार पहले भी मौत को छलकर लौट आया था...इसीलिये उनके नाम और काम को जिन्दा रखती हैं। आज भी दद्दा की मण्डली के संग जाना पड़ा दीनापानी की

तरफ़। ख़बर आयी है वहाँ के जंगल में आग लगने से पेड़ों को नुकसान हो गया है। यही नहीं पिछले साल भी जगह-जगह भागती रही थीं दद्दा के गीतों के साथ जब ठण्ड के मौसम में भयानक गर्मी पड़ने पर समय से पहले बुरांश खिल आये थे। बुरांश पर कोई ख़तरा आते ही तड़प जाती हैं। कहती हैं जब तक जियेंगी बुरांश के लिये ही। कहती हैं मेरा छलिया आकर पूछेगा तुमने हमारे सपने का क्या किया?"

"आपको लगता है मनिल सर लौटकर आयेगें?" भर्राये हुए गले से धरा ने पूछा।

"गुज़रा आदमी कभी लौटा है?...पर बौजी मानती हैं–"मालूशाही-राजुला कभी मर सकते हैं क्या? हर साल बुरांश के मौसम में उनका प्यार और गहरा होकर सारे पहाड़ को लाल करता रहेगा।' कहती हैं-'विश्वास रखो उसी में सब-कुछ है।"

मन पर पड़ी तेज़ चोट के गहरे असर के बावजूद मुक्ता के जीवन की अमिट यादें और अभी-अभी खुले इस रहस्य ने धरा को ऐसी तृप्ति का एहसास कराया जिसके बाद कुछ पल के लिये ही सही पर सारी चाहनाएँ ख़त्म-सी हो जाती हैं। उसने महसूस किया कुछ किस्सों में ज़िन्दगियाँ रोप दी जाती हैं पर जब जिन्दगी एक सच्ची कहानी बन जाये तो कितनी ज़िन्दगियाँ उसके प्रिज़्म से निकलकर तर जाती हैं।

स्याह घेरे

ज्योति अपार्टमेण्ट्स में कल पन्द्रह अगस्त के कार्यक्रम के लिए इलेक्ट्रीशियन नन्दलाल और गार्ड रामबीर को ज़रूरी काम बताकर विनय शास्त्री एक्ज़ीक्यूटिव कमेटी के दफ्तर से निकले। कार्यक्रम भले ही घण्टे भर का हो पर आदमी विनय जैसा जिम्मेदार हो तो एक-एक बात पर गहराई से विचार करते हुए किसी भी कार्यक्रम को बेहतरीन अंजाम तक ही पहुँचाता था। उनकी इसी आदत के चलते सोसाइटी के अन्य कर्त्ता-धर्ता पूरी तौर पर निश्चिन्त रहते। बरसों से यही रवायत थी पर आज समय कम रह गया था और काफ़ी सारे काम बाक़ी थे।

अगले दिन सुबह से ही विनय कार्यक्रम को सफल बनाने की अपनी मुहिम में जुट गये। इलेक्ट्रीशियन नन्दलाल ने मुस्तैदी से अपना काम कर दिया और रामबीर ने झण्डे में फूल भरकर उसे पार्क के पोल पर लगा दिया। विनय कार्यक्रम स्थल पर लोगों को बुलाने के लिये लगातार एनाउण्समेण्ट कर रहे थे। अपार्टमेण्ट्स के बच्चे सुबह से ही बिना किसी आमन्त्रण के मजमा जमाये थे। समय बीतने के साथ लोग भी आने लगे और कार्यक्रम आरम्भ हुआ। बच्चों ने गीत-नृत्य की कुछ प्रस्तुतियाँ दीं।

"अब ज्योति परिवार की वरिष्ठ सदस्य, हमारी फ्रान्सिना आण्टी झण्डा फहरायेंगी।"

विनय की इस घोषणा ने सभी को चकित कर दिया। प्रेसिडेण्ट शर्मा जी की स्वीकृति विनय ने पहले ही ले ली थी इसलिए वे मुस्कुराये। हर बार कुछ नया करना विनय की आदत में यों भी शामिल रहता था। इससे पहले कि इस नये चयन पर कानाफूसी होती विनय बड़े आदर से श्रीमती फ्रान्सिना क्लीटस को मंच पर ले आये। झंडा फहराया गया और सबने राष्ट्रगान गाया। हर बार की तरह दसवीं और बारहवीं कक्षाओं के होनहार बच्चों को पुरस्कृत करने का काम विनय ने इस बार आण्टी से करवाया। अन्त में बच्चों को तिरंगे संग टॉफी और सभी मौजूद लोगों को बूंदी के लड्डू बाँटकर कार्यक्रम सम्पन्न हुआ। फ्रान्सिना आण्टी ने बच्चों के संग

विनय को ख़ूब दुआएँ दीं। भारत माता की जय के नारे लगाये गये।

"विनय भाई! इस बार कार्यक्रम पिछली बार से भी अच्छा हुआ है। आप न हों तो इस तरह के कार्यक्रम कौन करायेगा?" विनय को बाँहों में भरते हुए डॉ. केवल बोले।

"डॉक्टर साहब! कार्यक्रम भले ही कोई करा ले जाये पर इनकी तरह का अन्दाज कहाँ से लाये?"

मिसेज सिंह के इस कथन पर आस-पास खड़े सभी लोगों ने हामी भरी। माहौल में खुशी और सन्तोष के सारे रंग खिल रहे थे और इनके बीच विनय की संकोच-भरी मुस्कान उनकी शालीनता का परचम लहरा रही थी। अगस्त की पीठ पर चुभनेवाली तीखी धूप भी उन्हें महसूस नहीं हो रही थी। सब काम निबटाकर जैसे ही उन्होंने घर की ओर रुख किया पीछे से गार्ड रामबीर की आवाज़ कानों में पड़ी–

"साहब जी! वह दो सौ छत्तीस नम्बर में नया किरायेदार आया है। एण्ट्री की पर्ची काटकर रजिस्टर में नाम चढ़ाना है।"

विनय अब तक थक चुके थे, बोले–

"रामबीर! एण्ट्री तुम कर लो भाई! बाद में मैं इत्मीनान से काम निबटा दूँगा।"

इतवार की छुट्टी इत्मीनान कम और जिम्मेदारियाँ अधिक लिये होती है। उनकी अनदेखी से आनेवाले पूरे सप्ताह में विनय के लिये बैंक की नौकरी से समय निकालना दुश्वार होता। आज सुबह से ही दोनों बच्चों ने स्कूल के प्रोजेक्ट्स में काम आनेवाले सामान की एक फेहरिस्त विनय को थमा दी। वहीं प्रीति ने भी महीनों से टलती आ रही अपनी बहन के घर जाने की बात की रट फिर लगा दी। रट के वज़न से ही विनय ने समझ लिया आज जाये बिना छुटकारा नहीं। इधर सोसाइटी के प्रसिडेण्ट शर्मा जी और कुछ समय ऑफ़िस के लिये भी निकालना ज़रूरी था। प्रेसिडेण्ट, शर्मा जी से कुछ ज़रूरी बातें करनी थीं तो विनय ने सबसे पहले ऑफ़िस का रुख किया। छोटे-से कमरे में बरसों से चल रहे इस ऑफ़िस में शर्मा जी से कुछ ज़रूरी मसलों पर बातचीत के बाद विनय की नज़र रजिस्टर पर पड़ी। मेज़ पर पड़े रजिस्टर में पेन अटका हुआ था। जैसे ही पेन निकालने के लिये विनय ने रजिस्टर खोला उस पेज पर दो सौ छत्तीस की एण्ट्री के आगे किसी अनुभा चौधरी का नाम उन्हें दिखायी दिया। एक क्षण सोचने के बाद उन्हें कल रामबीर की कही गयी बात याद आ गयी। नये किरायेदार से मन्थली सब्सक्रिप्शन की पहली रसीद कटवाने का काम ऑफ़िस के लोग किया करते थे। विनय रसीदबुक लेकर दो सौ छत्तीस की ओर बढ़ चले। रास्ते भर सोचते रहे अनुभा चौधरी, यह नाम कहीं सुना-सुना-सा लग रहा है पर कहाँ सुना है यह उन्हें याद नहीं आया।

"जी कहिये?"

दरवाज़े के खुलने पर एक महिला ने जिज्ञासा से पूछा।

"मैं विनय शास्त्री। यहाँ एग्जीक्यूटिव का सेक्रेटरी...कल आपसे मिलना सम्भव नहीं हो पाया था। यदि कोई दिक़्क़त न हो तो आपसे बात करना चाहता हूँ।"

"अरे! आप। आइये। गार्ड ने बतलाया था कि आप कल बिज़ी थे।"

ड्राइंग-रूम में बैठते ही विनय को हैरानी हुई कि कल आयी अनुभा ने इस कमरे को तो काफ़ी हद तक व्यवस्थित कर लिया है। इस कमरे से खुलते अगले कमरे में बन्द सामान के कार्टंस झाँक रहे थे। कमरे में बैठते ही विनय को एक पुरसुकून शान्ति का एहसास हुआ मानो तेज़ रफ्तार ज़िन्दगी में एक लमहा ठहरकर वक़्त की चाल भाँप रहा हो। कमरे का माहौल शान्ति के साथ सुरुचि का एहसास लिये था। शीशम की कार्विंगवाली चार कुर्सियाँ चौकोर टेबल को घेरे थीं। टेबल पर रखे शीशे के नीचे से टेराकोटा के कुछ बेहद ख़ूबसूरत पीस झाँक रहे थे। पत्थर की मूर्तियों के रूप में दो वादक छोटी-सी चौकी पर विराजे थे। दीवार से सटे बुकरैक्स कमरे को सादगी और भव्यता से एक साथ भर रहे थे। कमरे पर एक नज़र मारकर अनुभा को कुछ बुनियादी-सी बातें बताने के क्रम में विनय से अनुभा का प्रभावित करने वाला व्यक्तित्व छिप न सका। आत्मविश्वास से लबरेज़ अनुभा का चौड़ा ललाट, हल्का गेहुँआ रंग और चेहरे पर ग़जब की विश्रान्ति। बालों का ढीला-ढाला जूड़ा उसके व्यक्तित्व को और सौम्य बना रहा था। विनय को लगा उसका चेहरा ही जैसे कमरे का चेहरा था। अनुभा की बातचीत का सलीक़ा भी विनय को प्रभावित कर रहा था। अनुभा जल्दी ही विनय के लिये जूस और कुछ बिस्किट ले आयी। संकोच से भरकर विनय बोले–

"आप तो तक़ल्लुफ़ में पड़ गयीं।"

"इसमें कैसा तक़ल्लुफ़ विनय जी और फिर यहाँ आने के बाद आप ही पहली मर्तबा घर आये हैं।"

"बुरा न मानें तो एक बात पूछूँ...आपका नाम बहुत ही जाना-पहचाना लग रहा है पर याद नहीं आ रहा कि आपसे भेंट कहाँ हुई है?"

एक क्षण चौंकने के बाद अनुभा के चेहरे पर हलकी-सी मुस्कान उभर आयी।

"वैसे आपसे भेंट तो कभी नहीं हुई है पर...हो सकता है आपने कहीं मेरा लिखा कुछ पढ़ा हो। मैं फ्रीलान्स जर्नलिस्ट हूँ...कुछ अख़बारों में..."

"अरे! 'मेरी आवाज़' कॉलम की कलमकार अनुभा चौधरी...आप?" विनय का स्वर उत्तेजना भरी खुशी में तब्दील हो गया। बैंक में आनेवाले 'स्वतन्त्र समाचार' में उनके लिखे कई लेख विनय ने पढ़े थे पर कभी ख़्वाब में भी नहीं

सोचा था कि उनसे इस क़दर मिलना होगा। विनय कुर्सी से उठ खड़े हुए और हाथ जोड़कर अनुभा के प्रति अपना सम्मान व्यक्त किया–

"आपका स्वागत है अनुभा जी। यह हमारा सौभाग्य है कि आप हमारे यहाँ आयी हैं। मैं आपको पढ़ता रहा हूँ। आम आदमी की आवाज़ बनकर आपने कई मुद्दों पर लोगों को झकझोरा है। आप जैसे लोग यहाँ होंगे तो हमारे बच्चे भी आपसे कुछ सीख-समझ पायेंगे।"

इस सम्मान को पाकर अनुभा चौधरी के चेहरे पर हलकी-सी मुस्कान दौड़ गयी।

"अपनी कॉलेज लाइफ़ में हम भी बहुत-कुछ करते-सोचते थे। एक ज़िद्द थी उन दिनों, कितने मुद्दों पर बेपरवाह लड़ते-जूझते थे। धीरे-धीरे ज़िन्दगी ख़ामोश रहकर जीने के शानदार सलीके सिखाती रही तो सारी बेपरवाही भाड़ झोंकने चली गयी। कभी-कभार पुराना जुनून धूल-मिट्टी झाड़कर खड़ा होता भी है तो... पर यक़ीन जानिये आपके विचार मुझे बहुत अच्छे लगते हैं। आज की दुनिया में जहाँ सोचने-बोलनेवाले लोगों को पसन्द नहीं किया जा रहा वहाँ आपकी निर्भीक आवाज़ हम जैसे लोगों के लिये बड़ा सहारा है।"

"बस-बस विनय जी...आप तो।"

"आपको किसी भी मदद की ज़रूरत हो तो यह मेरा फ़ोन नम्बर है। मैं सैंतालीस नम्बर में रहता हूँ। बैंक में काम करता हूँ। नाम आप जान ही गयी हैं। कोई भी काम हो निस्संकोच याद कीजियेगा।"

अनुभा से मुलाक़ात को लेकर प्रसन्न विनय ने घर आकर प्रीति को विस्तार से सारी कहानी बतायी और दिन के बाक़ी काम भी पूरे उत्साह से निभाये। प्रीति आज बहुत ख़ुश थी। उसी रात विनय ने कॉलेज के दिनों की अपनी एक डायरी खोजकर निकाली। अतीत पर जमी गर्द साफ़ की तो कॉलेज के दोस्तों के साथ बिताये अनेक यादगार पल ज़िन्दा हो गये। धरने-प्रदर्शनों में शामिल होने के अपने अनुभवों पर लिखे जोशीले शब्दों से उनके पूरे बदन में एक उत्तेजना की लहर दौड़ गयी। उन दिनों क्या जोश था ग़लत बातों पर असहमत होकर आनन-फानन में विरोध का माहौल बन जाता था। विनय के कानों में उन दिनों का वही शोर गूँज गया। देर तक विनय यादों के साथ डायरी को सहलाते रहे।

घर, बैंक और ऑफ़िस के तिहरे दायित्व के बीच विनय फिर व्यस्त हो गये। अचानक एक दिन शाम को सोसाइटी के ऑफ़िस से डॉ. केवल के साथ लौटते समय विनय, पाहवा जी से टकरा गये।

"आप भी न विनय जी कैसे-कैसे लोगों को टिका लेते हो?"

"क्या हो गया? पाहवा जी! किसकी बात कर रहे हैं आप?"

"वही दो सौ छत्तीस नम्बरवाली।"

"क्या हुआ?" विनय के कान एक़दम खड़े हो गये।

"अब देखिये न अकेली औरत है...घर रहकर कुछ काम-धाम करती है और रहती कितने ठाठ से है। फिर सबसे बड़ी बात उसके घर लोगों का आना-जाना लगा ही रहता है। देर रात तक मर्दों संग गुलगपाड़ा...मेरे घर से सब साफ़ दीखता है।"

"अरे ! पाहवा जी वह फ्रीलान्स जर्नलिस्ट हैं और रिश्तेदार-दोस्त क्या आपके घर नहीं आते?" इस बार जवाब की शक्ल में सवाल डॉ. केवल ने पूछा।

"रिश्तेदार और उन लोगों में ज़मीन-आसमान का फ़र्क है डॉक्टर साहब!... यहाँ अच्छे परिवारों के लोग रहते हैं, क्या असर पड़ेगा बच्चों पर?"

"पाहवा जी! आप तो बस..." कहकर विनय ने बात को हँसते हुए टाला पर पाहवा जी ने अपने घर की ओर रुख करते हुए उँगली के इशारे से विनय को चेताया। आज सोने से पहले विनय, पाहवा जी की बात पर मन्थन करते रहे। पाहवा जी को दिक़्क़त आख़िर किस बात से है? अनुभा के अकेले रहने से? उनके काम से? उनके ठाठ से? या उनके घर आनेवाले लोगों से? देर तक चले मन्थन के बाद नींद ने उन्हें अपनी आगोश में ले लिया।

बैंक की नौकरी में तमाम तरह के एकाउण्ट्स और लैज़र हैण्डल करते और कभी-कभी विदड्रॉल काउण्टर सँभालते विनय को दोपहर दो तक सिर उठाने की मोहलत नहीं मिलती। एडिटोरियल पेज खोला ही था कि यह क्या आज का प्रमुख लेख अनुभा चौधरी का ही प्रकाशित हुआ था। विनय के चेहरे पर गर्व-भरी मुस्कान दौड़ गयी। कल तक जिनका लेख पढ़ा करते थे आज नाम के साथ उनका चेहरा भी आँखों के आगे तैर गया। 'मुस्लिम महिलाओं की दूभर दुनिया'- इस लेख को विनय पूरा पढ़कर ही उठे। अनुभा चौधरी ने बहुत तथ्यात्मक तरीके से मुस्लिम समाज की कुप्रथाओं में नारकीय जीवन जी रही स्त्रियों की सच्चाइयों से लोगों को परिचित कराया था। अशिक्षा सहित स्कूल और कॉलेज में पढ़नेवाली लड़कियों पर हिजाब की सख़्तियाँ, महिला सुन्नत, तलाक़ जैसे मामले के साथ उन्होंने उन लड़कियों से बातचीत को भी लेख में शामिल किया था जिन्होंने साहस के साथ इन विपरीत स्थितियों में जीने की राह बनायी। जो भारतीय समाज में मिसाल की तरह सामने आयीं। लेख हमेशा की तरह विचार की आँच पर तपा था। विनय ने अपने साथी श्रीवास्तव को भी यह लेख पढ़ने के लिये दिया और फिर तो एक से दो, दो से तीन, चार, पाँच जितने भी हाथों में लेख गया सभी ने उसकी तारीफ़ की। विनय की मुस्कान होंठों से गुजरकर गालों की सीमा के पार कर गयी। उन्होंने सोच

लिया आज इस लेख को पसन्द करनेवाले लोगों की भावना को अनुभा तक ज़रूर पहुँचायेंगे। रोज़ की तरह शाम को पास ही के ब्लॉकवाले श्रीवास्तव के साथ कार पूल करके विनय लौट रहे थे।

"तीखे शब्दों में बात तो बिलकुल खरी लिखी है इस औरत ने।"

"किसने?...अनुभा जी ने?"

विनय को श्रीवास्तव का 'औरत' जैसे शब्द का प्रयोग अखरा इसलिए उन्होंने 'जी' पर ज़रा अधिक जोर दिया। बावज़ूद इसके श्रीवास्तव पर कोई असर न हुआ।

"हाँ-हाँ वही। ठीक लिखती है इन लोगों में औरत को उठने ही नहीं देते। नकेल कसकर रखते हैं हरामी। हमसे क्या बराबरी करेंगे?" एक भद्दी गाली श्रीवास्तव की जुबान से कोड़े फटकारती हुई निकली।

"पर अनुभा जी ने इन्हीं के बीच से उठती लड़कियों का भी तो ज़िक्र किया है...शायद आपने ग़ौर नहीं किया।" विनय अपनी बात कहने से नहीं चूके।

"हाँ निकल आती हैं इनमें भी दो-एक ऐसी।" श्रीवास्ताव ने बहुत ही ठण्डा-सा जवाब दिया।

"वैसे अब अनुभा जी हमारे ही अपार्टमेण्ट्स में आ गयीं हैं। वह हैं न अपने बैंक वाले मल्होत्रा साहब...अरे वही जो रिटायर होकर विदेश चले गये अपने बेटे के पास, उन्हीं के फ़्लैट में।"

"फिर तो हमारी बधाई ज़रूर पहुँचा देना। कहना लेख अभी कई किश्तों में चलाये। बहुत सस्ते में छोड़ दिया इन लोगों को। आज ही लेख का लिंक अपने ग्रुप्स पर लगाता हूँ और ख़ास दोस्तों को भी भेजूँगा...पर्सनली। "

विनय तेज़ी से घर की तरफ़ क़दम बढ़ा रहे थे कि जाकर इत्मीनान से अनुभा चौधरी को फ़ोन करेंगे पर रास्ते में मिसेज सिंह ने रोक लिया। दरअसल उनके घर के ड्रेन पाइप में दिक़्क़त आ गयी थी और फ़ोन करने के बावजूद प्लम्बर नहीं आ रहा था। डॉक्टर साहब जानते थे यदि विनय काम को हाथ में लेंगे तो प्लम्बर दौड़ा आयेगा। उन्हें साथ लेकर जैसे ही विनय ऑफ़िस में दाखिल हुए वहाँ पहले से बैठे मेंबर्स के बीच भी अनुभा चौधरी के लेख की चर्चा चल रही थी। अब तक वे सब जान चुके थे कि यह पत्रकार उनके यहाँ की नयी किरायेदार है।

"भई! विनय किसी सण्डे, शाम इनका छोटा-मोटा स्वागत कर लो मैडम का। अख़बार में लिखती-विखती हैं, कोई काम पड़ेगा ही।"

"हो सके तो भाषण-वाषण...।"

सोसाइटी के प्रेसिडेण्ट और ट्रेज़रार एक सुर में बोले। विनय महसूस कर रहे थे अनुभा कितनी जल्दी यहाँ स्टार बन गयीं। उनके मन ने राहत की साँस ली

कि अब पाहवा जी जैसे लोगों की भी सन्तुष्टि हो जायेगी। विनय ने सोचा सण्डे के कार्यक्रम की पूरी रूपरेखा बनाकर ही अनुभा से उनके घर मुलाकात करना ठीक रहेगा।

"अनुभा जी! क्या बताऊँ कल आपके लेख की कितनी बधाइयाँ मैंने बटोरीं। आज बधाई की पोटली साथ बाँध के लाया हूँ।"

"विनय जी! यह तो मेरा काम है" अनुभा ने बेहद संकोच से कहा।

"नहीं अनुभा जी! आप बहुत ज़िम्मेदारी से अपना काम कर रही हैं।"

"आप बधाई की पोटली थमा रहे हैं और कल से अख़बार के सम्पादक मुझे बता रहे हैं कि कितने लोग उस लेख को पढ़कर बौखलाये हुए हैं। "

"अच्छा? मुझे तो एक भी आलोचक नहीं मिला आपका।"

"दूसरा पक्ष आपके सामने खुल ही कहाँ पाया है विनय जी। आपके इर्द-गिर्द कहाँ हैं वे लोग? मेरे विचार को आरोप समझकर अभी बहुत छींटाकशी होगी, आप देखियेगा।" अनुभा ने कहा।

"ठीक कह रही हैं, धर्म और सम्प्रदाय-विशेष की सो कॉल्ड आस्थाओं के गढ़ को छू लीजिये ज़रा-सा, जमाना दुश्मन हो जाता है। "

"विनय जी! मेरा झगड़ा धर्म से नहीं, इन्सान को इन्सान का विरोधी बनानेवाली सोच से है।"

''अनुभा जी को डर नहीं लगता क्या?''- विनय के मन में सवाल उठा। अचानक विनय को सण्डे के कार्यक्रम की याद हो आयी। बहुत मना करने के बाद विनय, अनुभा को मनाने में सफल हो गये। दिन बीते और जैसाकि विनय को उम्मीद थी कार्यक्रम बहुत अच्छा रहा। अनुभा चौधरी ने न केवल सभा को सम्बोधित किया बल्कि अपने निजी जीवन को उदाहरणस्वरूप पेश करके लड़कियों का हौसला बढ़ाया। कार्यक्रम के बाद काफ़ी देर तक लड़कियाँ उन्हें घेरे रहीं। हर सभा के सम्पन्न होने के बाद का ज़रूरी हिस्सा होता है उपसभा का- जहाँ कार्यक्रम के अच्छे-बुरे पक्षों की अदालत बैठती है।

"कितनी धाकड़ औरत है। अपने दम पर, अकेली, अपने शहर से दूर रहती है और मज़े से अपना काम करती है।" मिसेज कालरा ने कहा।

"मज़े तो हैं ही। न पति ,न बाल-बच्चे। न कोई ज़िम्मेदारी। हमें भी ऐसा सुख मिल जाये तो हम भी कोई काम कर लें पर हमारी ऐसी क़िस्मत कहाँ।" मिसेज सिंह बोलीं।

मिसेज कालरा और मिसेज सिंह की बात विनय के कानों में भी पड़ी और उसके बाद कुछ महिलाओं का ठहाका भी हवा में गूँजा जिसे सुनकर विनय का

मन कसैला हो गया। इस ठहाके में आस-पास मौजूद कुछ पुरुषों की हँसी भी शामिल थी। विनय के मन ने कहा कितना भी भला सोचो प्रतिक्रिया इतनी ख़राब क्यों होती है? उन्होंने शुक्र मनाया कि अनुभा इन बातों को सुनने से पहले विदा ले चुकी थीं।

कुछ दिनों बाद बैंक जाने से पहले विनय अपनी बाल्कनी में सुबह की ठण्डी हवा का लुत्फ़ उठा रहे थे। हवा-मौसम के बदलने की रफ़्तार का साफ़ संकेत दे रही थी। सर्दियों के आने की आहट हवा में एक ख़ास तरह की नमी घोल देती है जिसका स्पर्श बदन को बहुत मुलायम अन्दाज में सहलाता है और चेहरे पर ताजगी खिल जाती है। विनय का स्वभाव मौसम के मिज़ाज से जुगलबन्दी कर ही रहा था कि अचानक फ़ोन ने सारी तन्मयता छीन ली।

"साहब! जल्दी से गेट पर आ जाइये। यहाँ कुछ लोग आये हैं। किसे रोकूँ, किसे जाने दूँ समझ नहीं आ रहा।"

गार्ड रामबीर की बात सुनकर विनय चिन्तित हो गये।

"तुम उन्हें वहीं रोको, मैं आता हूँ।" कहकर विनय ने बनियान और पायजामे की अपनी घरेलू पोशाक पर घर से निकलते हुए एक शर्ट पहन ली। विनय को देखकर रात की पाली के सभी गार्ड थके होने के बावजूद मुस्तैद हो गये। विनय ने देखा गेट के बाहर वाकई कई लोग थे जिनमें महिलाएँ भी थीं।

"कहिये कैसे आना हुआ?"

"कुछ बात करने आये हैं। " भीड़ में से एक आदमी आगे आया।

"अरे आप गुप्ता जी! मैं तो जानता हूँ आपको। आप तो गुलमोहर अपार्टमेण्ट्स में रहते हैं न? हमारे बैंकवाले श्रीवास्तव जी के यहाँ। आइये-आइये। कुछ लोग अन्दर आ जाइये ऑफ़िस में, गेट पर भीड़ न लगाइये।" विनय ने आदर से उन्हें बुलाया।

'आपने ठीक पहचाना। " गुप्ता ने कहा।

"क्या हुआ गुप्ता जी?"

"तुम्हारे यहाँ कोई औरत आयी है...अनुभा चौधरी?"

''हाँ, बिलकुल।"

"बस उसी से मिलना है।"

"अरे! ज़रूर मिलिये। बड़ी अच्छी महिला हैं।" गार्ड के फ़ोन से विनय के दिमाग़ में हलचल मचाती चिन्ता की रेखाएँ शान्त हुईं। वे अनुभा के प्रशंसकों के आने पर ख़ुश दीखने लगे।

"हाँ तो मिलवाइये न उनसे।" गुप्ता जी ने कहा।

विनय उन लोगों को संग लिये अनुभा के घर की ओर बढ़े। कुछ लोग गेट पर ही छूट गये। गुप्ता जी से बातचीत करते हुए विनय सोच रहे थे कि यह लोग भी हमारी देखा-देखी अनुभा चौधरी का कार्यक्रम अपने यहाँ रखवाने की सोच रहे होंगे। पहले भी कुछ कार्यक्रमों की नक़ल करते रहे हैं। उनके मन ने कहा यह श्रीवास्तव भी न...कोई बात नहीं पचती इसके पेट में।

"आज इतनी सुबह-सुबह विनय जी! कोई ख़ास बात?" दरवाज़ा खोलते ही अनुभा ने चौंकते हुए पूछा।

"कुछ नहीं बस यह लोग आपसे मिलना चाहते हैं...यहीं पास ही की सोसाइटी के हैं।"

"जी कहिये" कहते हुए अनुभा ने उन्हें आदर से अन्दर बुलाया।

गुप्ता जी और उनके साथ आये लोग जब कमरे के भीतर आ गये तो उनमें से एक ने बड़े अजीब अन्दाज़ में कहा–"तुम ही हो अनुभा चौधरी?"

"जी।"

एक और स्वर गूँजा–"तुम ही लिखती हो अख़बार में?"

"हाँ मैं ही लिखती हूँ।"

अनुभा का यह स्वीकारना था कि उनमें से एक महिला ने आगे बढ़कर एक थप्पड़ अनुभा के गाल पर जड़ दिया।

अनुभा अचानक हुए इस हमले का कोई बचाव नहीं कर पायी। विनय एक़दम सन्न रह गये। सारी इन्द्रियाँ जैसे जड़ हो गयीं। एक पल के बाद जब उनकी चेतना लौटी तो उन सब लोगों को हटाते वे अनुभा के साथ आ खड़े हुए और बोले–

"यह क्या बदतमीज़ी है? शर्म आनी चाहिए आप लोगों को।"

"शर्म तो हम इसे सिखाने आये हैं। हमारी संस्कृति और सभ्यता के बारे में कितना ज़हर उगला है तूने। लिखती है हमारे पूर्वज गऊ खाते थे। हमारे रीति-रिवाजों को पाखण्ड कहती है। कहाँ दिख रही है तुझे देश में संस्कृति के नाम पर गुण्डागर्दी? धर्म की दुकानें?" अनुभा के घर में आये तूफ़ान की लहरें शोर के साथ ऊँची उठती ही चली जा रही थीं।

"लिखती है हमारे साधु-सन्त ढोंगी हैं। हमारे त्योहारों को ढकोसला बताती है। बता क्या जानती है करवाचौथ और नवरात्र के बारे में? तू...तू समझायेगी हमें संस्कृति के मायने? मुसलमानों की दलाल।" महिला और पुरुष दोनों स्वरों में एक-दूसरे से अधिक चीख़ने की होड़ लगी थी।

"देशद्रोही कहीं की...निकाल बाहर करो इसे।"

इन शब्दों के साथ उस स्वर ने अनुभा के मुँह पर आज का अख़बार उछाला जिसमें 'हिन्दू धर्म की जकड़न' विषय पर उसका लेख छपा था। एक ज़हर बुझा तीर अनुभा को बेतरह घायल कर गया।

"इसी पेन से लिखती है न? यह ले-ले अब लिखना देश की संस्कृति के विरोध में।" दाँत पीसते हुए किसी ने यह कहकर मेज़ पर रखी अनुभा चौधरी की कलम को बेरहमी से ठोककर तोड़ डाला।

अनुभा को लगने लगा उसका पूरा वजूद अपमान की स्याह सिलवटों में डूब रहा है। विनय के हाथों के बने सुरक्षित घेरे को बेधकर अनुभा सामने आयी।

"निकल जाइये इसी वक़्त आप लोग यहाँ से...इसी वक़्त।"

अपमान के तीखे नश्तरों ने गहरा प्रहार किया था पर अनुभा की दृढ़ छवि को ज़ख़्मी नहीं कर पाये थे। जाती हुई भीड़ के चेहरे पर दम्भ से भरा विजयोल्लास चमक रहा था। वे जाते-जाते अनुभा के ख़िलाफ़ देशद्रोह के नारे लगा रहे थे–"होने न देंगे अत्याचारों को, भेजो बाहर गद्दारों को।" अपने किये पर पीठ ठोकती भीड़ में से एक ने अनुभा के गलियारे में सजी नृत्यांगना की एक मूर्ति को तेज़ लात मारकर तोड़ गिराया। आस-पास के घरों के लोग तमाशाई बने देखते रहे। भीड़ के जाने के बाद कमरे में विनय और अनुभा ही बचे थे और था एक सन्नाटा। सन्नाटे में लिपटी अपमान की सघन छायाएँ थीं जो अनुभा और विनय को एक साथ घेरे थीं। विनय अपराधी की तरह सिर झुकाए खड़े रहे। स्थितियाँ जिस तेज़ी से घटीं अब उनका कोई स्पष्टीकरण भी विनय के पास नहीं था और न थी सान्त्वना से भरे शब्दों की भाप जिससे इस विषाक्त माहौल को वे पिघला पाते। सिर झुकाकर अपने दोनों हाथ जोड़कर उन्होंने अनुभा से विदा ली।

अनुभा चौधरी के जीवन में ऐसी घटना पहली बार नहीं घटी थी पर घर में घुसकर मारने और तोड़-फोड़ का यह पहला वाकया था ऊपर से देशद्रोह का इल्ज़ाम। अनुभा सोचने लगी इस देश के बेहतर हालात के लिये उसने दिन-रात एक किये और वह देशद्रोही? कितना आसान है लोगों के लिये उसे कठघरे में खड़ा कर देना। कानून को ताक पर धर देना। किसी को भी मुजरिम बना दिया जाना और खुद का मुन्सिफ बन जाना। काफ़ी देर तक अनुभा सामने की दीवार को एकटक देखती रही फिर झटके से उठी। अनुभा ने निर्णय लिया कि इस मामले में देर करना उचित नहीं। वह किसी भी रोग को लम्बा खींचने के पक्ष में कभी नहीं रही थी। जल्द ही तैयार होकर नज़दीकी थाने पहुँची। अपना परिचय दिया और समस्या बतायी तो एस.एच.ओ. ने तवज्जो दी।

"अबे! लालसिंह कहाँ मर गया...पत्तरकार मैडम के लिये कुर्सी लगा और पानी ला।" एस.एच.ओ. ने कान्स्टेबल को आवाज़ लगायी।

"पानी नहीं चाहिए आप..." अनुभा बात ख़त्म न कर पायी कि वह बोला–

"ठण्डे हो लो मैडम जी!...आप भी न। आप तो समाज का काम ही कर रहे हो तो फिर क्यों नहीं रहते समाज के साथ मिल-जुलकर? क्या ज़रूरत पड़ी है लोगों को छेड़ने की? अच्छा लिखते हो तो कविता-कहानी लिखा करो न। जिसे पढ़कर लोगों को मजा आये। खामखां भड़का दिया उन्हें सबेरे-सबेरे।"

"आप इस मामले में क्या करने जा रहे हैं ?" अनुभा चौधरी इन समझाइशों की आदी थी और इस तंत्र से मुठभेड़ के लिये तैयार भी। अनुभा जान रही थी कि थाने में इस घटना की ख़बर पहले ही पहुँचा दी गयी है।

"आप जाओ मैडम! हम पूछताछ करेंगे। सीरियस बात हुई तो पहरे पर भी बैठा देंगे किसी को।"

"लेकिन आप कम्पलेंट तो लिखिए।" अनुभा ने जोर देकर कहा।

"वह भी लिख लेंगे...पहले तफ्तीश तो हो जाये। गुप्ता जी और आप दोनों को साथ बुलायेंगे मैडम जी। दोषी भले जो हो, छूट न सकेगा।" एस.एच.ओ. ने निहायती ठण्डेपन से कहा पर भीतर-ही-भीतर वह सचेत हो गया था। आख़िर यह देशद्रोह का मामला था।

अनुभा को जैसा अन्देशा था थाने में वही हुआ। घर आने के बाद वह शान्त न बैठ सकी। सबकी दुनिया रोज की तरह चल रही थी पर अनुभा के घर में एक बवंडर जैसे आकर ठहर गया था। पूरा घर उसकी गिरफ़्त में था। ज्योति अपार्टमेण्ट्स के लोग भी अनुभा को आते-जाते घूर रहे थे। सबकी निगाहों में अपने लिये सवालिया निशान देखकर अनुभा से रहा न गया। अपने कुछ साथियों को उसने फ़ोन किये। तय हुआ कि शाम को उसके घर बैठक होगी। इधर विनय के बैंक की हवा भी आज अनुभा के ख़िलाफ़ बह रही थी। श्रीवास्तव आज का अख़बार दिखा-पढ़ाकर अनुभा के ख़िलाफ़ लोगों को भड़का रहा था। हिन्दू संस्कृति पर ख़तरा मंडराता देख यों भी सबका सचेत होना ज़रूरी था। विनय ने आज खुद को कई जोड़ी आँखों के सवालों में घिरा पाया। आरोपों की भाषा न सिर्फ़ अनुभा की त्वचा खुरच रही थी बल्कि उसके साथ सहानुभूति रखनेवाले हर आदमी को कठघरे में खड़ा कर चाबुक मारने पर आमादा थी।

रात नौ बजे के करीब, अपने काम-धन्धों से फारिग होकर अनुभा के पुराने पत्रकार, लेखक-साथी उसके घर आ जुटे। समस्या गम्भीर थी और समाधान आसान न था। वे सभी जान-समझ रहे थे उनकी कलम के ख़िलाफ़ कार्यवाहियाँ

दिनों-दिन तेज़ हो रही हैं। उन्हें रोज़ आतंकित किया जा रहा है। उनमें से अनेक लोग अपनी राह पर चलते थक भी गये थे। कुछ टूट गये थे और बहुत से रंगीन सपने दिखाकर तोड़ लिये गये थे। जो रंगीन सपने न देखकर खुरदरी और बेरंग सड़क पर चलने की जिद्द नहीं छोड़ रहे उन्हें चुप कराने के हथकंडे लगातार इस्तेमाल किये जा रहे थे। सब ख़तरों के बावजूद आज की बैठक में कई बातों पर विचार हुआ।

"अनुभा! फिलहाल तुम्हें अकेले बिलकुल नहीं रहना है। हममें से कुछ लोग लगातार तुम्हारे साथ रहेंगे।"

"यही नहीं इस मामले की जाँच करने के लिये लोकल थाने में कम्प्लेण्ट ज़रूरी है। और इस मसले पर ख़बर बनाकर जल्द ही लगानी होगी। हो सके तो कल ही।"

"इस बार पहल नहीं की गयी तो यहाँ भी अनुभा का रहना मुश्किल हो जायेगा।"

जितने लोग थे उतने सुझाव। देर तक चली इस बातचीत ने अनुभा को अहसास करा दिया कि इस लड़ाई में वह अकेली नहीं है। धीरे-धीरे माहौल बदला और बातों का सिलसिला काम और जीवन की ओर जा निकला। इन सबके चलते सुबह उठा बवण्डर अब अनुभा को उतना विकराल जान नहीं पड़ रहा था। हल्के संगीत में देर रात तक खाना-पीना चलता रहा। अगले दिन दो-एक अख़बारों में अनुभा से जुड़ी ख़बर भी प्रकाशित हुई। ख़बर विनय ने भी पढ़ी। विनय चाह रहे थे कि इस मामले को लोग गम्भीरता से लें पर उन्होंने करीबी लोगों को टटोला तो दो-एक ने उन्हें धमकाकर शान्त रहने और कुछ ने अपनेपन से इस सबसे दूर रहने की हिदायत दे डाली। डॉ. केवल और सोसाइटी के ट्रेज़रार रोहित मलिक ने ज़रूर विनय की बात का समर्थन किया। तीनों मिलकर अनुभा के घर गये और उसके साथ होने का ढाढस बंधाकर आये।

अगले कुछ दिन शान्ति से गुज़रे। अनुभा की दोस्त पल्लवी उसके साथ रहने कुछ दिन के लिये आ गयी थी। इन दिनों अनुभा लगातार रूखी, निर्मम और कड़ी निगाहों का सामना कर रही थी। पल्लवी का होना इन सबके बीच तेज़ धूप में हल्की फुहार का एहसास लिये था। पल्लवी के साथ ने बीते कल के अपमान की स्याही को अपने बिन्दास अन्दाज़ में हल्का कर डाला था। अचानक एक रात कोई दो बजे का वक़्त होगा कि डोरबैल बजी। दोनों हड़बड़ाकर जागीं। जब तक कुछ समझ पातीं बैल दोबारा बज उठी। दोनों चौंक गयीं...इस वक़्त भला कौन हो सकता है? गार्ड ने इण्टरकॉम पर किसी के आने की सूचना भी

नहीं दी। क्या गेट पर कोई नहीं है? या कोई अन्दर ही से आया है इस वक़्त? सवालों से घिरी, अपने बालों को समेटे, मिचमिचाती आँखों से अनुभा ने लकड़ी का दरवाज़ा खोला। पल्लवी पीछे ही थी। बाहर लगे लोहे के गेट से उन्हें दो पुलिसवाले दिखायी दिये।

"क्या गोल-माल चल रहा है अन्दर?" उनमें से एक ने पूरी हेकड़ी से पूछा।

"मतलब?" अनुभा अचानक कुछ समझ न पायी।

"मतलब कि ग़लत धन्धा चल रहा भीतर। पक्की ख़बर है हमारे पास...गेट खोल और देखने दे कौन-कौन बिठा रखा है अन्दर? शरीफ लोगों की आड़ में कॉलगर्ल का रैकिट चलाती है।" दूसरे का चेहरा खुर्दबीन की तरह गेट की जाली से सब सुराग बाहर निकाल लाने को बेताब था। दोनों के चेहरों पर एक अजीब-सी उत्तेजना चस्पां थी। अनुभा के साथ पल्लवी भी सकते में आ गयी। इतना भद्दा इल्ज़ाम? दो क्षण के मौन के बाद पल्लवी अपने चैनल का आई. कार्ड लेकर आयी। पुलिसवालों की हेकड़ी के आगे दोनों चट्टान-सी तन गयीं। ख़ूब जिरह हुई और दोनों ने ग़लत इल्ज़ाम की शिकायत ऊपर करने की धमकी दी। अनुभा के फ़ोन पर विनय भी तुरन्त दौड़े आये। आख़िरकार पुलिसवालों ने माफ़ी के रूप में भोला सुधार करते हुए कहा–

"हम क्या करें? हमें तो यही सूचना मिली थी कि यहाँ धन्धा चल रहा है।...हमें क्या पता? हमारा काम तो हुकम बजाना ठहरा।" कुछ न मिल पाने की निराशा और एक नहीं दो-दो पत्रकारों और सोसाइटी के सेक्रेटरी से सामना होने की खीज में दोनों पुलिसवाले स्पष्टीकरण देने लगे। आस-पास के फ़्लैट से कोई नहीं निकला। पुलिसवालों और विनय के जाने के बाद अनुभा सारी रात सो न सकी। उसके भीतर एक ज्वालामुखी सुलग रहा था। भीतर तक चीरनेवाली झटपटाहट में वह लगातार कमरे में चक्कर लगा रही थी। बाहर से उठते चले आ रहे खंजर अपना अचूक निशाना बाँधे थे और भीतर उन्हें रोकनेवाली कोई ढाल नहीं थी। आज रात उस पर जाने-अनजाने एक हमला किया गया था। हमला जो सदियों से किसी भी औरत पर सबसे आसान और पुख़्ता हथियार से किया जाता है। जो बेवजह बड़ी सफाई से औरत को बदचलन करार कर देता है। हर उस औरत को तोड़ने के लिये एक हमला जो समाज की अमरबेलों के आगे चुनौती बनकर खड़ी हो जाती है। अनुभा पहले देशद्रोही और अब चरित्रहीन भी बना दी गयी। चरित्रहीन बनाकर उसे ख़त्म करना दक़ियानूसी समाज की नज़र में बेहद आसान था मानो चरित्र न हुआ रेत का ढेर हो जो उँगली से छूते ही भरभराकर ढह जायेगा।

"नहीं पल्लवी...बहुत हुआ, अब यह सब बर्दाश्त के बाहर है। हमें जबरन घेरने की कोशिशें तेज़ हो रही हैं। अब इस ख़बर को मीडिया की सुर्ख़ियों में लाना ही होगा।"

"तुम फ़िक्र न करो अनुभा...हम भी अपनी कोशिश करके देखेंगे। यह सच है कि विरोध और विचार को पचाने का लोगों का हाजमा कमज़ोर हो चला है इसीलिये साज़िशें कीं और करवायी जा रही हैं।"

"देख रही हो न पल्लवी! हमारे जनतन्त्र की हालत? लिखने-बोलने पर ही क्यों पहनने-ओढ़ने,खाने-पीने की आज़ादी पर भी तो लोग भड़कने लगे हैं। व्यक्ति के यह हक़ अब क्या भीड़ तय करेगी? लोगों को यह अघोषित आपात्काल क्यों दिखायी नहीं देता?"

"कहाँ है आपात्काल अनुभा? आराम से उठिये, काम पर जाइये, खाना खाइये, टी.वी. देखिये, इश्क-मोहब्बत कीजिये, सैर-सपाटा-ख़रीदारी कीजिये, लम्बी तानकर सो जाइये- कहाँ है आपात्काल? पर आप जब बोलते हैं, सोचते हैं,सवाल करते हैं तब यक़ीन जानिये दुनिया वैसी नहीं रहती।"

दिन के उगने के साथ कई अख़बारों और चैनल्स को इस घटना की पूरी डिटेल के साथ इत्तला कर दी। यही नहीं अनुभा ने विनय के कहने पर अपनी सुरक्षा को लेकर चिन्तित होते हुए एक ख़त ज्योति की वेलफ़ेयर कमेटी को भी लिखा। उसे पूरा विश्वास था विनय के वहाँ होने से सहयोग ज़रूर मिलेगा। मज़बूत इरादोंवाली अनुभा ने आज सुबह ही हवा में एक तल्खी भाँप ली। आस-पास के लोगों को कल रात की घटना की भनक लग चुकी थी और वे बिना सच जाने अनुभा को सन्देह भरी निगाहों से घूर रहे थे। थोड़ी ही देर में कुछ पत्रकार अनुभा चौधरी और पल्लवी से रात की घटना के सन्दर्भ में बातचीत करने आ पहुँचे। मामला गर्मा रहा था। अनुभा दृढ़ता से सब बातों का माकूल जवाब देने के बाद पल्लवी के साथ थाने की ओर चल दी।

"ठीक है श्रीवास्तव साहब! कोई टेन्शन नहीं। यह सब हमारा रोज़ का काम ठहरा।"

थाने का एस.एच.ओ. बाहर ही गुप्ता, श्रीवास्तव और किसी नेतानुमा आदमी से बतियाता उन्हें गाड़ी तक छोड़ने आया था। गुप्ता और श्रीवास्तव ने हिकारत-भरी निगाह अनुभा पर डाली और पल्लवी को कुछ अजीब-सी नज़र से घूरा। इससे पहले कि अनुभा कुछ कहने पाती वे तीनों रुखसत हुए। एस.एच.ओ. किसी अर्जेण्ट काम का हवाला देकर तुरन्त निकल गया। वहाँ मौजूद एस.आई. ने दोनों से कल रात का वाकया सुनकर तुरन्त ग़लती स्वीकारी और मामले को रफ़ा-दफ़ा

करने की कोशिश की पर अनुभा आज कम्प्लेण्ट लिखाये जाने पर अड़ी रही। हारकर थानेदार ने अनुभा की कम्प्लेण्ट रजिस्टर की। पल्लवी ने ज़ोर देकर अनुभा के साथ घटी पिछली वारदात के बारे में हुई कार्यवाही की बाबत थानेदार से पूछा तो उसने कन्धे झटकारे और बोला–

"तफ़्तीश में समय लगता है मैडम।"

कहकर उसने एस.एच.ओ. पर सारी ज़िम्मेदारी डाल दी और मामले से तुरन्त अलग हो गया। घर लौटते समय पल्लवी अपने परिचितों और रसूखवाले कुछ लोगों से इस मामले को लेकर सम्पर्क करती रही। परेशान अनुभा सामने की ओर देखकर ड्राइव करते हुए सोच के महीन रेशों में उलझी हुई थी। उसकी आवाज़ को कैद करने की कवायदें जारी थीं। वह कोरी भावुकतावाली कोमल कल्पनाओं का संसार बुने तो ठीक कोमल से कठोर की ओर बढ़ेगी तो चकनाचूर कर दी जायेगी।

शाम को ज्योति की एग्ज़ीक्यूटिव के लिये सदस्यों की भीड़ जुटनी शुरू हुई। विनय गौर कर रहे थे हर बार इन मीटिंग्स में ऐसी भीड़ तो तभी आती थी जब कोई फैसलाकुन मीटिंग हो और वोटिंग की नौबत आ जाये या पहले से तय बात मनवानी हो। अगले ही पल मन के संशय को उन्होंने धिक्कारा भी। एहतियातन डॉ.केवल को फ़ोन किया पर पता चला कि वे किसी ख़ास काम से कुछ रोज़ के लिये शहर से बाहर हैं।

"देखिये! वे हमारे यहाँ की सम्मानित महिला हैं, हमें उनकी सुरक्षा की ज़िम्मेदारी लेनी ही चाहिए।"

विनय के साथ सोसाइटी के ट्रेज़रार रोहित मलिक ने समर्थन स्वरों को टटोला पर वहाँ आत्मीयता और समझदारी की जगह रोष ने सिर उठाया। सब जैसे अनुभा के प्रति विनय के सहानुभूतिपूर्ण शब्दों की ताक में बैठे थे।

"हम क्यों लेंगे उसकी ज़िम्मेवारी?...हमारे धर्म, रीति-रिवाजों को गलियाती है। इतनी दिक़्क़त है तो चली जाये दूसरे देश वहाँ सब आरती उतारेंगे इसकी। यहाँ चुप रहा नहीं जाता, वहाँ बोलकर देखे।" प्रेसिडेण्ट की आवाज़ गरजी। यह आवाज़ विनय को चुप कराने के लिये गरजी थी। सब जान रहे थे अनुभा चौधरी का असली हिमायती विनय ही था।

"याद कीजिये, आप ही लोगों ने उनका सम्मान किया था...आज इतनी जल्दी सब बदल गया?"

"वह तो इसलिए मिस्टर विनय कि हमारे काम आयेगी पर यह तो...जो औरत अपने धर्म की सगी नहीं हुई किसी के क्या काम आयेगी? ऐसी दोग़ली को यहाँ

रहने का क्या हक़ है प्रेसिडेण्ट साहब?" एक एग्ज़ीक्यूटिव मेम्बर ने तीखी नफ़रत से कहा।

"छोड़िये न विनय जी! आप किन चक्करों में पड़ रहे हैं? कल फिर कोई दल-वल आ गया तो किस-किसको रोकेंगे?" वाइस प्रेसिडेण्ट चौहान जी ने मुलायमियत से भरकर कहा पर उनकी सख़्त नज़र रोहित मलिक से क्षण भर भी न हिली।

"उस रात को पुलिसवाली बात...कौन जाने सच ही हो। हमारी लड़कियाँ इसके रंग-ढंग में बहें इससे पहले ही इससे फ़्लैट खाली करवाया जाये।" तीन महिला एग्ज़ीक्यूटिव स्वर भी अनुभा चौधरी के विरोध में उठे।

"एग्ज़ीक्यूटिव को यह हक़ किसने दिया कि किसी को रखे या निकाले... मकान-मालिक का फैसला है और उसका एग्रीमेण्ट है किरायेदार के साथ।" विनय अपनी बात पर अड़े रहे।

"क्या बात है विनय साहब! आप बड़ा इण्टरेस्ट दिखा रहे हो? और आप भी रोहित जी? आपको क्या हुआ है? चक्कर क्या है?" पाहवा ने अपना अचूक बाण निकाला। कई चेहरों पर एक साथ एक भद्दी मुस्कान तैर गयी। विनय अवाक रह गये। एक निर्भीक आवाज़ की रक्षा के लिये उनके भीतर उमड़ते सवालों पर न सिर्फ़ झटके से दराँती चला दी गयी बल्कि उनके चरित्र को भी कठघरे में खड़ा कर दिया। पाहवा का निशाना ठीक जगह लगा। एक सहज आदमी मर्म पर प्रहार झेलकर टूटकर बिखर जाये, चुप हो जाये या फिर अपने बचाव के रास्ते खोजने में उसका मूल मुद्दा ही धुँधला जाये। रोहित मलिक ने मन में पाहवा को एक भद्दी गाली दी। स्थिति चन्द सैकेण्ड में उनके हाथ से निकल गयी। विनय आहत हुए पर चुप नहीं–

"क्या किसी को असहमति का कोई हक़ नहीं है? क्या किसी की असहमति के कारणों को जानने का धैर्य भी हमने खो दिया है? अजीब हालत है। हमारी संस्कृति ने तो बहुत-सी विदुषियों को सम्मानित किया है। आप अपनी जिस संस्कृति की दुहाई दे रहे हैं वहाँ सीता, मीरा जैसी असहमत और राधा जैसी उन्मुक्त स्त्री के लिये भी सम्मान है। उनकी बात जानें भी दें तो इतिहास में हमें और भी बहुत-सी ऐसी..."

"बस-बस, इतिहास पर लैक्चर सुनने नहीं आये हैं और वह क्या करेगी हमारी सीता-राधा की बराबरी ? पुलिस क्या यूँ ही आ जाती है घरों में? बन्द करो अपनी बकवास...अब उसे यहाँ से निकालने की तरकीब सोचो। अजीब हाल बना रखा है जिसे देखो मुँह उठाये देश और उसकी पवित्र संस्कृति को गलिया रहा है।" शर्मा जी बोले तो कई सिर उनके समर्थन में हिले।

मीटिंग में पूरी बेशर्मी के साथ विनय और रोहित को चुप करा दिया गया था। अब विनय किस मुँह से अनुभा चौधरी को उम्मीद दिलाते? विनय घर लौटे तो प्रीति कुछ कहने को आगे बढ़ी ही थी कि विनय का मायूस चेहरा और थके हुए कन्धे देखकर चुप रह गयी। कुर्सी पर अपने निढाल शरीर को सौंपकर विनय ऑफ़िस की घटना पर सोचने लगे। वह जान रहे थे अनुभा चौधरी धधकते ज्वालामुखी के आगे एक मामूली ज़र्रा है। ज्वालामुखी जो भीतर-ही-भीतर रहस्य की तरह लावा और आग सुलगा रहा है। रहस्य जो न जाने कब मूर्त रूप ले लेगा। सारा माहौल अनुभा के लिये एक मकड़जाल बुन रहा है। उसे नेस्तनाबूद करने की सारी कवायदें जारी हैं। वह लिखना तो दूर, कलम उठाने से कतराये। सोचना तो दूर, हमेशा आतंक में घिरी रहे। साहस से आगे आना तो दूर आत्मरक्षा के तरीकों में क़ैद करके ख़त्म कर दी जाये।

विनय की ओर से किसी भी तरह की कोई सूचना न पाकर अनुभा ने अपनी सहज बुद्धि से इस चुप्पी का अनुमान लगा लिया। मदद की एक आवाज़ को किन चतुर तरीक़ों से ख़ामोश किया गया होगा अनुभा समझ पा रही थी। आज की शाम उसे बेहद अकेला कर गयी। अगली सुबह अनुभा ने बहुत उम्मीद के साथ अख़बार उठाये। उसे लग रहा था इस घटना को लेकर हलचल मच जायेगी पर अख़बार देखकर वह हैरान रह गयी। उससे जुड़ी ख़बर एक छोटे से हिस्से में सरका दी गयी थी।

“क्या ख़बर तभी बनेगी जब किसी की जान जायेगी?”

पल्लवी चुप न रही और अख़बारों के उन पत्रकारों को फ़ोन करके इस मजाक की वजह पूछने लगी।

अनुभा देर तक शान्त रही। तीखे सच का सामना करनेवाले इन दिनों में उसे एक हैरानी और होती थी कि पहले बुरे-से-बुरे वक़्त में भी लोग असहमतियों का सम्मान किया करते थे। चाहे मन्त्री हों, संस्थाएँ या कोई और। उसकी कलम कभी काँपी न थी और उसके तल्ख़ विचारों पर विरोधियों ने भी अभिमान किया था पर आज हर असहमत, दुश्मन बनाकर अकेला किया जा रहा है। कितने ही दोस्तों के अनुभवों ने बताया था कि अब इस पेशे में पहले जैसी आज़ादी नहीं रही। शासन-प्रशासन के आँख-नाक-कान इन दिनों काफ़ी चौकन्ने हैं। हत्यारे समय ने शब्दों पर पहरेदार बिठा दिये हैं। अनुभा सोचती यह कैसा आजाद देश है जहाँ गुलामी की जंजीरें हर मोड़ पर खड़ी हैं। इन सब निराशाओं में राहत की बात यही थी कि अब भी अनुभा जैसे लोग बाक़ी थे। जो होगा देखा जायेगा-ऐसा सोचकर और सब बातों से ध्यान हटाकर अनुभा ने अपने कॉलम के लिये नया लेख ‘धर्मसत्ता और स्त्री’ लिखने का मन बनाया। डेडलाइन नज़दीक थी।

अगले दिन बैंक से आकर विनय, अनुभा से जुड़े सारे घटनाक्रम पर सोच ही रहे थे कि बाहर से घर में दाखिल हुई प्रीति ने दो-टूक कहा–

"अब तो ख़त्म हो यह क़िस्सा। मामूली किरायेदार ही तो है। सब लोग कहेंगे तो चली जायेगी। यहाँ सोसाइटी में हमें शान्ति भी तो चाहिए।"

"क्या सिर्फ़ शांति की ज़रूरत होती है समाज को और किसी चीज़ की नहीं?" विनय समझ गये इशारा कहाँ है। एक घर जो अनुभा के लिये हमदर्दी रखता था वहाँ भी आज उसके लिये नाराज़गी थी।

"समाज का ठेका अकेले तुमने ले रखा है? बाक़ी लोग बेवकूफ हैं क्या?" प्रीति चुप न हुई।

"इसमें ठेके की क्या बात है? मैं भी तो समाज में रहता हूँ। तुम भी तो रहती हो। सबसे बड़ी बात तो यह है कि क्या अनुभा अपने तरीके से लिख-पढ़ नहीं सकतीं? रही बाक़ी लोगों की बात उनमें भी सही सोच रखनेवाले हैं पर सामने आने से डरते हैं।"

"मैं यह सब नहीं जानती लेकिन इतना जान गयी हूँ कि कल को तुमने उसका साथ दिया तो हमारा यहाँ रहना मुश्किल हो जायेगा। उसका क्या है वह तो किरायेदार है, हमें तो यहीं रहना है। बस अब तुम अपने लोगों से मिलकर रहो... पहले की तरह। एक चुप सौ को हराये।"

"प्रीति! कम-से-कम तुम तो ऐसी बात न करो...तुम तो हर मुसीबत में हौसला बनकर मेरे साथ रही हो। याद करो जब हमारी माँगों को लेकर बैंक की लम्बी हड़ताल चली थी।" विनय ने याद दिलाया।

"वह तो नौकरी की बात थी।"

"बात नौकरी की नहीं थी...अन्याय की थी।"

"होगी पर उस औरत की वजह से हम क्यों मुसीबत में पड़ें? उसकी वजह से हम बुरे बन रहे हैं।"

"यह तो वही बात हो गयी कि समाज में अच्छे लोग हों, सोचनेवाले हों, काम करें पर हमारे आस-पास न रहें।"

विनय कल की मीटिंग में जो न बोल पाये थे प्रीति के सामने उन बातों को कहकर उन्हें ज़रा-सी राहत मिली। शाम ढल रही थी। आसमान हर हरकत से परे विनय को अपनी तरह उदास लग रहा था।

आज पूरा मन बनाकर अनुभा ने लेख पर काम करना शुरू कर दिया। लेख की आधारभूमि यही थी कि समाज में धर्म चाहे कोई भी हो उससे कोई फ़र्क नहीं पड़ता। हर कट्टरपन्थ और कठमुल्लापन के आगे औरतों की स्थिति एक-सी ही

है। पिछले कुछ दिनों में अपने तैयार किये नोट्स अनुभा की मेज़ पर फैले थे। आज अनुभा घर में अकेली थीं। पल्लवी को किसी ख़ास रिपोर्टिंग के लिये बाहर जाना पड़ा था और दोस्तों के बहुत कहने के बावज़ूद अनुभा ने आज किसी को घर नहीं बुलाया था। स्क्रीन के आगे बैठकर उसकी आँखें भी भारी हो चलीं। एक ही मुद्रा में बैठने से गर्दन और कन्धों में भी अब दर्द होने लगा। भूख-सी महसूस हुई तो अनुभा हाथ से गर्दन सहलाती रसोई की तरफ़ बढ़ी। आधी रात का समय था। कुछ बनाने की बजाय फ़्रिज़ में रखे सुबह के पुलाव और दही को थाली में लिये वह ड्राइंग-रूम तक आयी तो देखा घर के बाहर की स्ट्रीट लाइट गुल है। अनुभा ज्यों ही पर्दे सरकाकर बाहर देखने को बढ़ी उसे कुछ फुसफुसाहटें सुनायी पड़ीं। ऐसा महसूस हुआ बाहर कुछ लोग थे। इतनी रात को? इस वक़्त? मेरे घर के ठीक बाहर? आख़िर क्यों? अनेक सवालों के साथ पर्दे की ओर बढ़ी अनुभा तुरन्त सावधान हो गयी। सबसे पहले उसने दरवाज़े की चिटकनी और ताले का मुआयना किया। भागकर पीछे के गेट को चेक किया। भागते-भागते इधर-उधर हो चुके मोबाइल और टार्च को हाथों की गिरफ़्त में लिया। जब तक वह सँभलने पाती बाहर शीशा टूटने की तेज़ आवाज़ आयी। इससे पहले अनुभा चीख़ती, भागते क़दमों की आवाज़ उसने सुनी। धड़कते मन से हिम्मत करके अनुभा ने पर्दा हटाया और टार्च से बाहर की ओर देखा। बाहर उसकी गाड़ी अपनी जगह खड़ी थी। अनुभा को समझने में देर न लगी कि शीशा उसी की गाड़ी का तोड़ा गया है। ज्यों ही अनुभा ने बाहर की लाइट जलाकर लकड़ी का दरवाज़ा खोला बाहर काली स्याही से फ़र्श भीगा था। जाली का दरवाज़ा स्याही से तर था जिसके छींटे लकड़ी के दरवाज़े पर भी थे। एक क्षण के बाद मदद या गुहार लगाने की बजाय अनुभा ने अपने थके दिमाग़ और शरीर को सोफ़े पर धकेल दिया। खाना थाली में यों ही छूट गया। शब्दों के प्रहार अनुभा ने पहले भी झेले थे पर आज स्थितियाँ भिन्न थीं बल्कि अबूझ थीं। हमला हो रहा था पर बेशक्ल था। अनुभा को लगने लगा जैसे उसके चारों ओर भयानक अँधेरा रचा जा रहा है जहाँ उसे कुछ दिखायी न दे। वह लड़खड़ाए और अँधेरा उसे दबोच ले। हमलावर नयी साजिशों के साथ थे। उनके न चेहरे थे, न आवाज़ें पर हर जगह उनके रचाये खौफ के निशान थे। बहुत-सी फुसफुसाहटें थीं जो अनुभा के सामने आने से पहले खौफ़ रचकर किसी अदृश्य खोह में समा जाती थीं। एक बड़ा खेल चल रहा था अनुभा को परास्त करने का। अचानक अनुभा डगमगाते क़दमों से मेज़ के पास आयी। पानी से भरा गिलास उठाया और एक ही क्षण में उसे खाली कर दिया। कुर्सी सरकाई और बहुत हिम्मत के साथ उस पर बैठी। कँपकँपाते हाथों को साधकर फिर से लेख

लिखना शुरू किया। समय घड़ी की सुइयों से परे जा बैठा। एक जुनून में अनुभा लिखती चली गयी।

"तो क्या सोचा है आपने विनय जी?" अगले दिन बैंक से घर लौटने पर विनय को सोसाइटी के ऑफ़िस के बाहर उसके इन्तज़ार में खड़े ज्योति के मेंबर्स मिले।

"सोचना क्या है इसमें?"

विनय ने साफ़-साफ़ कहा। अब तक उन्हें अनुभा के संग घटी घटना की ख़बर प्रीति के फ़ोन से मालूम पड़ गयी थी और उनके भीतर गुस्सा उबल रहा था। उन्हें पूरा शक था हमला अन्दर से ही किसी ने करवाया है।

"या तो आप इस्तीफ़ा दो या उस औरत को निकलवाओ फ़्लैट के मालिक से बात करो। आपकी तो सीधी बातचीत है।" पाहवा ने उन्हें अल्टीमेटम देते हुए कहा जिस पर सभी की मौन और मुखर स्वीकृति थी।

"मैं क्यों दूँ इस्तीफ़ा? बाक़ायदा चुनाव लड़कर आया हूँ और मैंने इतने साल सोसाइटी को अपना समय दिया उसके कोई मायने नहीं।"

पिछली मीटिंग में दबाव डालकर चुप करा दिये गये विनय आज ख़ामोश न रहे।

लोग आज भी कोई बात सुनने को तैयार नहीं थे। धैर्य अब उनके शब्दकोश का हिस्सा नहीं था। वे विनय के अब तक किये कामों को भूलकर गाली-गलौज पर उतर आये। पाहवा तो हाथापायी पर भी उतर आता लेकिन विनय ने उससे बात तक नहीं की। रोहित ने पूरा जोर लगाकर जैसे-तैसे पाहवा को रोका। लोगों की घेराबन्दी को अपने आत्मविश्वास से तोड़कर विनय घर में घुसे तब तक प्रीति को गेट पर घटी इस घटना की सूचना आगे रहनेवाली उसकी सहेली ने इण्टरकॉम पर दे दी।

"वह जैसा चाहते हैं तुम वैसा कर क्यों नहीं देते? मैं कुछ नहीं जानती बस तुम अभी, इसी वक़्त इस्तीफा दे दो और शान्ति से रहो। पाहवा का लड़का इतना बदमाश है, प्रापर्टी डीलर है या जाने क्या काम करता है? और तुम हो कि पाहवा से सीधा उलझ रहे थे।"

विनय के घर में घुसने की देर थी कि प्रीति ने सवाल खड़े कर दिये। गुस्से में होने के बावज़ूद प्रीति बेहद डरी हुई थी।

"बात उलझने की है ही नहीं, समझने की है जिसे तुम नहीं समझ रही हो।"

"मैं समझ रही हूँ विनय! पर तुम भी समझो। कल को हमारे बच्चे बाहर निकलेंगे उन्हें कुछ हो-हवा गया तो कौन होगा जिम्मेदार? और तुम पर ही किसी ने कुछ...हमारा क्या होगा विनय? यह तो सोचो? मेरी मानो तुम आज ही इस्तीफ़ा

दे दो।" प्रीति की आवाज़ रुँधने लगी।

"ऐसे कैसे दे दूँ इस्तीफ़ा? मेरी ग़लती तो बतलायें ? कोई नियम-कायदा है कि नहीं? जब कोई अच्छा न लगे उस पर हमला कर दो। किसी की बात पसन्द न आये तो उससे इस्तीफ़ा ले लो।"

"देखा न अभी नियम-कायदा। कितनी बदतमीज़ी से तुमसे बात की गयी। कल को जाने और क्या हो?" प्रीति के भय की वजहें बेहद साफ़ थीं। ख़तरा उसे घर के दरवाजे पर खड़ा दिखायी दे रहा था।

"क्या अकेले आदमी की लड़ाई, लड़ाई नहीं होती प्रीति? अकेला आदमी झुंड में घिर जाये तो क्या उसे अपने लिये आवाज़ उठाने का भी हक़ नहीं? कोई क्या इसलिए उसकी मदद को आगे नहीं आयेगा कि उसके समर्थन में संख्या के आँकड़े पुख्ता करनेवाले लोग नहीं हैं? आज अनुभा चौधरी है कल हम भी तो हो सकते हैं, परसों कोई और।"

इतना कहकर विनय ने प्रीति के दोनों कन्धों को अपने मज़बूत इरादे से सहलाया और बिना पानी पिये अनुभा चौधरी के घर की ओर निकल गये। विनय सीढ़ियों से उतरकर नीचे आये ही थे कि ऊपर बाल्कनी से प्रीति की आवाज़ आयी–

"ठहरो विनय! मैं भी आती हूँ।"

चाल और मात के बीच

"सर जी ! टी.वी. की आवाज़ में वह मजा कहाँ जो मल्टीप्लैक्स के साउण्ड में आता है।"

"डॉल्बी सिस्टम है उस मज़े का नाम।" शादाब की अनभिज्ञता को जताते हुए अरविन्द ने कहा।

"सर जी! आपके जितना जानता होता तो इस गारमेण्ट फैक्ट्री में इतना जूनियर नहीं होता।"

शादाब, अरविन्द के सूचना-संसार से आतंकित होकर हमेशा ही चारों खाने चित हो जाया करता था।

"तो क्या सर, साउण्ड के लिये नये स्पीकर ले लूँ?"

"साउण्ड बार का नाम सुना है तूने?"

अरविन्द ने कहा तो शादाब फिर बगलें झाँकने लगा। उसने हर बार की तरह कन्धे उचकाये और अपनी हैरानी भरी आँखों के आदेश पर गर्दन को नकार में तेज़ी से हिलाया। अरविन्द के सामने तकनीकी ज्ञान बघारने का ढोंग भी फ़िजूल था।

"सोनी की नयी साउण्ड बार ले आ, और ले-ले घर में सिनेमा हॉल के मज़े।"

शादाब जानता था ऑफ़िस में अरविन्द से ज़्यादा नयी टैक्नॉलॉजी का ज्ञान किसी को भी नहीं है। हो भी कैसे? सुबह-शाम-रात दिन जब भी समय मिले, अरविन्द नये-से-नये गैजेट्स के रिव्यूज़ पढ़ता रहता है। फ़ोन में नये अपटेड देखता रहता है। इस विषय में उसकी भूख जैसे कभी ख़त्म ही नहीं होती। अपने दोस्तों में, रिश्तेदारों में उसकी धाक जमी हुई है। साले, बहनोई, भतीजी, सलहज...जिसे भी नया फ़ोन ख़रीदना हो तो सबसे पहले अरविन्द को याद किया जाता है। जहाँ से हर किसी को तसल्लीबख्श जवाब मिलता है। अभी परसों की ही तो बात है अरविन्द का साला रोहन घर आया। साले-जीजा में पटती भी गहरी है।

"जीजू ! हैडफ़ोन ख़रीदने हैं। कौन से लूँ? कुछ समझ नहीं आ रहा? आप तो एक्सपर्ट हो, बताओ न।" साले के सवाल पर अरविन्द रीझ गया।

"देख भाई! हैडफ़ोन ब्लूटूथ वाले लेना। बेस्ट रहेगा। नयी टैक्नॉलॉजी है। आगे

यही चलेगी, फिर कम्पनी तो देख..."

रोहन दो घड़ी को महँगी कम्पनी का नाम सुनकर चुप-सा हुआ तो अरविन्द ने अपने चेहरे की भंगिमाओं से उसे झिंझोड़ते हुए कहा–"कुछ मत सोच भाई! नया मॉडल है। बारह घण्टे का बैटरी बैकअप है और दाम सिर्फ़ दो हज़ार नौ सौ निन्यानवें। तेरी जगह मैं होता तो अभी ख़रीद लेता। आँख मूँदकर ले-ले। ई.एम. आई. पर ले-ले। अच्छी चीज़ घर आयेगी और बोझ भी नहीं पड़ेगा...सुन क्रेडिट कार्ड से पेमेण्ट कर दे तो डिस्काउण्ट मिलेगा। अच्छा, मैं ही बुक करा देता हूँ। तू भी क्या याद रखेगा।"

अरविन्द जिस तरह से हैडफ़ोन की तारीफों के पुल बाँध रहा था उसे न जानने वाला कोई भी आदमी यह बातें सुनता तो उसे पक्की तौर पर कम्पनी का नम्बर वन सेल्समैन मान लेता। रोहन सन्तुष्ट भाव से मुस्कुराया आख़िर उसकी समस्या का हल जो हो गया था।

"दीदी! सच कहता हूँ अपने जीजू हीरा हैं। न जाने क्यों इस गारमेण्ट फैक्ट्री के झमेले में पड़े हैं। इन्हें तो यू ट्यूब पर होना चाहिए।"

रुचि ने आँखें तरेरकर अपने छोटे भाई को देखा। वह पति की नौकरी और आमदनी से अपने घर की खुशियों का पुल बनाये पूरी तरह सन्तुष्ट थी पर अरविन्द, साले की बात से सोच में पड़ गया। एक ठण्डी आह के साथ बोला–"छोटे! यह तेरा भाई कर तो बहुत-कुछ सकता है। मन भी है मेरा पर रिस्क उठाने के लिये तगड़ा बैकअप चाहिए यार। आख़िर घर-परिवार भी देखना है। "

"सोच लो जीजू। हम सबकी नज़र में तो आप टैकगुरु ही हो।"

रोहन की तारीफों के आसमान में अरविन्द बिन्दास उड़ रहा था। ज़मीन पर उतरा तो छुट्टी के दिन का एक भरपूर हिस्सा ख़त्म हो चुका धा। रोहन के जाने के बाद अरविन्द को याद आया बॉस ने एक ज़रूरी काम उसे आज शाम तक हर हालत में ख़त्म करने को कहा था। याद आते ही वह डैस्कटॉप पर जा जमा पर यह क्या मॉनिटर पर एक बार रौशनी चमकी और ग़ायब। अरविन्द का दिल धक्क से रह गया। उसने सी.पी.यू. खोल लिया। सारे प्रयास करने के बाद वह बेतरह झल्लाया–"कण्डम है, कण्डम। कर लो काम कोई अब इस पर... बकवास है।"

अरविन्द को इस तरह गुस्से में झल्लाया देखकर रुचि सहानुभूति का फाया लिये ज़ख्म की दवा करने को हाज़िर हो गयी।

"अरे! इसे ठीक करा लो न।"

"वह तो करा ही लूँगा पर इस समय क्या करूँ? अब काम क्या खाक

करूँगा?" अरविन्द की चिड़चिड़ाहट आपा खोने लगी।

"सारी दुनिया को सलाह देते फिरते हो कुछ अपने लिये भी कर लिया करो।" रुचि ने ठेठ भारतीय पत्नियों की तरह एक वाक्य में पति के सारे ज्ञान की हवा निकाल दी। पंक्चर मन:स्थिति से भी अरविन्द ने जवाब दिया–"मशीन तो नयी लेनी पड़ेगी...एस.एस.डी. वाली।"

"कौन-सी वाली?" रुचि की नासमझी ने सवाल उठाया।

"अरे! तुम नहीं समझोगी। देखो एक होती है हार्डडिस्क।"

"क्या तुम यह हार्डडिस्क, सॉफ़्टडिस्क की बात करते हो। घर भर रखा है, अटरम-शटरम चीजों से और मन है कि कभी भरता ही नहीं। हाँ, मुझे कोई जानकारी नहीं पर मैं इतना जानती हूँ कि तुम्हारा काम ढंग से नहीं हो रहा तो तुम्हें कोई नया इन्तज़ाम कर लेना चाहिए।"

"ले तो लूँ पर मामला महँगा पड़ेगा। इधर ख़र्चे ज़्यादा हो रहे हैं। शादियाँ सर पर पड़ी हैं। बजट बिगड़ जायेगा।"

"जो तुम्हारे मन में आये करो।" आख़िरकार रुचि ने इस मामले से अपना पल्ला छुड़ाया।

कुछ महीने बीमार डैस्कटॉप का इलाज कराकर बीत गये। नया इन्तज़ाम अभी नहीं हो पाया था।

एक दिन ऑफ़िस में फुर्सत मिलते ही अरविन्द आदतन फ़ोन पर नये गैजेट्स तलाशने लगा। उसे अक्सर ऑनलाइन चीज़ें ख़रीदते देखनेवाले ऑफ़िस अटेण्डेण्ट मनोज ने पूछ ही लिया–"सर! आप इतना ऑनलाइन ख़रीदते हो, आपको डर नहीं लगता? कोई आपके पैसे-वैसे न ले उड़े?"

"बात तो तेरी सही है। सावधान तो रहना चाहिए। आजकल लोगों में ईमान-धर्म कहाँ रह गया है? पिछले महीने धीरज का नौ हज़ार का सामान ऑनलाइन मँगवाया था। बन्दा इतना बेशर्म है रोज़ ऑफ़िस आता है पर रुपया रीं-रीं करके चिन्दी-चिन्दी लौटा रहा है। नीयत लेते समय ही नहीं देते समय भी साफ़ रखनी चाहिए। ईमानदारी तो कहीं रह नहीं गयी है आज।" अरविन्द का मन धीरज की बात सोचकर कसैला हुआ और उसकी आवाज़ ने उसके बढ़ते पारे की तस्दीक़ की; उसने आवाज़ को संयत किया और फिर से काम में जुट गया।

शाम को काम से लौटते समय दिनभर की थकान दूर करने के लिये रोज़ की तरह अरविन्द ने आज भी गाड़ी का स्टीरियो चलाकर रोमेण्टिक गाने लगा लिये। गाड़ी घर की दिशा में बढ़ी और अरविन्द का पारा गाने की गहराई में उतरने लगा। कुछ देर में अरविन्द सामान्य हो गया। बहुत देर तक तनाव को बोझ की तरह लादे

रखने का वह आदी नहीं था। दिलकश शब्दों और लय से गाना अरविन्द के मन और गाड़ी के माहौल को गुलज़ार कर रहा था। उसके इशारे पर अरविन्द स्टेयरिंग पर हाथ रखे भी हौले-हौले झूम रहा था। जैसे ही आगे की रेड लाइट उसने पार की तो उसका ध्यान बगल से गुजर रही मोटरसाइकिल पर बैठे दो लड़कों की ओर गया। आगेवाला थुलथुल शरीर का था। हैलमेट की वजह से उसका चेहरा पूरा देख पाना मुश्किल था पर पीछे बैठा दुबला-पतला लड़का मुस्कुराते हुए हाथ का इशारा करके अरविन्द से गाड़ी रोकने का अनुरोध कर रहा था। चलती सड़क पर अरविन्द का दिमाग़ उस लड़के को पहचानने की पूरी कोशिश करने लगा। अक्सर उसके साथ यही होता है। लोग उससे मिलते हैं और वह उनको भूल जाता है। फिर पूरी शिद्दत से पहचानने की कोशिश करता है। लड़के की मुस्कान चौड़ी होती जा रही थी और हाथ का इशारा भी गाड़ी रोकने की भीख-सी माँग रहा था। अरविन्द ने गाड़ी को आगे ले जाकर सर्विस लेन में खड़ा किया। लड़का अपने साथी को छोड़कर तुरन्त गाड़ी की ड्राइवर सीट की ओर लपका।

"नमस्ते भैया।"

"नमस्ते।" अरिवन्द ने लड़के को पहचानने की पूरी कोशिश में नमस्ते का सचेत जवाब दिया।

"पहचाना नहीं न भैया आपने? आप रवि भैया हो न?"

"यार...रवि तो मेरा नाम नहीं है। तुम्हें ज़रूर कोई ग़लती हुई है।"

"ओह!...भैया मैं बता नहीं सकता आपकी शक्ल रवि भैया से हू-ब-हू मिलती है। इसीलिये तो आपको देखते ही मैंने हाथ दिया था। गाड़ी रुकते ही आपसे मिलने भागा चला आया।" लड़का बोला।

"कोई बात नहीं यार! हो जाती है ऐसी ग़लती।" उसे पहचानने की जद्दोजहद से निजात पाकर अरविन्द इत्मीनान से बोला और उसने गाड़ी स्टार्ट की।

"भैया! आपसे एक काम है।" लड़का गाड़ी के शीशे के बिलकुल करीब आ गया।

"मैं तो तुम्हें जानता नहीं...मुझसे कैसा काम?" अरविन्द ने दो टूक कहा।

"थोड़ी देर की बात है भैया! पहले गाड़ी बन्द कर लो।" लड़के के शब्दों में न जाने ऐसा क्या था कि अरविन्द ने गाड़ी बन्द कर ली और उसकी बात सुनने के लिये नज़रें उसके चेहरे पर गड़ा दीं।

"भैया मेरे पास एक फ़ोन और एक लैपटॉप है...क्या कहते हैं उसे हाँ... मैकबुक...आप ले लो।" लड़के का इतना कहना था कि अरविन्द हिल गया– "क्या बात कर रहा है। सड़क पर कौन-से फ़ोन और लैपटॉप बेचे जाते हैं? पागल

समझ रखा है क्या तूने मुझे?"

"क्या बताऊँ भैया! दोनों चीज़ें मेरे जाननेवाले की हैं। उसकी देनदारी निकलती थी और उसे बाहर जाना था। चलते हुए यह चीज़ें मुझे दे गया। मुझे पैसे की सख़्त ज़रूरत है...आप ले लो।" लड़के ने बात साफ़ की।

"कहीं और बेच...मेरे पास नहीं हैं पैसे-वैसे। मैं क्या फ़ोन-लैपटॉप ख़रीदने निकला हूँ जो पैसे जेब में रखकर घूमूँगा?" अरविन्द झुँझलाया ज़रूर पर गाड़ी बढ़ाकर आगे नहीं निकला। उसे खड़े देखकर लड़का दौड़कर अपने साथी से दोनों चीज़ें लेता आया। नयी-नकोर पैकिंग देखकर अरविन्द के मन में हलचल मच गयी।

"है क्या यह चीज़? कहाँ से है...क्या है?" जो भी सवाल ज़ुबान पर आया अरविन्द ने जस का तस रख दिया।

"भैया! आप देख तो लो। आपको ठीक लगे तो ही रखना। कोई जबरदस्ती नहीं है। फ़ोन तो देखो पहले। आईफ़ोन सैवन है।" लड़के ने डिब्बा अरविन्द की गोद में दे दिया। अरविन्द ने डिब्बे को साँप-बिच्छू समझकर लड़के के हाथों में धकेला।

"अबे! नहीं चाहिए फ़ोन। चोरी का है क्या?" अरविन्द की जिज्ञासा अपने पूरे तेवर में झनझनायी।

"क्या बात कर रहे हो भैया...आपको बेचूँगा? चोरी का फ़ोन?" लड़का बिलकुल न डरा।

"सड़क पर तो ऐसा ही माल मिलता है।" अरविन्द भी ख़ामोश न रहा।

"नहीं भैया! साफ़ माल है। मजबूरी है इसलिए बेचना पड़ रहा है। अच्छा हटाओ फ़ोन यह देखो...मैकबुक है।" अबकी लड़के ने दूसरा डिब्बा दिखाया। अरविन्द ने आँखें गड़ाकर देखा। डिब्बा एक़दम नया था। एकबारगी अरविन्द को लगा वह कोई सपना देख रहा है पर उसे हकीकत का एहसास दिलाते हुए लड़के ने ताबड़तोड़ डिब्बे से आजाद करते हुए मैकबुक ऑन करके अरविन्द के हाथ में थमा दिया। एक चमचमाता पतला-सा मैकबुक अरविन्द के हाथ में था। इस बार मैकबुक को अरविन्द ने लेने से ना-नुकुर ज़रूर किया पर उसे साँप-बिच्छू नहीं समझा। अरविन्द ने आनाकानी करते हुए भी उसे पलटकर देखा और सीरियल नम्बर देखकर आश्वस्त हुआ कि मशीन असली थी। उसके मन ने कहा कि चीज़ तो बिलकुल खरी है पर लड़के से उसने कहा–"देख भाई! अपनी चीज़ रख अपने पास। मेरे पास पैसे-वैसे नहीं हैं।"

"अरे! भैया आप कुछ भी दे दो। मुझे तो अपने पैसे चाहिए थे। दोस्त ने यह थमा दिया। आप कुछ भी दे दो। जो दोगे मैं ख़ुशी से ले लूँगा।" लड़के ने अरविन्द

पर अपना दबाव बनाया।

"देख! फ़ोन तो बेकार की चीज़ है मैं नहीं लूँगा।" अरविन्द अड़ा रहा।

"भैया! दोनों चीजें आपकी। ले लो। सही रेट मिल जायेगा आपको।"

"नहीं भाई! पैसे नहीं हैं मेरे पास।" अरविन्द ने थोड़ा तिरछा होकर अपना पर्स निकालकर अपनी असमर्थता का प्रमाण दिया।

"कोई बात नहीं भैया आप ए.टी.एम. से निकालकर दे दो। यहाँ पास ही तो है।" लड़के ने हार नहीं मानी।

"नहीं भाई नहीं।" अरविन्द के शब्द तो लगातार लेने में आनाकानी कर रहे थे पर उसकी उँगलियाँ लैपटॉप पर तेज़ी से फिर रही थीं। वह उसके फीचर्स देख रहा था। उसे चलाकर देख रहा था जैसे ख़रीदने से पहले पूरी तसल्ली कर रहा हो। लड़का बराबर अपनी बात पर अड़ा रहा और अरविन्द का अड़ियलपन पिघलने लगा।

"कितने में देगा इसे?...देख फ़ोन नहीं लूँगा इसके बड़े टण्टे होते हैं। कल को तू ही आ जायेगा माँगने वापिस तो?" अरविन्द किसी समझदार वकील की तरह बोला।

"जो आपके पास हों दे दो।"

"देख मैं इसके दस हज़ार दूँगा...ठीक लगे तो बोल।"

"दस तो बहुत कम हैं भैया" लड़का रिरियाया।

"देना हो तो बोल...।" अरविन्द ने मशीन उसकी ओर ठेलते हुए कहा।

"अच्छा चलो आप पन्द्रह दे दो।"

"नहीं दस से एक पैसा ज़्यादा नहीं।" अरविन्द जान गया था मामला इतने में जम जायेगा। लड़के ने हामी भर दी।

"पर मेरे पास इस वक़्त पैसे नहीं हैं।"

"कोई बात नहीं मोटरसाइकिल है...मैं आपके पीछे-पीछे चलता हूँ। घर से दे देना।"

अरविन्द को अपने कानों पर यक़ीन नहीं हुआ कि सत्तर हज़ार की चीज़ दस हज़ार में उसकी होनेवाली है। उसे यह भी अन्दाज़ा हो चला था कि हो-न-हो कोई गड़बड़ तो इसमें ज़रूर है पर लालच ने उसके मन को उलझा लिया। मन के चोर बड़े दुस्साहसी और तर्कशील होते हैं। वे लालच के लिये वकील सरीखे दाँव खेलने लगे। अरविन्द कुछ देर पहले जिसे न लेने के लिये अड़ा हुआ था अब सोचने लगा लोग तो देश के करोड़ों रुपये लूटकर भाग रहे हैं उसके आगे यह चोरी भी भला कोई चोरी है? दस हज़ार में इतनी बढ़िया चीज़ को मना करना बेवकूफी होगी। इतने में तो सैकेण्ड हैण्ड भी नहीं मिलेगा। अरविन्द मन को पक्का करके

बोला–"चल आगे ए.टी.एम. है वहाँ से तुझे पैसे निकालकर देता हूँ।"

"ठीक है भैया! आगे मिलते हैं। यह दोनों चीज़ें आप अभी अपनी गाड़ी में ही रख लो।" लड़का बोला।

"और मैं तेरा माल लेकर भाग गया तो?" अरविन्द ने सवाल लड़के की तरफ़ उछाला।

"क्या बात कर रहे भैया! आप कहाँ जाओगे? ऐसी बात थोड़े ही है। ए.टी. एम. तक आप रख लो।"

कहते हुए लड़का बाय करता हुआ अपने साथी की ओर चल दिया। अरविन्द ने गाड़ी स्टार्ट की। दोनों चीज़ें गाड़ी में रखे हुए वह मेन सड़क पर आया और पुलिस बैरिकेडिंग से आगे बढ़ा। ए.टी.एम. तक पहुँचते ही मोटरसाइकिल से उतरकर लड़का अरविन्द के साथ हो गया। दूसरा लड़का सड़के के किनारे ही ठहर गया। अरविन्द ने देखा ए.टी.एम. के बाहर इक्का-दुक्का लोग खड़े थे। वह लाइन में लग गया। लड़का ठीक उसके पीछे खड़ा था। अरविन्द सोचने लगा बेकार दस कह दिये यह तो पाँच में ही मान जाता लेकिन अगले ही क्षण उसके मन ने कहा कि इससे कम में भला यह लड़का क्या मानता? अरविन्द का नम्बर आने पर जैसे ही वह दरवाज़ा धकेलकर अन्दर बढ़ा लड़का भी उसके साथ हो लिया।

"तू अन्दर मत आ। बाहर रह। कह दिया न मैं पैसे दे दूँगा।" अरविन्द ने उसे डपटते हुए रोका।

अरविन्द अन्दर अकेला था। उसने मशीन में कार्ड डाला पर उसका दिमाग़ ठिठक गया। सारे घटनाक्रम पर सोचकर उसे हैरत होने लगी। कितने ही सवाल उसके जेहन में कौंधकर उससे जवाब माँगने लगे। कौन है ये? कहाँ से लाया सामान? मुझे क्यों दे रहा है सस्ते में? प्लीज़ एण्टर योअर पिन-मशीन की आवाज़ ने उसकी सोच में ख़लल डाला। अरविन्द ने चौंककर पिन नम्बर डाला पर पिन एक्सेप्ट नहीं हुआ। बेध्यानी में उससे ग़लत नम्बर दब गया था। इस बार अरविन्द ने सही नम्बर डाला। मशीन अपनी कार्यवाही में जुट गयी। अचानक अरविन्द की रुह काँपी। अगर यह माल चोरी का है तो यह लड़का घर भी तो आ सकता है। गाड़ी का नम्बर इसने देख ही लिया है। पीछा कर सकता है। कल को मेरे ऑफ़िस ही चला आया तो...मेरी अब तक बनायी सारी इज़्ज़त मिट्टी में मिल जायेगी। अरविन्द अचानक हिल गया। उसने खुद को कोसा-क्या कर रहा है तू? यह चोर तेरे पीछे लग गया तो? आगे रास्ते में यह तुझे ही न लूट ले? कहीं इसके पास कोई कट्टा-वट्टा...सवालों की जद्दोजहद अरविन्द के माथे पर चिन्ता की बूँदों सरीखी चमकने लगी। उसके होंठ भिंच गये। साँसें तेज़ चलने लगीं। मशीन गिनकर दस

हज़ार रुपये पेश कर चुकी थी। अरविन्द ख़्यालों में डूबा खड़ा था। 'कलैक्ट योअर मनी'- मशीन की बीप लगातार बज रही थी। बाहर खड़े लोगों के चुक रहे धैर्य और दरवाज़े पर उनकी हथेलियों की थाप ने अरविन्द को ख़्यालों से आज़ाद किया। उसने एहतियात से रुपये पर्स के हवाले किये। रूमाल से माथा पोंछा। अपनी हद से बाहर आ गयी कमीज़ को सलीके से पैण्ट के अन्दर किया।

"हाँ भैया" लड़के ने रुपये के लिये हाथ फैला दिये।

"एक मिनट...चल मेरे साथ।" कहते हुए अरविन्द गाड़ी तक आया। लड़के के चेहरे पर हँसी फूट रही थी। अरविन्द गाड़ी में बैठा। सामान उठाया और खिड़की से बाहर उस लड़के के हाथों पर रख दिया।

"क्या हुआ भैया? यह क्या कर रहे हो?" इस बार साँप-बिच्छू के डंक लड़के को लगे।

"कुछ नहीं। मुझे नहीं चाहिए तेरा सामान। इसे ले और कहीं और बेच।" अरविन्द की आवाज़ में कोई कम्पन नहीं था।

"ऐसे कैसे? अभी तो हमारी डील हुई थी...अब तू पलटी कैसे खा सकता है?"

भैया-भैया करते न थकती लड़के की ज़बान तू-तड़ाक पर उतर आयी।

"अब तो तुझे यह लेना ही पड़ेगा और पैसे भी देने पड़ेंगे। " कहते हुए लड़के ने लैपटॉप और फ़ोन दोनों अरविन्द की गाड़ी में जबरन फेंक दिये। उसकी आवाज़ तेज़ हो गयी थी। उसका साथी भी कुछ भाँप गया था। लड़के की गुण्डई आगे बढ़ रही थी। अरविन्द निपट अकेला था पर उसके मन की खाइयों के अतल में बैठे ज़िन्दा साहस ने उसे हौसला दिया। अरविन्द ने गाड़ी का दरवाज़ा खोला और लड़के के दोनों सामान तेज़ी से नीचे सरकाकर दरवाज़ा बन्द करते हुए सख़्त मुद्रा में लड़के से कहा–"नज़र मत आ जाना दोबारा। पुलिस में कम्प्लेण्ट कर दूँगा तेरी।" कहते हुए अरविन्द ने गाड़ी तेज़ी से आगे बढ़ा ली।

कुछ मिनट बाद अरविन्द को रास्ते में एक बाज़ार दिखायी दिया। उसने गाड़ी मोड़कर किनारे लगायी और वहीं बाज़ार की सीढ़ियों पर बैठ गया। उसकी नज़रों ने देखा उसे मोटरसाइकिल और वह दोनों लड़के कहीं नहीं दिखे। अरविन्द बैठा रहा। पाँच मिनट, दस मिनट, पन्द्रह मिनट...उसने देखा आस-पास लोगों की भीड़ थी। आवाज़ों का एक भरा-पूरा संसार था। अरविन्द ने गहरी साँस भीतर खींची और खुद को सुरक्षित महसूस किया।

ताबूत की पहली कील

"साफ़ क्यों नहीं कहते रमन कुमार! तुम बेच आये हो इस कॉलेज को, तुम बेच आये हो हम सबको और इससे भी पहले बेचा है तुमने खुद को इस सरकार के हाथों। आख़िर कितने में सौदा पटा? किस यूनिवर्सिटी के वाइस चान्सलर होने जा रहे हो? और अब क्या हुईं शिक्षा हितों की तुम्हारी वह लम्बी-चौड़ी बातें? एक बार भी तुम्हारा ज़मीर न काँपा...कैसे जुटायी हिम्मत तुमने इस दलाली की?" अचानक स्टाफ काउन्सिल की मीटिंग में एक मज़बूत मुक्का प्रिन्सिपल डॉ. रमन कुमार के ज़मीर पर पड़ा। उनकी रीढ़ की हड्डी किसी चोट के दर्द से कराह उठी। कुर्सी पर बैठे रहने में उन्हें अजीब-सा कष्ट महसूस हुआ। रमन कुमार को पूरी उम्मीद थी इस विरोध की लेकिन विरोध की दिशा उनके पूरे वजूद को हिला डालेगी कम-से-कम यह उन्होंने नहीं सोचा था। डॉ. बनर्जी अपनी रौ में रुकने का नाम नहीं ले रहे थे। उनकी मज़बूत मुट्ठी बार-बार धमक के साथ टेबल पर विरोध की लकीरें बना रही थी। शिक्षक संगठन के इस पुराने एक्टिविस्ट को यों बौखलाते देख स्टाफ एसोसिएशन की भूतपूर्व प्रेसिडेण्ट डॉ. संगीता चौधरी से चुप न रहा गया। तमतमाए माहौल में डॉ. बनर्जी को रोकती उनकी तीखी आवाज़ सेमिनार रूम में गूँजी ''माइण्ड योर लैंगुएज डॉ. बनर्जी। यह क्या तरीका है? किस तरह की भाषा का इस्तेमाल कर रहे हैं आप? और क्यों?" डॉ.बनर्जी से नज़र हटाकर कई चेहरे उनकी ओर घूमे और उनकी आवाज़ के समर्थन में बहुत-से ऊँचे और कई महीन स्वर क़दमताल करने लगे। पूरा माहौल किसी मछली बाज़ार जैसा लगने लगा। हर कोने से शोर सिर उठा रहा था।

"मैडम! आपको यह भाषा का मामला दिखायी दे रहा है? ज़रा आँख-कान खोलकर कुछ पढ़ा-सुना कीजिये। पानी सर से ऊपर गुजर रहा है। बाढ़ सब-कुछ बहा ले जानेवाली है और आप बात करती हैं भाषा की? जाइये पहले..."

"हद हो गयी अब तो। फ्रेण्ड्स हम यहाँ इन्सल्ट कराने नहीं आये हैं। एक महिला के साथ इस तरह का व्यवहार। डिस्गस्टिंग। वी शुड वॉक आउट

इमिजियेट्ली।" मिस मालती ठाकुर महिला-पक्ष की अपनी राजनीति करने से बाज़ न आयीं।

कौन कह सकता था भला यह शहर का एक प्रतिष्ठित कॉलेज है? बाज़ार की शब्दावली में एक पुराना और नामी ब्राण्ड पर इस समय यहाँ चीख़-पुकार मच रही थी। यों यह कॉलेज बरसों से कई राजनीतिक संगठनों की शरणस्थली रहा था! क्या दक्षिण, क्या वाम। बरसों इसकी पहचान रही थी कि यहाँ आने के साथ ही शिक्षक का दाखिला किसी-न-किसी राजनीतिक स्कूल में हो जाता और फिर वह छात्रों को पढ़ाने के साथ खुद को माँजना-परखना भी शुरू कर देता। बरसों से यहाँ तीखी बहसों की पुरानी रवायत रही जो किसी भी अकादमिक संस्थान के लोकतान्त्रिक होने की पुरज़ोर गवाही देती। वह मज़बूत दीवारें अब धीरे-धीरे दरक रही थीं और बात आज बड़े ही व्यक्तिगत स्तर पर उतर आयी। भीड़ में अनेक लोग मालती ठाकुर की पैरवी में बाहर जाने को आमादा थे। बहुत-से नये शिक्षक अराजनीतिक तेवर की तटस्थ मुद्रा अपनाये भागने की फ़िराक़ में थे। कॉलेज के बाहर उनके काम-धन्धों का बड़ा संसार उनकी प्रतीक्षा में था। प्राचार्य रमन कुमार की आँखों के ठीक सामने दीवार पर टँगी बड़ी-सी घड़ी में सैकेण्ड की सुई तेज़ी से भाग रही थी पर उन्हें सब-कुछ ठहरा हुआ जान पड़ रहा था। भीतर से वह भी चाहते थे कि इस मुद्दे का पुरज़ोर विरोध हो पर इसी समय काउन्सिल सेक्रेटरी डॉ. अभिलाष पाठक ने सबको रोकते हुए कहा–"देखिये साथियो! थोड़ा धैर्य बनाकर रखिये। हम बहुत ज़रूरी और जटिल मुद्दे पर बात कर रहे हैं। यों इस मीटिंग को छोड़कर जाना किसी भी हालत में ठीक नहीं। हमें कॉलेज को ग्रेडिंग सिस्टम से जोड़ने की बात पर सहमत होना पड़ेगा। बहुत दबाव है हम पर। पीयर रिव्यू कराना ही होगा, आज नहीं तो कल। हम इससे भाग नहीं सकते। देश-भर की तमाम यूनिवर्सिटीज़ ग्लोबल हाने की राह पर हैं। यही आज की हक़ीक़त है। यों भी कितने कॉलेज इस प्रक्रिया से गुज़र चुके और कितने अभी लाइन में लगे हैं। हम तो कहीं भी नहीं हैं, अभी तक हमने एप्लाई भी नहीं किया है और उसके बाद कितनी कमेटीज़ बनानी हैं। कॉलेज की पूरी रिपोर्ट तैयार करने से लेकर इन्फ्रास्ट्रक्चर रिफॉर्म कमेटी बनाने तक सैकड़ों काम हैं और आप हैं कि...इसके लिये जो ज़रूरतें हैं उन पर बात करने की बजाय हम लोग बेकार की बातों में समय ख़राब कर रहे हैं।"

"बेकार की बातें...तुमको यह बेकार की बातें लग रही हैं। देखना ग्लोबल होने की यह राह चौपट करके रख देगी हमारे हायर एजुकेशन के मॉडल को। यह शिक्षा के साथ खिलवाड़ है और क्यों कोई बाहर से आकर हमें जाँचेगा? ज़रूरत पड़ी तो हम खुद अपना सिस्टम बनायेंगे। विद इन यूनिवर्सिटी, विद इन कॉलेज।" डॉ. बनर्जी अब भी आसानी से हथियार डालने के मूड में नहीं थे। दोनों तरफ़ की उत्तेजनाएँ अपने

चरम पर थीं पर आज फैसले का दिन नहीं था। चौतरफ़ा हंगामे के बीच मीटिंग बिना किसी नतीजे पर पहुँचे बर्खास्त हो गयी।

इस घटनात्मक दिन के अन्त पर अधिकांश लोग पहले की ही तरह अपनी दुनियाओं में डूबकर खोने लगे पर रमन कुमार के हिस्से में था एक तूफ़ानी समन्दर। जिसमें रचा था सर्वभक्षी लहरों का जाल और हज़ारों-लाखों भँवरों का भयंकर विनाशकारी चक्र। इस समन्दर में मौत अन्तिम सत्य की तरह खड़ी थी। रमन कुमार की पीठ का दर्द बुरी तरह बढ़ने लगा। माथे की फूल चुकी नसें फटने को बेताब थीं। एक ओर वे अपने थकते शरीर को सान्त्वना की थपकी से भरसक सहलाने की भावुक कोशिश में लगे थे तो दूसरी ओर सहानुभूति के डूबते किनारों में आत्मदया का टापू उन्हें तनिक रास नहीं आ रहा था। वे समन्दर के तेज़ तूफ़ान और ओझल होते किनारे के बीच खुद को बड़ा लाचार पा रहे थे। व्यक्तिगत लांछनों की आँधी में उनकी आस्था का घर चरमराकर ढह जाने को बेताब था कि अचानक न जाने कैसे उन्हें याद आया लगभग दस साल पहले का वाकया। वह जीत का एक दिन था। विश्वविद्यालय विद्वत् परिषद् के सर्वाधिक वोटों से चुने हुए सम्मानित शिक्षक नेता रमन कुमार की आवाज़ आज बरसों बाद उन्हें अपने ही कानों में साफ़-साफ़ सुनायी देने लगी। राष्ट्रीय दैनिक में ग्रेडिंग के मुद्दे पर प्रकाशित उनकी दलील को पढ़ने के बाद यों भी माहौल में काफ़ी उत्तेजना थी। इसलिए आज उनकी तकरीर को परिषद् के बाहर जुटे हज़ारों शिक्षकों और छात्रों को सुनाने के लिये मोबाइल स्पीकर मोड पर डालकर सीधा प्रसारण किया जा रहा था। आनेवाले समय में अनिवार्य की जानेवाली ग्रेडिंग प्रणाली की पदचापों को रोकने की ख़ातिर विश्वविद्यालय परिसर में सिद्धान्तों के पक्के नेता की आवाज़ लोहा ले रही थी। अपनी ज़ोरदार दलीलों से कॉलेजों को स्वायत्त किये जाने की राह में उठे इस क़दम और सरकार से आर्थिक अनुदान के बदले फण्डिंग के अपने रास्ते अख्तियार करने के मुद्दे पर उनके तर्क कारगर असर दिखा रहे थे। वर्तमान सरकार से बँधे शिक्षक संगठन को छोड़कर सभी संगठन, परिषद् में रमन कुमार के तर्कों पर टेबल थपथपाकर अपनी स्वीकृति दर्ज करा रहे थे। फॉरेन यूनिवर्सिटी बिल के इतिहास से लेकर शिक्षकों के वर्तमान और आनेवाले काले दिनों की छाया को उन्होंने अपनी तक़रीरों में दिखा दिया था।

"वाइस चान्सलर साहब! किसी मुगालते में न रखिये हमें। हम जानते हैं इन फरमानों से भविष्य में किस तरह शिक्षक सर्विस प्रोवाइडर हो जायेंगे। छात्र कस्टमर और उच्च शिक्षा एक मुक्त बाज़ार। हमें भरमाइये नहीं। मेरा दावा है इस बाज़ार की महँगी शिक्षा ख़रीद पाना हरेक के बस की बात नहीं होगी। आज जो बच्चे सस्ती

शिक्षा में ऊँची पढ़ाई से अपना मुस्तक़बिल बनाते हैं उन जैसे लाखों बच्चों से यह हक़ छीन लिया जायेगा। कभी सोचा है आपने इस तरफ़? बाज़ार के मुताबिक पाठ्यक्रम पढ़ाने, क्रेडिट सिस्टम लागू कर मनचाही विदेशी यूनिवर्सिटी से कोर्स करने और पूँजी उगाही की सुनहरी फैण्टेसी के नीचे छिपा दिया सच बड़ा बदसूरत है सर!" रमन कुमार ने अपने तर्कों से सरकारी कागज़ों में छिपाये गये सच को छील-खुरच कर नंगा कर दिया था। उन्होंने अपनी बात का अन्त विश्वविद्यालयों पर थोपी इस मूल्यांकन पद्धति की स्वीकृति को आनेवाले समय की एक बड़ी ऐतिहासिक भूल बताते हुए उसका पुरज़ोर विरोध किया और उस दिन बड़ा समर्थन पाकर ग्रेडिंग की सभी सिफारिशें ठण्डे बस्ते में डाल दी गयी थीं। जीत के उस दिन परिषद् की कार्यवाही ख़त्म होने पर बाहर आते ही कॉमरेड रमन और शिक्षक एकता ज़िन्दाबाद के नारों से आसमान गूँज गया था। कॉलेज के क़रीबी दोस्त डॉ. बनर्जी ने उन्हें कसकर बाँहों में भर लिया था। दोनों देर तक एक-दूजे को थामे रहे। वह लम्हा आज तक वहीं खड़ा है।

अचानक घनघनाते फ़ोन ने रमन कुमार को इतिहास के दरवाजे से वर्तमान की चौखट पर ला खड़ा किया।

"डॉ. कुमार! इज़ मीटिंग ओवर? क्या प्रोग्रेस है?"

गवर्निंग बॉडी चेयरमेन रणबीर कुंज की दमदार आवाज़ के जवाब में एक ठण्डा- सा प्रत्युत्तर हवा में तैरा "सर! अभी कॉलेज इसके लिये तैयार नहीं।" एक क्षणिक चुप्पी के बाद वे फिर बोले "वी विल ट्राई नेक्सट ईयर।"

"व्हाट डू यू मीन बाय नेक्सट ईयर? यह आपके घर का मसला नहीं है कि जहाँ आपकी मनमर्जी चलेगी। यूनिवर्सिटी के अपने नियम-कायदे हैं। कहीं आपके भीतर का नेता तो ज़ोर नहीं मार रहा। देखिये प्रिन्सिपलशिप करनी है तो क्रान्तिकारिता को गोली मारिए"

"सर! ग्रेडिंग को मंजूरी भले ही मिल गयी हो पर है तो यह नीति शिक्षा विरोधी ही न।" रमन कुमार के दो-टूक कथन ने जता दिया विचारधारा आज भी उन्हें ताक़त देती है।

रमन कुमार के इस एक वाक्य ने चेयरमैन को हिला दिया। यों उसका वज़न और दमखम हिलनेवाला नहीं था। ट्रस्ट के कॉलेज में उसका रुतबा किसी राजा जैसा था और फिर वह ठहरा शहर का नामी उद्योगपति जिसके लिये कॉलेज शिक्षा का मन्दिर नहीं था। आनेवाले समय में इतनी बड़ी ज़मीन और उस पर बना कॉलेज मुनाफ़े का सबसे अच्छा सौदा साबित होना था। उस पर ए ग्रेड मिलने पर रणबीर कुंज के सपनों को पंख लगने थे। वह बख़ूबी जानता था कि ऑटोनॉमस होते ही

कॉलेज सरकारी बन्धन से आज़ाद हो जायेगा और फिर समय आयेगा मनमाफ़िक़ फीस लेने और मनमुताबिक कोर्स चलाने का। ज़माने की तिकड़मों को हरपल शान से जीने के अभ्यस्त उद्योगपति चेयरमैन ने तुरन्त पैंतरा बदला–"ओह! सुई वहीं अटकी है...पहले भी एडहॉक नियुक्तियों में आपने अपनी मनमानी की। हमने कितना कहा पर आप ठहरे शिक्षक हितों के हिमायती। पुरानों की बहाली पर अड़े रहे। बताइये कहीं रोका आपको..."

"लेकिन परमानेण्ट अपाइण्टमेण्ट्स में तो" रमन कुमार ने फिर से बात काट दी।

"लेट बाय गॉन बी बाय गॉन रमन कुमार।" इस बार चेयरमैन का रुख बता गया कि उसका चेहरा तमतमा गया है। इसका दीदार फ़ोन पर उसके सख़्त शब्दों से हुआ।

"आपके नाम और काम की इज़्ज़त हमने बहुत की पर देखिये हमें सिर्फ़ काम से मतलब है और लगता है आपसे काम नहीं हो पा रहा। जिस कुर्सी पर आप बैठे हैं न वहाँ के दावेदार कितने हैं जानते हैं आप? कितना नाम है हमारे कॉलेज का। आपकी बारी आने पर बड़े भरोसे से आपको कुर्सी पर बिठाया था, नहीं तो एक से एक काबिल और एक-से-एक फर्माबरदार लोग थे।" फर्माबरदार पर ज़ोर ज़रूरत से कुछ ज़्यादा था। "आप इनकॉम्पीटेण्ट हैं। काम नहीं होता तो छोड़िये। काम न करें और पद का लालच भी रखें यह नहीं हो सकता। यू नो वेरी वेल, व्हाट आई मीन।" यह कहकर उसने फ़ोन काट दिया।

फ़ोन कुछ देर रमन कुमार के हाथ में उसी मुद्रा में थमा रहा। कानों में पिघला लावा बह रहा था। आज रमन कुमार भीतर तक टूट गये। अपने साथियों की नज़रों में गिरना और विकास की राह में व्यर्थ पहिया घोषित होने की टीस उनका कलेजा चीर रही थी। इस विश्वविद्यालय में अनेक लड़ाइयाँ उन्होंने लड़ीं और जीती थीं पर आज हालात बदल गये थे। सामाजिक स्तर के सभी मुद्दों को व्यक्ति तक सीमित करके व्यक्ति की कमर तोड़ने के हादसे दिनोंदिन बढ़ रहे थे। उस पर आज़ादी से अपनी बात कहने का आकाश भी कितना सिमटा दिया जा रहा था। हवाओं ने अब अपना रुख साफ़ कर दिया था कि छात्रों का, शिक्षा का हित नहीं बल्कि नित नये फरमानों की तामील की जायेगी। इसके ख़िलाफ़ जो भी खड़ा होगा वह व्यवस्था का सबसे बड़ा दुश्मन होगा। टेबल पर पड़े पेपरवेट को हाथों में लेकर अचानक बहुत तेज़ी से उन्होंने दबाया।

शाम को रमन के घर आते ही आफ़रीन ने उनका चेहरा पढ़ लिया।

"पेशानी पे परेशानियों के स्याह बादल। सब खैरियत तो है न जनाब?"

यों आफ़रीन से कभी कोई बात रमन ने नहीं छिपायी थी पर आज मन की गहरी कचोट और सही निर्णय न लेने पाने की जद्दोजहद में वे झूल रहे थे। देश की एक नामी यूनिवर्सिटी के जुझारू छात्र नेता से आफ़रीन ने प्यार किया था और दोनों ने अपना मकाम बनाने के बाद शादी की। आफ़रीन आज भी उसी जुझारू लड़के से ही प्यार करती थी। सभाओं में गूँजती उसकी आवाज़, हवा में लहराते उसके हाथ, बेखौफ लबों से झरते नगमों से उसका प्यार आज भी बाक़ी था। इधर पिछले काफ़ी दिनों से उसने महसूस किया था कि वह लड़का प्रिन्सिपल रमन के कद में कहीं गुम हो रहा है।

आफ़रीन के लाख चाहने पर भी उस रात खाने की टेबल रमन के किस्सों से गुलज़ार न हुई। रमन चुपचाप स्टडी में चले गये। उन्होंने सामने रखी एक नयी किताब उठायी, उसे बिना देखे खोला और बन्द करके रख दिया। दिमाग़ जूझ रहा था अनगिनत सवालों से और जवाब की दिशाएँ उदासीन थीं। जबसे रमन प्रिन्सिपल हुए थे मसरूफियत ने उन्हें अपनी डायरी से दूर कर दिया था। पर आज उनका हाथ मेज़ की दराज़ पर खुद-ब-खुद चला गया। आज बहुत-कुछ खदबदा रहा था।

''समय क्यों फेर लिया है तुमने मुँह? क्यों नहीं गाते तुम्हारे लब अब वह आज़ाद तराने? क्यों नहीं गूँजते तुम्हारे शब्द इन्सानी बस्तियों में? क्यों नहीं पिघला पाते तुम वह इस्पाती चट्टानें? तुम पर्वत उखाड़कर नदियाँ रचते थे, सुनहरी फसलों के ख्वाब बुनते थे। कहाँ गया तुम्हारा वह जोश, वह दीवानगी जो जादू रच देता था और लोगों का हुजूम फैल जाता था महानगर के राष्ट्रीय राजमार्ग से गाँव-देहात की पगडण्डियों तक। कितने कठोर हो गये हो तुम। मीलों फैले तुम्हारे ठण्ठेपन ने मन के लोहे को कबाड़ कर दिया है। तुम्हारा ठण्डापन जो पसर रहा है शिराओं में...इस भूल की क़ीमत चुकायेंगी आनेवाली नस्लें।" कलम अनथक चले जा रही थी बिना किसी तरतीब। बेतरतीबी भी कभी-कभार क़ायदे की बात कह जाती है।

अगली सुबह जागने पर आफ़रीन को डायरी के साथ मिला रमन का रेज़िग्नेशन लैटर। लिफ़ाफ़े में उसे अचक से डालकर बहुत हौले से वह रमन के सिरहाने जा खड़ी हुई। रमन आज गहरे सोए थे। रमन की पेशानी को आफ़रीन ने निहारा जहाँ पिछले दिन की उभर आयीं नसें एक़दम ग़ायब थीं। स्याह बादल कुछ छँट गये थे। अचानक आफ़रीन ने महसूस किया नींद में गाफ़िल यहाँ आज कॉलेज का वही लड़का लेटा है। एक सिहरन उसके पूरे शरीर में दौड़ गयी। ज़िन्दगी के सिनेमा की रील पीछे घूमकर एक़दम सामने आ गयी मिलती-जुलती तस्वीरों में। हौले-हौले उसकी उँगलियाँ रमन के बालों को बड़े प्यार से सहलाने लगीं।

"हम तो पहले ही से जानते थे इनके बस का कुछ नहीं है। प्रिन्सिपल को

प्रशासन की आँख-कान-नाक बनना पड़ता है। कोई देरी और ढुलमुलपना उसे बर्दाश्त नहीं होता। देखा न डिसमिस ही किये गये आख़िर में।"

अभिलाष पाठक का स्वर आज कॉलेज की दीवारों पर पोस्टर-सा चिपका था। यों भी वह शुरू से ही चेयरमैन का ख़ासमख़ास आदमी था। रमन कुमार के ख़िलाफ़ इस पोस्टर को कॉलेज में और उसके बाहर चिपकानेवाली एक छोटी-सी टोली भी उसके संग थी। रमन कुमार के रेज़िग्नेशन की बात को उन लोगों ने बड़ी आसानी से डिसमिस में तब्दील करके गोल कर दिया ठीक उसी तरह जिस तरह रमन कुमार के प्रति अपनी निष्ठा को। झट रमन कुमार का इस्तीफ़ा मंजूर हुआ और रातोंरात चेयरमैन की सांठ-गाँठ से नया ओ.एस.डी, प्रिन्सिपल पद पर नियुक्त किया गया।

नये ओ.एस.डी. डॉ. वी. के. वर्मा ने आते ही ग्रेडिंग के प्रति अपना उत्साह दिखाना और चेयरमैन के प्रति अपनी वफ़ादारी का राग सातवें सुर में अलापना शुरू कर दिया। ज़ाहिर है उसे इसी स्पेशल ड्यूटी के लिये नियुक्त किया गया था। अब प्रशासन भी ख़ुश था और उससे लाभ उठानेवाले लोग भी। इधर पदभार से मुक्त होकर रमन कुमार स्टाफ़-रूम में पहले की ही तरह अपने क्रॉस वर्ड, अपने साथियों में और बाहर अपनी कक्षाओं में मसरूफ़ हो गये। हालाँकि उनके लिये यह सब इतना आसान न था। रमन ने इस पद पर आने का निर्णय बहुत सोच-समझकर ही किया था पर यह राह इस क़दर टेढ़ी और क़दम-क़दम पर आत्महन्ता होगी यह वह नहीं सोच पाये थे। वे जूझे भी कि इन चट्टानों में पानी की रेखा बहा दें पर समय ने साथ न दिया। आफ़रीन ने उन्हें अपनी गरिमा के ख़िलाफ़ कोई भी समझौता करने से साफ़ मना कर दिया था। दोनों आगे बढ़ना चाहते थे पर महत्त्वाकांक्षाओं की अन्धी दौड़ में कभी उनकी आँखें चुँधियायी नहीं थीं। दोनों को पढ़ाने से प्यार था और छात्र उनकी सच्ची पूँजी थे।

आज फिर एक स्टाफ़ काउन्सिल थी, मुद्दा भी वही पुराना था पर नज़ारा बदला हुआ था। किसी तरह का विरोध दर्ज ही न हो इसके लिये नये प्राचार्य ने कम समय में अधिक विश्वसनीय बन जानेवाले अपने चहेते शिक्षकों को इकट्ठा करके अन्य शिक्षकों पर एक दबाव पहले ही बनवा लिया। सबको हैरान करते हुए इस बार सबसे पहले डॉ. रमन कुमार अपनी बात कहने के लिये खड़े हुए। रमन कुमार का मूड भाँपकर प्रिन्सिपल के विश्वासपात्रों ने उनकी भर्त्सना कर और लगातार उनके ख़िलाफ़ नारेबाज़ी करके उन्हें बोलने नहीं दिया। मीटिंग में अकेले डॉ. बनर्जी ने इसका विरोध किया। डॉ. रमन कुमार को बोलने का अधिकार देने के साथ उन्होंने वर्ल्ड बैंक और आई.एम.एफ. की शिक्षा विरोधी नीतियों का हवाला दिया और सेल्फ फाइनेन्सिग की आर्थिक नीतियों को जनविरोधी बताया।

"नहीं सुननी आपकी वही पुरानी तकरीरें। कोई नयी बात तो हो।" डॉ. सुलेखा ने ज़ोर से कहा।

"तो नयी बात ही सुन लीजिये मैडम!"

आज डॉ. बनर्जी आर-पार की लड़ाई लड़ने की ठानकर ही आये थे। इस अनोखी-सी बात ने सबका ध्यान खींचा।

"आप सबसे पूछता हूँ कि आज से पहले इतने साल तक क्यों ख़्याल नहीं आया कॉलेज की हालत का किसी को? क्या आप नहीं जानते इस जर्जर बिल्डिग में कभी भी कोई हादसा हो सकता है? टॉयलेट्स की, कैण्टीन की, लैब्स की हालत छिपी तो नहीं किसी से। हमसे तो पढ़ाने के साथ हाई लेवल रिसर्च की भी अपेक्षा है पर ज़रा बतायें मुझे, यहाँ कोई भी साथी बैठकर काम कर सकता है? है जगह सबके लिये? काम वर्ल्ड क्लास चाहिए तो वर्ल्ड क्लास माहौल भी देना होगा। हमारे साथी जो भी रिसर्च कर रहे हैं वे अपनी हिम्मत और लगन के बलबूते..."

"पर जो भी हो रिसर्च वर्क तो हो रहा है न...यहाँ नहीं भले कहीं और। काम होना चाहिए तरीकों पर न जाइये।" उन्हें टोकते हुए अभिलाष पाठक ने कहा।

"अच्छा छोड़िये इसे भी, यह बताइये बच्चों की बेहतरी के बारे में इतने साल क्यों कुछ नहीं सोचा गया? गरीब बच्चों के लिये रेमिडियल क्लासेज़ हों, स्कॉलरशिप्स के नये प्लैन हों, उनके लिये बेहतर किताबों की व्यवस्था हो या फिर ऑनलाइन स्टडी मैटिरीयल -दे पायें हैं आप कुछ भी उन्हें? हाँ, कम्प्यूटर लैब हैं जिनके आधे से ज़्यादा कम्प्यूटर्स ख़राब हैं, साइन्स लैब्स हैं जहाँ इक्विूप्मेण्ट्स ही नहीं और कहाँ तक गिनाऊँ? और वह चेयरमैन तो इसी फ़िराक़ में है कि कब कॉलेज, स्टार कॉलेज बने और सेल्फ़-फाइनेण्सिंग से उसका कारोबार चमके। आज एक टीम विज़िट के लिये सब तमाशा करने को तैयार हो रहे हैं। कितने सालों से सब ठहरा-रुका खड़ा है इस सबकी भरपायी कुछ महीनों में हो जायेगी भला?"

तमतमायी मुद्रा में डॉ. बनर्जी अपनी बात कह चुके तो कुछ का समर्थन उनके साथ खड़ा हो गया पर कुछ ख़ामोश रहे। उनकी ख़ामोशी जनविरोध और आत्मसुरक्षा के पाले में खड़ी थी। इतने में अचानक कुछ शिक्षक पूरी उत्तेजना में डॉ.बनर्जी की तरफ़ बढ़े। आक्रोश में विस्फारित लाल आँखें, फूले हुए नथुने, दाँन्तों को पीसते विकृत होठों के साथ आस्तीन चढ़ाते उन लोगों ने डॉ. बनर्जी को घेर लिया। सेमिनार रूम में एक साथ कई गगनभेदी स्वर गूँजने लगे–

"बाहर करो इन गद्दारों को...विकास के विरोधियों बाहर जाओ"

"यहाँ भी बंगाल बनाना चाहते हो क्या? देखा नहीं बंगाल का हश्र? तुम्हारा भी यही होगा..."

"शेम ऑन यू...कोई अच्छा काम नहीं होने दोगे तुम कभी...नहीं चलने देंगे तुम्हारी कॉमरेडगर्दी।"

"हाय! हाय! हाय! हाय!" रूदालियों की तरह छाती पीटते और व्यक्तिगत छीछालेदर पर उतरते यह लोग शिक्षक से पहले सत्ता के अन्धभक्त थे। उनकी मुट्ठियाँ हवा में लहरायी ही थीं कि अचानक बहुत देर से निर्लिप्त बैठे रमन कुमार दौड़कर आगे आये और हाथों का सुरक्षित घेरा बनाकर डॉ. बनर्जी के आगे मज़बूत दीवार से तन गये।

"आज से पहले ऐसा कभी नहीं हुआ इस कॉलेज में...ये क्या तरीक़ा है संवाद का...हम शिक्षक हैं या गली के गुण्डे? आप चुप रहकर यह किस परम्परा की नींव डाल रहे हैं प्रिन्सिपल साहब ? यह ख़ामोशी खतरनाक है। काउन्सिल में सबको अपनी बात कहने का हक़ है और विरोध के सम्मानजनक तरीक़े भी हैं जिन्हें शायद लोग भूल रहे हैं।" रमन कुमार की साफ़गोई और उस पर उनके द्वन्द्वरहित निर्भीक हस्तक्षेप ने माहौल में विध्वंसक मूर्तियों के बरक्स पुराने दिनों की लोकतान्त्रिक फसल को रच दिया। कुछ नये लोग भी सोते-से जागे। जागरण की इस पहली हरकत को प्राचार्य ने झट भाँप लिया।

"देखिये जिसे अपना विरोध दर्ज कराना है वह करा सकता है। हम इस इश्यू पर सभी से वोट करा लेते हैं। पर देखा जाये तो यह मुद्दा देशहित में है जैसाकि आप सभी जानते ही हैं...और सरकार की नीतियों की अवहेलना हम नहीं कर सकते।" नये प्राचार्य वी. के. वर्मा ने अपने चश्मे को साफ़ करते हुए बड़े कूटनीतिक तरीके से शान्त शब्दों में भारी-भरकम धमकी हवा में उछाल दी। दो-एक डायसेण्ट के बाद प्रस्ताव पारित हुआ और आनन-फानन में समितियाँ, उप-समितियाँ गठित हो गयीं। मूल्यांकन के लिये पीयर टीम को आवेदन भेजने का पहला क़दम था कॉलेज की उपलब्धियों की पूरी रिपोर्ट तैयार करना। दरअसल यही वह कागज़ी तोप थी जिस पर कॉलेज को किला फतह करना था। कॉलेज का इनफ्रास्ट्रक्चर, उसका इतिहास, छात्रों की प्रगति, शिक्षकों की अकादमिक उपलब्धियाँ और उनके रिसर्च प्रोजेक्ट्स, प्रशासनिक दायित्व सभी का विस्तृत ब्यौरा इसमें भरा जाना था। यह काम बहुत समय और ऊर्जा की अपेक्षा रखता था और जाहिर है तकनीकी विशेषज्ञता की भी। ऐसे काम की ज़िम्मेदारी सौंपी गयी सुबोधकान्त पर। सीधे और काम के पक्के सुबोध को नये प्राचार्य की छाया बने विश्वासपात्रों ने घेर लिया। वे ख़ूब जानते थे कि किससे काम निकलवाकर खुद निश्चिन्त हुआ जा सकता है।

"आज सभी विभागों के इंचार्जिज़ की यह इमरजेन्सी मीटिंग इसीलिये बुलायी गयी है कि अब आप नियमित रूप से अपने मेल चेक करें और अपने विभाग के

सभी सदस्यों, अपने कमरों, अपने छात्रों का पूरा विवरण तैयार करें। पिछले पाँच वर्षों के सभी कामों का ब्यौरा देना है। " सुबोधकान्त की बात पर इस साल बने सभी इंचार्जिज़ के दिल बैठ गये। कहाँ इंचार्जशिप के ठाठ-बाट और कहाँ यह बेकार के जंजाल। इस तरह 'अल्ले रे तू पल्ले मार' वाली कहावत चरितार्थ हुई। प्रिन्सिपल ने कमेटी बनाकर उसे ज़िम्मेदारी सौंपी , इस कमेटी ने सभी इंचार्जिज़ पर थोप दी , इंचार्जिंज़ ने जल्द ही अपने जूनियर्स का रुख किया और जूनियर्स ने एडहॉक टीचर्स का सन्धान किया। कुछ रणछोड़ ढीली तबीयत के ठोस बहाने की आड़ में इंचार्जशिप के भार से मुक्त होकर किसी बेफिक्रे को फिक्रमन्द कर गये। स्टाफ़-रूम में अकेले बैठे रमन कुमार का मन इन सबको देखकर कहीं भाग जाने का करता। एक बड़ा सा आईना भरभराकर उनके सामने गिर पड़ा था और उसकी छोटी-छोटी किरचें यहाँ-वहाँ बिखरी पड़ी थीं। कितनी कोशिश कर लें उन्हें जख्मी होना ही था। अक्सर दर्द और हताशा में वे सिगरेट के पैकेट से उलझते रहते फिर ठहरकर सिगरेट का दमदार कश खींचते और खुद से कहते–"भागना भी कोई हल है भला।" वे साफ़ देख रहे थे इतनी कमेटीज़ में इतने टीचर्स और आये दिन की मीटिंग्स में होनेवाले करतब। कॉलेज में शिक्षा को छोड़ सब प्राथमिक हो चला था। लक्ष्य था ग्रेड- ए और ए प्लस हो जाये तो सोने पर सुहागा। देश भर के अनेक कॉलेजों से जुड़ी ग्रेडिंग रिपोर्ट पर भी उनकी नज़र थी। अपने विश्वविद्यालय के अन्य कॉलेजों के तमाशे भी अब छिपे नहीं थे। कौन क्या जुगत लगा रहा है सब देर-सबेर सामने आ रहा था। एक अन्धी दौड़ में सब बेतहाशा दौड़ने को अभिशप्त थे।

"इस तरह से कैसे चल सकेगा यह सिस्टम? शिक्षा को पूरी तरह मार्केट की तरफ़ मोड़ने की तैयारी है। अब वही कोर्सेज़् पढ़ाये जायेंगे जो लाभ कमाकर देंगे और वही बच्चे यहाँ आयेंगे जो इसे ख़रीदने की औकात रखेंगे। हम तो शुरू से इन सबके ख़िलाफ़ खड़े थे, हमारी वह लड़ाइयाँ क्या हुईं?" भीतरी घुटन की पीड़ा जब बर्दाश्त के बाहर हो गयी तो रमन कुमार ने शिक्षक संगठन के प्रेसिडेण्ट से बात की।

"अमाँ यार! किस झंझट में पड़ रहे हो तुम। यूनिवर्सिटी ग्लोबल होने के दौर में है और तुम कहाँ की ले बैठे। अब समय के साथ तेज़ क़दम मिलाने की सोचो? सीधे ढंग से नौकरी करो और ख़ुश रहो। अलग-थलग पड़कर तुम्हारी ही ज़िन्दगी नरक होगी।" अतीत के उस जुझारू आदमी की आँखों में रमन कुमार देर तक झाँकते रहे। वे जान रहे थे नेता के यह शब्द कहाँ से आ रहे हैं। एक गहरी, निराश और ठहरी हुई झील में खड़ी कश्ती में उन्हें एक असहाय चेहरा दिखायी दिया। चेहरा हू-ब-हू उनके जैसा था। तमाम दिशाओं में फैला अन्तहीन धुँधलका

उनकी इन्द्रियों को जड़ कर रहा था। हर दिशा में उन्होंने चीख़कर देखा पर मदद के लिये कोई नहीं आया।

कमेटीज़ ने काम शुरू किया और युद्ध स्तर पर शुरू किया। एक बार इस राह पर क़दम रखने का अर्थ था जान लगा के ए ग्रेड लाना। इतना प्रतिष्ठित कॉलेज और ग्रेड ए से कम रह जाये कितनी शर्म की बात होगी। कॉलेज की रिपोर्ट तैयार करने में सुबोधकान्त का 'सु' विशेषण मिट गया। उसे सामने से आता देख सभी को 'कु' दिखायी देता और सब कन्नी काट लिया करते कि कहीं यह फिर से कोई नया काम न बता दे।

इनफ्रास्ट्रक्चर रिफ़ॉर्म कमिटी की बैठक में एजेण्डा ने आज दूसरा ही रंग धर लिया। नये प्राचार्य को सामने पाकर लोगों में जोश का संचार हो गया। समिति में शामिल कितने पुराने धुरन्धरों को अब तक उन पर अपना रंग जमाने का मौक़ा नहीं मिला था।

"वी काण्ट टॉलरेट दिस काइण्ड ऑफ नॉनसेन्स सर! हमारे कितने रिसर्च पेपर्स हैं, कितनी हाई लेवल कमेटीज़ का हम हिस्सा रहे हैं, कितने इण्टरनेशनल सेमिनार्स हमने अटेण्ड किये और हमारे पर्सनल कामों को हाइलाइट करने की जगह सुबोध डिपार्टमेण्ट का कलैक्टिव काम माँग रहा है। पावर पाइण्ट प्रेज़ेण्टेशन और रिपोर्ट में इन सबको अलग से हाइलाइट ज़रूर किया जाये सर!" प्राचार्य की आँखें इस क्रोध के सम्मान में चमक उठीं। आँखों की चमक सबको दिखायी भी दे इसलिए उसने बड़ी अदा से चश्मा चमकाया और आँखों के किवाड़ों को कुछ और खोला। कॉलेज के शिक्षकों के बीच इस तरह की गला-काट प्रतियोगिता उसकी सेहत के लिये बड़ी फायदेमन्द थी। यों भी उसे लठैत ही नहीं पढ़ने-लिखनेवाले लोगों की भी दरकार थी। सुबोध को इस सम्बन्ध में ज़रूरी चिट भिजवाने के बाद उसने ए ग्रेड लानेवाले कॉलेजों का दौरा कर आयी एक टीम से सवाल-जवाब किये। पीयर टीम के तीन दिन के विज़िट में कॉलेज के ब्यूटीफिकेशन और डेंटिंग-पेण्टिंग के सुझावों की फेहरिस्त उस टीम ने टेबल पर फैला दी। पर कागज़ों से अधिक भरोसेमन्द थी उनकी ज़बान।

"सर! अभी जिस कॉलेज ने ए ग्रेड पाया वह कहाँ इस लायक था। पूरे ग्राउण्ड में आर्टिफिशल ग्रास बिछाकर, कॉलेज को सजा-धजाकर पीयर टीम को पाँचसितारा में खाना खिलाने और महँगे गिफ़्ट्स देकर ग्रेड झटक लिया है।" बात का सिरा अगले ने थाम लिया–

"पैसा तो हमें भी ख़र्च करना होगा। तेईस लाख उन्होंने किया हमारा दुगना तो बनता है सर! आख़िर हमारे कॉलेज का नाम उनसे ज़्यादा है। प्लास्टिक पेण्ट

करवा लीजिये आप तो बिल्डिंग के सारे ऐब छिप जायेंगे। दूर से ही चमक दिखने लगेगी।"

अभी लाइब्रेरी,ऑडीटोरियम, प्रिन्सिपल ऑफ़िस की दरिद्र काया के आभिजात्य रूपान्तरण की बात चल ही रही थी कि बाहर कॉरीडोर में हंगामा मच गया। ख़बर आयी कि हॉस्टल का एक छज्जा ढह गया और कुछ छात्र जख्मी हो गये। सब लोग ख़्याली तस्वीरों के रंग छोड़कर दौड़ पड़े। घायल छात्रों को अस्पताल पहुँचाने से लेकर छात्रों के भीतर के असन्तोष को रोकने के लिये प्राचार्य के चेहरे पर जमाने भर का दर्द उमड़ा चला आया। पहले घायल छात्रों को अस्पताल पहुँचाया गया फिर एहतियातन हॉस्टल खाली करा लिया गया। सारे छात्र जमघट लगाये खड़े थे। वे जानते थे कि अनेक वर्षों से हॉस्टल में एक ईंट नहीं चिनी गयी है। बरसों पहले करायी गयी पुताई भी पपड़ियों की शक्ल में जगह-जगह मुँह फुलाये खड़ी थी। हॉस्टलर्स की बौखलाहट, गुस्सा और शिकायतें उनके चेहरे पर चस्पाँ थीं पर वार्डन डॉ. अमन राय की ईमानदार सेवाओं की इज्ज़त करते हुए वे चुप थे।

"सबसे पहले हॉस्टल से काम शुरू करना होगा। पुरानी बेकार ग्रिल्स, सारे छज्जे और दीवारों की मरम्मत ज़रूरी है। बच्चों की सुरक्षा हमारी प्राथमिकता है।" हॉस्टल वार्डन ने बहुत संजीदा लहजे में बात की। वहाँ मौजूद कॉलेज ग्रीवान्स कमेटी, प्रॉक्टोरियल कमेटी कन्वीनर्स -डॉ. यासमीन और डॉ. पलाश ने तुरन्त उनका समर्थन किया।

"आप भरोसा रखिये हमारा ध्यान सब पर है। मुसीबत की इस घड़ी का सामना हमें मिल-जुलकर करना है। मुझे अभी कॉलेज को जानना है, आपसे परिचित होना है और हमें साथ काम करना है।" वी.के वर्मा ने छात्रों को और कर्मठ कन्वीनर्स को शीशे में उतारते हुए अपनी भोली दिखनेवाली धूर्तता में कहा। कहने के साथ-साथ उसका दिमाग़ खर्चे का पूरा खाका बना रहा था। उसने हिसाब लगाया पूँजी का जो हिस्सा उसके पास था वह हॉस्टल के जीर्णोद्धार के लिये नाकाफ़ी था और हालत उसे पूरे कॉलेज की चमकानी थी। वह जल्द निष्कर्ष पर पहुँचनेवाला आदमी था। अपने विश्वसनीय अभिलाष पाठक से वी.के. वर्मा ने साफ़ शब्दों में कहा–

"कॉलेज की मलबे-सी हालत को वैसा ही रखकर ऊपरी टीम-टाम कर देना ही अभी ठीक रहेगा। नया फर्नीचर, पर्दे, अल्मारियाँ, रंगाई-पुताई, थोड़ी बहुत चिनाई यानी जो एक़दम ज़रूरी हैं बस उन्हीं पर ध्यान दें, जो हिस्सा छिपाया जा सकता है उसे छिपायें। बाक़ी सब बाद में देखा जायेगा।"

रमन कुमार ने इस दिशा में कुछ ठोस योजनाएँ बनायी थीं इसकी जानकारी

होते हुए भी नये प्राचार्य ने उनकी सलाह लेना तो दूर उन फाइलों में झाँकना भी ज़रूरी नहीं समझा। यों भी उन फाइलों में फौरी समाधानों से परे शिक्षा की गुणवत्ता बढ़ाने की लम्बी, सुचिन्तित योजनाओं के खाके थे जो शिक्षकों, छात्रों और कर्मचारियों सभी की सलाह पर तैयार किये गये थे लेकिन डॉ. वी.के. वर्मा के लिये व्यर्थ थे।

अस्थायी और कृत्रिम सौन्दर्य के इस समूचे अभियान से खुद को अलग-थलग किये बैठे भी रमन कुमार देख रहे थे सारे प्रपंच को। उनके कुछ साथी खुले स्वर में इसे अच्छा मानते तो कुछ मन मारकर रह जाते। कुछ इस ड्रामे का हिस्सा बनने से गुरेज़ करते और उपाय ढूँढ़ते पर डॉ. बनर्जी और रमन कुमार की मास प्रोटेस्ट अपील पर उनका दिल बैठ जाता। अक्सर सिर के पीछे दोनों हाथों को टेके, गर्दन को कुर्सी पर टिकाये रमन कुमार इन हालात पर गौर करते। वे बराबर सोचा करते कि राष्ट्रीय राजनीति ने देश को या तो दबंगयी की राह दिखायी है या फिर चुप्पे लोग रच दिये हैं। जुझारू क़ौमें कहाँ गयीं? कहाँ नदारद है इतने वर्षों से कोई जनप्रिय नेता? यही सब सोचते हुए कई बार वे अपने संगठन की कमियों पर भी गौर करते जहाँ विरोध तो कई थे पर राहें नहीं। विपक्ष का ठण्डापन और विकल्पहीनता की राजनीति उन्हें बुरी तरह सालती। इस बीच कॉलेज में सुबोध ने उनसे अनुरोध किया कि वह उसके काम में सहयोग और ज़रूरी सुझाव दें। वरिष्ठ और अनुभवी व्यक्ति की कद्र करना सुबोध भूला न था। रमन कुमार की ठण्डी मुद्रा ने उसे जल्द ही सब समझा दिया। वैसे भी इधर सारी निराशाओं के बीच रमन कुमार ने अपने शब्दों को विचार का जामा पहनाकर अख़बार की छाती पर कलम ठोकने का अपना पुराना काम और भी संजीदगी से करना शुरू कर दिया था। अकेले पड़ते जाने के इस खतरनाक समय में वे लोगों को इस मुद्दे पर साथ लाना चाहते थे। भीतर की घुटन से मुक्ति और बाहर के अँधेरे को चीरने की जद्दोजहद में उन्हें रौशनी की यही एक रेखा दिखायी दी।

स्टार कॉलेज बनानेवाले काम को सही अंजाम देने की सुबोध की पहल से एक नया धमाका हुआ। सारे कामों की फेहरिस्त और सावधानी के पुख्ता इन्तज़ामात के बीच बच्चों से कॉलेज और टीचर्स के बारे में लिये जानेवाले फीडबैक फॉर्म को सब सिरे से भूले बैठे थे। सुबोध की पहल पर फॉर्म्स छात्रों के बीच बँटे और जल्द ही धमाकेदार परिणाम सामने आ गये। कॉलेज के इन्फ्रास्ट्रक्चर की असलियत की पोल बच्चों ने खोल दी। पानी, बिजली, शौचालय, कमरों, लैब, हॉस्टल, रीडिंग मैटिरियल से जुड़ी सुविधाओं की बाबत पूछे गये सवालों में इक्का-दुक्का कॉलम ही 'गुड' के पक्ष में सहमते-से खड़े दिखे बाक़ी दमदार तरीके से 'पूअर' की

घोषणा कर रहे थे। हो भी क्यों न? जिस लोकतान्त्रिक तरीक़े से फ़ॉर्म बँटे तो बच्चों को महसूस हुआ सभी परिवर्तनों के साथ सत्यवादी हरिश्चन्द्र युग भी लौट रहा है। उनकी नादानी में पूअर के खाने में बाढ़ आ गयी और सुझावों की झड़ी लग गयी। जिसका जैसा मन हुआ उसने वैसी भड़ास निकाली। इससे पहले कि शिक्षकों के खाने में भी विस्फोट हो वी.के.वर्मा एण्ड कम्पनी ने इसका हल भी बड़ी कूटनीति से निकाल लिया। एक ओर बच्चों को एन्अुल डे में तरह-तरह के पुरस्कारों के दिये जाने से लेकर संस्थाओं में उनके पदों में वृद्धि की नीति अपनायी तो दूसरी ओर शिक्षा के मन्दिर में पुजारी रूपी शिक्षक के मान-मर्दन को पाप ठहराकर पुण्य के काम में भागीदार बनने के 'आदर्शवादी' कर्मकाण्डों को जिलाया गया। तीसरी राह हिटलरी दण्ड के साफ़ संकेतों की थी। मरता क्या न करता। लिखित में 'बेस्ट' की घोषणा करके छात्रों के विरोध और असहमति के हाथ कट दिये गये। फॉर्म भरने की कवायद दोबारा से हुई और परिणाम उम्मीद से बेहतर निकला। अब काग़ज़ पर कॉलेज में सब-कुछ ठीक-ठाक हो गया था।

आख़िरकार छह महीने की मशक़्क़त के बाद पीयर टीम का विज़िट सम्पन्न हुआ। कॉलेज दुल्हन की तरह सजा खड़ा था। वी.के और रणबीर कुंज की अगुआयी में तय शैड्यूल के साथ सब अपना पार्ट निभाने को मुस्तैद थे। कॉलेज की भव्यता ने बच्चों की शालीनता को जाग्रत कर दिया। आज कॉलेज का नज़ारा बदला हुआ था। गलियारे, इमारत, कोरिडोर्स , क्लासेज़ आज सब शान से जगमगा रहे थे। टीम ने वही देखा जो उन्हें दिखाया गया। पर्दों की ओट में ढका मलबा, नर्सरी के पीछे पटका गया कबाड़, लैब्स में जहाँ-तहाँ छिपा दिया गया कचरा, लाइब्रेरी की निरापद छत पर बिखरी दीमक खायी किताबें और जंग खाये बुक रैक लिस्ट में चढ़ने से महरूम रह गयीं चमचमाती भव्य किताबों के संग फैले पड़े थे। दीमकें बेरोकटोक आवाजाही को मुक्त थीं। आख़िरकार कॉलेज की पुरानी प्रतिष्ठा, उद्योगपति रणबीर कुंज के रसूख और कॉलेज के नये चमचमाते रूपान्तरण ने कॉलेज को ए ग्रेड ही दिलवाया। शिक्षा के बाज़ार में भी ब्राण्ड की महिमा अपरम्पार है। रमन कुमार सोच रहे थे कि जिस ए ग्रेड को पाकर कॉलेज जश्न मना रहा है वह कितना झूठा है। चेयरमैन की आँखों में आज कॉलेज के ऑटोनॉमस होने का सपना चमक रहा था। रमन कुमार जान रहे थे जितने कॉलेजों को ए ग्रेड मिलेगा उतनी जल्दी उनके स्वायत्त होने पर मुहर लगेगी और फिर खड़ा होगा शिक्षा की क़ब्र पर विराट् बाज़ार। सब अपनी ही क़ब्र खोदे जाने के जश्न में डूबे थे, सप्ताह के अन्त में चेयरमैन के खर्चे पर एक़ भव्य पार्टी का आयोजन करने की योजना बनने लगी।

"आपको बहुत-बहुत बधाई सर!"

खुशी में झूमते सुबोधकान्त ने डॉ. रमन का हाथ गर्मजोशी से थाम लिया। निःशब्द मुस्कान एक पल को रमन कुमार के चेहरे पर ठिठकी। आज बहुत-कुछ कहने के विचार को उन्होंने मुल्तवी किया। वह चीख़ना चाहते थे पर उनकी घुटती साँसें आवाज़ के रास्ते का भारी पत्थर बनी बैठी थीं। आज बरसों बाद उन्होंने अपनी हथेलियों का पसीजना महसूस किया। झूठी जीत के बोझ से दबे एक हारे हुए योद्धा ने रात कलम के साथ काटी। उसे बहुत-कुछ कहना था पर वह यही कह सका–

"आनेवाली नस्लो ! मैं जानता हूँ तुम कोई रियायत नहीं बरतोगी जब इतिहास के वर्क खोलोगी। तुम करोगी आज के वजूद को चकनाचूर। वजूद जो आज बटोर रहा है जमाने भर की खुशियाँ, तारीफों की दौलत लेकिन उसके हिस्से में लिखी है संगसार की खूनी सजा। आज का मुंसिफ़ कल का मुजरिम ठहराया जानेवाला है -ग़ौर करता हूँ जब इसके एक-एक शब्द पर मेरी रूह का सुकून फ़ना हो जाता है। मैं साफ़ देख पा रहा हूँ यही ज़मीन होगी, इसी देश की, लोग होंगे पहले से और तबाह। इस ज़मीन में उगेंगी सिर्फ़ आँखें जो उठायेंगी सिर्फ़ सवाल। जो घूरेंगी हमें तब तक जब हम खुद ज़मीन्दोज़ न हो जायें। मैं जानता हूँ धरती कभी न देख पायेगी हमारे दर्द का सैलाब। हमारी घुटन के बन्द किवाड़। किवाड़ों के भीतर खौलते हमारे शब्दों से उठती भाप। हमारे लहूलुहान मन और अशक्त तन की चीख़ें कभी दहलीज़ न लाँघ पायेंगीं। इन किवाड़ों में ही उन्हें नसीब होगी क़ब्र। आज का जश्न दफ्न होने को तैयार है उस क़ब्र में। किवाड़ के भीतर इस क़ब्र पर नहीं चढ़ाये जायेंगे कभी दो फूल। क़ब्र में उतरेगा हमारा ताबूत जिसमें हम होंगे और होगी हमारी छटपटाहट। हमें माफ़ करना आनेवाली नस्लों, तुम्हारे हिस्से के ताबूत में ठुकी पहली कील पर हमारी उँगलियों के निशाँ भी दर्ज हैं।"

●●●